蹊跷的死亡

安东医生诊室

安东宁夫 著

人民东方出版传媒
東方出版社

图书在版编目（CIP）数据

安东医生诊室. 蹊跷的死亡 / 安东宁夫 著. — 北京：东方出版社，2015. 3
ISBN 978-7-5060-8067-5

Ⅰ. ①安… Ⅱ. ①安… Ⅲ. ①推理小说—中国—当代 Ⅳ. ①I247. 5

中国版本图书馆 CIP 数据核字（2015）第 051218 号

安东医生诊室：蹊跷的死亡
(ANDONG YISHENG ZHENSHI：QIQIAO DE SIWANG)

作　　者：安东宁夫
策　　划：轩辕改之
责任编辑：姬　利　王晓枫
出　　版：东方出版社
发　　行：人民东方出版传媒有限公司
地　　址：北京市东城区朝阳门内大街 166 号
邮政编码：100706
印　　刷：三河市金泰源印务有限公司
版　　次：2015 年 4 月第 1 版
印　　次：2015 年 4 月第 1 次印刷
印　　数：1—20 000 册
开　　本：710 毫米×960 毫米　1/16
印　　张：18
字　　数：267 千字
书　　号：ISBN 978-7-5060-8067-5
定　　价：35. 00 元
发行电话：（010）64258117　64258115　64258112

谨以此书答谢我的博士生导师于润江教授和已故的硕士生导师陈长熙教授!

引子

安东医生是一位有着多年丰富临床经验的中年心脏病学专家。他温和的脸上架着一副远视眼镜，绷紧的嘴巴轻易不显露出笑意，暗淡的双眸在问诊时会忽然闪现出猎鹰般的目光。

出身军医大学的他，身材中等，有着军人的挺拔和刚毅、学者的稳重和儒雅。他身体健康、思维聪慧、知识渊博、逻辑清晰、思路敏捷。早在当医学生时，他就迷上了这种与病魔打交道的思维方式和脑力工作。经过多年的临床磨炼，他的洞察力变得敏锐，对疾病的分析犹如抽丝剥茧，层层见底，一针见血。

安东医生对处理各种神秘和危机的不明疾病并挽救生命有着无人可比的热情，仿佛魔术师一般，解决无数疑难杂症，赢得病人和同僚的一致尊敬。

安东医生的诊室位于杭州市平海大街的西子湖畔医院，诊室里常年挤满了远道求医就诊的患者。有时，安东医生会到社区诊所坐诊，或者直接在农村卫生院给农民看病。对于这位热衷于医学事业和精心为患者服务的医生来说，每个患者的病情都是一个谜案，对他充满挑战和压力；每个患者的诊治过程都是一个故事，充满知识和趣味；每个疾病的背后都有着神秘、伤痛、揪心、悬念……

安东医生诊室的故事由此开始。

蹊跷的死亡

CONTENTS 目录

第一篇　怪病

第二篇　双心病

第三篇　一箭双雕

第四篇　奇病沉思

第五篇　失踪之谜

第一篇/怪病

自古以来，怪病诡秘、可怕，怪得超出了医生常理的思维和推理，属于因谜而怪，因怪而稀罕，并非少见多怪。其实，一旦弄清事实真伪，怪病也就见怪不怪了。在安东医生的诊所里，真正怪异的事情有时不一定是疾病，而是疾病后面一些奇异、神秘、鲜为人知的故事……

第一章　驴友野史

2009年，安东医生与牛老板在一次特殊的驴友聚会上萍水相逢，一见如故。牛老板是那次朋友聚餐酒店的老板，算是安东医生朋友的朋友。牛老板喜欢在国内背包探险，安东医生喜欢国外自助旅游，他俩可谓趣味相投，酒桌上交杯换盏谈得来。

安东医生饶有兴致地讲述了一段多年前他与心外科岳主任在德国、捷克边境上的平安夜遇险记。这故事勾起了牛老板的雅兴，他借着酒劲，滔滔不绝地讲起一些安东医生从没听说过的驴友野史。

半年前，牛老板与一位来自西北某大学自称叫琼的女孩在川藏相遇，相约一群驴友搭伴同行。在进入无人区之前，驴友们开始自由选择伙伴，琼在一群男士间选择了牛老板，让牛老板兴奋不已。一路上，牛老板无数次悄悄瞟望年轻、秀丽、健康的琼，他感觉自己的身体迸发出激情和活力，心里充满着对琼无尽的好奇、疑问和幻想。

看见琼的第一眼，牛老板心中暗喜，自己艳福不浅，如此年轻靓丽的姑娘在女驴友中简直是百里挑一。与她同行时，牛老板惊叹她的形体优美，行走犹如运动员般矫健和轻盈。他疑惑，如此年轻美貌的姑娘竟然大胆地选择与他这样一个陌生中年男子搭伴同行。他开始胡思乱想，她会喜欢自己这个已婚男人吗？前方即将到来的宿营将会迎来怎样一个不眠之夜呢？他该如何开始他们的野情呢？

牛老板心里默默地念叨着野情的规则：第一步，幽默先开口；第二步，默默牵起手；第三步——唉，他突然忘记了第三步应该是怎样。还是先进行第一步吧，他的神经在燃烧，大脑在旋转，词句滑到嘴边，然而，他的嘴巴像灌铅一样沉甸甸的，动弹不得。他心里暗暗地责怪自己：妈的，我怎么这么笨呢！

在无尽的陌路和大自然的残酷凶险面前，驴友们不需要从前相识，不需要甜言蜜语，甚至不需要太多的情感表达，旅途中的信任、友谊、依靠，会让陌生的心自然地走到一起；一条安全绳索、一只手、一个脚印，会使陌生的身体自愿地连接起来。

爬雪山过草地，他们走过红军当年长征在川藏走过的路，像跳高一样跨越泥泞的沼泽地，稍不留心就会陷入泥潭；像游泳一般匍匐着爬过陡峭的雪坡，稍一倾斜就会滑落深渊；像跳远一样跃过刀锋般的悬崖峭壁，其惊险程度，更不必多说。

他们渡过一个个激流涌进的江河险滩，相伴闯入野狼怪兽独占的荒谷；他们徒步穿过遍地尸骨残骸的戈壁滩，奔向远处的雪山高原。在穿越冰川峭壁时，他俩心手相连，坚毅地跨过一个个生死分界线。当他们最终登上海拔 5000 米的高峰时，胜利的喜悦让他俩情不自禁拥抱一团。

宿营地到了，牛老板擦了一把额头上的汗水，开心地笑了，后面的事，应该顺理成章了。他卸下背上的登山包，选择一个安全、避风、风光秀丽的位置，熟练地支起一顶双人帐篷。

寒风呼啸的夜晚，他们在双人帐篷里相拥取暖，交流着野外生存的经历和生活体验。琼对他说，她出来放松一下，为的是迎接大学一年级下学期更紧张的学业。原来是个 18 岁的大胆小妞儿！文静秀丽的外貌与开朗粗犷的性格形成鲜明的反差。牛老板对她说，他要缓解一下生活和工作的压力。

琼直白地告诉他，她有男友，是个老实柔弱的同龄人，他们关系稳定，爱情平淡，她需要一点儿原始的疯狂的刺激和体验；牛老板也坦白说，老婆青春已逝，过早衰老，脾气暴躁，缺乏柔情，他需要些激励和回味。他们的交谈气氛开始变得轻松自然、坦率开诚。琼叙述着她对将来的渴望，牛老板讲述着自己早年在草原上的欢快的童年经历。琼静静地依偎在他的身旁，聆听着牛老板的那些欢快幽默的草原相亲、抢亲的故事，开心地“咯咯”笑起来。琼说她幼年时曾经与妈妈在锡林郭勒草原生活过，这些故事似曾听说过。不知不觉，他们已经亲密得犹如一对热恋中的情侣。

夜深了，烂漫活泼的琼松开她蓬松的秀发，伸出她柔软的双臂，勾住牛老板粗壮的脖颈，她温暖的前胸连同松软的羽绒衣紧紧贴在他的胸前，火辣辣的红唇压在他的嘴上。情感像燃烧的火焰，融化了冰山上的雪水，映红了两个强壮不知倦怠的身躯。他托起她的腰背把她轻轻地放平，她的秀腿像蛇一样缠绕在他的背上。她急不可待地解开自己的衣扣，他早已把自己扒个精光。他张开粗大的双手，紧握着她雪白高耸的前胸。她仰起头颈，吻着他的下唇，紧搂着他平滑结实的后腰……

防潮垫下的雪地发出有节律的“嘎吱嘎吱”声响，他们的气管发出比登山时还要急促的气息，张开大嘴呼吸着稀薄的空气。野外、野地、野情、野欲、野味，刺激着他们的神经，让他们忘记疲劳，忘记危险，忘记自我，喉咙里发出古老本能的歌谣。

隔壁的几顶帐篷不时传来波浪般的震荡和此起彼伏、毫无顾忌的尖叫声。难得的情缘、难得的情夜、难得的情投意合，高山峻岭回荡着激情的撞击声。一场自发的无休止的野情竞赛，似乎要持续到天明……

这里是诺亚方舟的码头，3000米高的海啸巨浪远在他们的脚下。明天方舟将要离去，海啸将会平息，一切即将过去，一切终将化作记忆。时光，此时变得短暂，黑夜，在此变得漫长。他俩筋疲力尽地退出这场野情的竞赛，钻进各自的睡袋。临睡前，琼把头伸出睡袋调皮地问：“牛哥，你感觉如何？”

“很爽！”牛老板意犹未尽，伸出双臂搂住琼的睡袋，“你呢，琼？”

“你很棒！”

“嘿嘿，明天继续战斗！”老牛吃嫩草，牛老板心里得意极了。他很快就带着一天的疲倦和汗水，坠入睡眠的峡谷，沉浸在甜美的睡梦中，重温着白日的惊奇和快乐。

红光四射的清晨，琼掀开帐篷的门帘，感觉自己仿佛飘荡在山底冉冉升起的白云之上。她静静地坐在帐篷里，望着山下火红的朝阳。牛老板坐起来，伸个懒腰，从后面紧紧搂住琼，亲吻着她的脖颈。

新的一天来临了，他们面临着新的野外挑战。

他们在雪地里点燃一堆炭火，支起一口铁锅，熬雪水煮野菜，忘我地享受着人生的奇情野味。此时，仿佛陶醉在另一个世界里的牛老板，暂时忘记了城市的喧嚣，抛弃了工作上的重压和生活上的烦恼，乐不知返。

驴友们相聚在一起时，大家从来不提相互的职业，从不关注对方的贫富，只注重你是否勇敢坚强、是否吃苦耐劳、是否助人为乐、是否身体足够强壮。选择艰难、选择荒野、选择危险、选择伙伴，一切选择都源于自愿。

一周的时间转瞬而过，驴友们散去，那个叫琼的女大学生也走了，牛老板竟然不知其全名。野味虽然新鲜、刺激，可是暴风骤雨过后，大地不免凄凉，牛老板心中空空荡荡……

然而，最近半年，由于身体状况不佳，牛老板有些力不从心，遗憾地放弃了难得的旅游探险计划……

讲到这里，刚才还兴致勃勃、骄傲挺拔的牛老板，忽然显得畏畏缩缩、无精打采。

牛老板内蒙古人，三十八九岁，一米七八的个头儿，黑红的脸膛，五官端正，性格爽朗、大方。他经营了两个度假酒店，其中平遥度假酒店地处杭州市郊区良渚风景区，虽然规模不大，但生意兴隆。据说他的主业是养殖奶牛，在千岛市经营了一个奶牛场和一个奶制品厂。

他在浙江算不上地道的商界大佬，充其量也就算是个土豪，但是，他并不是那种嗜财如命的人。据他自己坦白，一年只要赚个三五百万块，他就知足了。业余生活方面，除了野外背包旅游，他别无嗜好。除非忙于生意、社会应酬、出差或旅游，他每天都要抽出时间接送老婆上下班，护送女儿上学。在大家的眼里，他是个优秀的老公、合格的父亲。年复一年，日复一日，一家人的日子过得很惬意，平安无事。

牛老板家安在千岛市，公司设在平海镇，他常年往返于千岛市和杭州市之间。每年春秋两季，他自放两次假期，与来自国内五湖四海素不相识，但兴趣、爱好相同的男女背包客敖包相会，他们翻山越岭，跋山涉水，在大自然中寻求一系列意想不到的惊险和刺激。在风光秀丽的高原、气候恶劣的荒野、环境险恶的密林，他们挑战极限，战胜自我，赢得友谊，享受天然的情爱。牛老板为人处世低调，驴友们谁也没察觉出他们身边这个铁杆驴友竟然是一个大老板。

聚会结束后，牛老板把安东医生送到酒店门口，紧握他的手说："安东医生，非常高兴认识你。在我的朋友圈里医生很少，我喜欢与医生交朋友。以后常来我的酒店度假，我喜欢与你聊天。"

安东医生说："有空一定来，我喜欢听你那些野外探险的故事。"

安东医生已经走远了，牛老板挥手喊道："安东医生，有时间我要到你的社区诊所，请你帮我看病。你礼拜几在平遥医院出诊呢？"

"礼拜四！"

"好的，我最近抽空去瞧瞧，为什么我从西藏回来后一直力不从心。"

离开酒店，安东医生乘公交车来到南山路，在涌金广场站下车，沿着西湖边向家的方向走去。微风吹过，高大的香樟树飘来阵阵的芳香，他贪婪地大口呼吸着清新、甘甜的空气。回眸远望灯火通明疑似身披银色雪光的宝石山，他有些感慨：啊，雪山！我真想背起背囊爬向云端之上的雪峰，像牛老板那样，身心融化在风光秀丽的大自然中。

听了牛老板的驴友野史，安东受到不小的刺激。其实，他也渴望自助旅行，渴望体验无人区的荒野和逆境中生存的感觉，只是他没有时间。

他一个人漫无边际地游荡在大街上，四处寻找旅游商品专卖店。最后，在吴山脚下左侧一条马路边发现了一个驴友背包店的招牌。他站在门前张望了半天，犹豫是不是也买一个带帐篷的大背包呢？

"先生，买登山包吗？"一个年轻的女营业员问道。

望着大小不等、各式各样、琳琅满目的登山包，他成了门外汉。"能介绍一下吗？哪种包适合我？"

"这要看您干什么用。"女营业员说，"背包游是自助旅游的一种很形象的称呼，一般自助旅行者如果不露营的话，会背一个55升或80升的包，包里放有旅行中使用的各类物品。许多旅行线路都设有家庭旅馆和青年旅社，便于旅行者自行安排交通和住宿，不需要携带露营装备。但是，一些自然界的奇观异景常常出现在那些偏僻荒野的线路上。如果选择偏离通常的旅行线路进入荒山野岭，则需要野外居住，旅行者需要背上露营必备的帐篷、睡袋、防潮垫等物品，自然需要 80 升或 120 升的大包。您作为初学者，买个 55 升的小包足够了。”

“哦，谢谢！”他明白牛老板为什么总说力不从心了，旅行时，百八十升的重包自然落到男人肩上，身体不好的话，自然力不从心。他的体力远远不如牛老板，算了，还是买个小包背背吧。

第二章　力不从心

一周后，牛老板果真来到平遥医院看安东医生。他挂了号，手里拿着一本市民门诊病历本，像所有患者一样坐在安东医生的诊桌旁边。

“下一位！”安东医生低着头习惯地呼叫一声，接着抬起头，吃惊地看见牛老板正笑嘻嘻地坐在对面，“是你，牛老板！”

“嘿嘿，我说过，我要来找你看病。”

“你身体不舒服吗？不像啊！你身强力壮，一点儿也不像有病的样子。”

“我现在是外强中干。我最近经常感觉胸闷、气急、头胀、头晕，总觉得浑身无力、力不从心。”其中，“力不从心”几个字他说得格外重。

安东医生问：“从什么时候开始的？”

“半年前从川藏回来，我患了高血压。自从开始服药治疗后，身体就越来越差。”

“可能是高原反应吧。人在海拔 4000 米之上如果劳逸不当，由于缺氧导致血管收缩，会出现高血压。”

“可能是吧。刚开始用药治疗时血压降得不好，后来加了两种药，血压控制不错，但我主观上感觉不好，不仅出现胸闷、气急症状，而且还心慌，总感觉像偷了东西干了坏事儿似的。医生说可能是冠心病，我不懂什么是冠心病。这种病严重吗？”

安东医生解释说：“冠心病是一种严重危害人类健康的疾病，是负责供应心脏营养的血管出了毛病，比如，动脉里出现粥样硬化或发生了血栓。你这种年龄的人，如果不吸烟，没有糖尿病，没有早发冠心病家族史，很少会过早发生冠心病。”

“可是我有高血压，还吸烟。”

安东医生劝说：“嗯，吸烟、高血压和高血脂是冠心病的危险因素，你还是检查一下吧。”

“好吧，该检查的你就帮我检查。”

牛老板做了全面的检查，有些检查是在医院做的，有些是在社区做的。各项检查结果很快就回来了，血液化验正常，心电图运动试验正常，心脏冠脉 CT 也没有问题，只有动态心电图报告发现房性早搏、室性早搏、偶见心房纤颤。安东医生告诉他这个病叫心律失常，就是心跳有点儿乱。

“我给你量量血压吧。”安东医生担心牛老板是高原反应留下来的后遗症。去趟高原回来出现心律失常并不奇怪，因为高原空气稀薄，人会缺氧。特别是在缺氧状态下干一些过于兴奋或激动的事情，更容易得高原病。

牛老板伸出右胳膊，说：“自从服用降压药后，我的血压没问题了，可是为什么我还是这么难受呢？”

牛老板的血压 105/90 毫米汞柱，上下的脉压差只有 15 毫米汞柱，心率有点儿快，每分钟 110 次。人体的血压是由收缩压和舒张压组成，上压是收缩压，俗称高压，下压是舒张压，俗称低压。正常时，收缩压小于 140 毫米汞柱，舒张压小于 90 毫米汞柱。

“安东医生，我的血压好吧？”

“不好！”

“不对呀，我每天自测血压都不高哇！”

“不是高了，是低了。”

“低了？你是说我低血压了？上面 110 毫米汞柱不低呀！”

“收缩压 110 毫米汞柱确实不低，但是脉压差 15 毫米汞柱太小了，你会感到很不舒服。”

“与我现在的症状有关系吗？”

“应该有关系。血压的脉压差正常应该在 25 毫米汞柱以上，脉压差过小会影响心脏的收缩和舒张功能，导致冠状动脉血流灌注不足、脑动脉供血不足，所以你会感觉胸闷、气急、心慌和头胀、头晕。”

“哦，原来是这么回事呀！我怎么会出现脉压差变小了呢？是不是心衰了？”

“我刚才听诊感觉你的心脏虽然跳动快，但心音很有力，不是心衰。你现在正在吃哪些降压药？”

牛老板从包里掏出一堆药盒，长效钙离子拮抗剂、血管紧张素转换酶抑制剂、利尿剂和β受体阻断剂。不可否认，这些都是都是目前理想的降压药。

牛老板说：“我这几个月一直在专家门诊看病，上面的血压很快就降下来了，就是下面的血压，你说的舒张压，一直不降。我告诉给我看病的专家，有什么好药尽管开，只要有效，我不差钱！”

安东医生笑了：“你说得没错，吃药一定要吃有效的。但是，现在看来你吃的药恐怕是太有效了。”

“你说怎么治疗，我听你的。”

安东医生解释说，高血压是一种最常见的心血管疾病，分为继发性和原发性两类，凡是能找出血压升高病因的就称为继发性高血压，凡是找不到血压升高病因的都称为原发性高血压。绝大多数人患的都是原发性高血压。

“这么说我患的也是原发性高血压了？”

“不一定。”安东医生猜测，牛老板恐怕不是高血压病，却被误当作难治性高血压用了四种降压药物治疗。牛老板或许是一过性高血压，或者说是由于高原反应产生继发性高血压，离开高原后又逐渐恢复过来了。

“你先停一下这个强效的降压药物。这个药降低收缩压非常明显，停了这个药，你的上压，即收缩压会升高，脉压差能够变大。”安东医生把钙离子拮抗剂药盒挑出来，“其他的药物你暂时照常吃。”

“好吧，我听你的。”临别时，牛老板的嘴巴附在安东医生耳边，悄声说，“下次再见时，我给你详细讲讲我们背包友在大自然里的那种纯洁、原始、神秘的野外情史，保证你觉得刺激。呵呵！”

“好哇，还有更精彩的故事吗？我相信你的艳遇一定很动听。”

一周后的礼拜四，牛老板又来了，还没坐下来就迫不及待地告诉安东医生："停了那个药，我感觉好多了，头不晕了，胸也不闷了，就是还有些力不从心。你先帮我量量血压。"

牛老板的血压115/90毫米汞柱，脉压差25毫米汞柱，心跳慢下来，每分钟90次。安东医生说："确实见好了，脉压差大了，心率变慢了。你的降压药还可以再减量，停用利尿剂，血管紧张素转换酶抑制剂减为半片。"

"安东医生，停药后，血压会不会再升高呢？"牛老板担心地问道。

"如果你确实患有高血压病，停药之后，血压还会升高。如果你属于一过性的高原反应，或压根没有高血压病，降压药慢慢减下来，你的血压不会再升上去。"

"为什么要慢慢地把降压药减下来呢？一下子停掉不行吗？"

"突然停用降压药，血压会反弹升高。"

"哦，明白了。"牛老板沉思片刻，接着他把嘴巴附在安东医生耳旁，低声问道，"力不从心怎么治疗呢？"

"别担心，你的心律失常已经消失了。你目前没有高血压、心脏病，心功能也正常，没有心衰。"

"这个我知道。安东医生，我是担心今后的生活质量……"

"你指的力不从心是——"

牛老板红着脸说："大哥，我不把你当外人，当然是指男性功能了！"

哦，怪不得牛老板反复提到他力不从心，原来是这么回事呀。安东医生调侃："半年前高原比武时，你不是很棒嘛！"

"此一时彼一时，说不行怎么就不行了呢？"

"有多严重？"

牛老板靠近安东医生，低声回答："疲软、阳痿不举，心有余而力不足。野外驴友相会，帐篷里的尴尬事情，自不必言说。妈的，原以为是野情苟合时精神紧张所致，可是回到家里，夫妻同床，平和的气氛下依旧屡屡失败。唉，性生活的不和谐已经严重影响到夫妻的感情。"他回头瞟了一眼身后的一位女患者，尴尬地笑笑，"嘿嘿，我老婆怀疑我有小三，不按时交纳公粮。"

“那你到底有没有小三呀？”

“嗐，大哥，哪来的小三呀，只不过身边多了几个女秘书而已。从前，外出背包旅游还做过艳梦，偷吃过腥。现在呢，就是把天仙搂在怀里，我也力不从心了。说真格儿的，我是不是老了呢？还有办法医治吗？”

安东医生告诉他，引起阳痿的原因很多，有生理性的、病理性的，还有心理性的。男人随着年龄增长，性功能逐渐减退，勃起功能逐渐减弱，属于正常生理衰退现象。男人最常见的病理性阳痿是血管性阳痿，是由于动脉硬化导致髂内动脉阻塞所致，通过血管介入治疗的方法重新打通闭塞的血管，可以让男人老当益壮，雄风再现。

“髂内动脉在哪儿？怎么检查？”

“髂内动脉在髂动脉的分支，负责盆腔器官和人体生殖器的血液供应。”

“髂动脉在哪儿？”

“腹主动脉向下分为左右髂动脉……具体部位我再说你也不明白，如果真的怀疑有问题，需要到医院检查。”

“我是不是血管阻塞了？”

“不大可能。你这个年龄，心理性因素的可能性较大。男人在60岁到70岁之间发生自然勃起障碍或阳痿不举，需借助药物辅助勃起，但人与人之间的差别很大，有人甚至七八十岁还保留旺盛的性功能。借助药物治疗也无效时，特别是老人，要考虑血管性阳痿。”

“高血压对这里有影响吗？”他指指自己的裤裆，“要么你给我检查一下？”

“高血压对性功能没有直接影响，但是一些降压药物有这方面的副作用。”安东医生进一步解释说，“利尿剂和β受体阻断剂都有降低性功能的副作用，药物所致的阳痿属于生理性的范畴。但是，不用担心，暂时也不需要检查。如果真是药物的原因，停用这两种药物后，不久就可以完全恢复到从前的状态。”

“哦？怪不得我服用降压药之后开始感觉力不从心，原来是这样啊！你这么说我就放心了。呵呵！”牛老板的表情豁然晴朗。

诊室外候诊的患者实在是多，安东医生顾不上与他多聊，忙着给下一位患者测量血压。

“安东医生，你先忙，改日我们再聊。”牛老板走了。

两个多月以后，牛老板停用了所有的降压药，只保留了减慢心率的β受体阻断剂。安东医生嘱咐他逐渐减少β受体阻断剂的剂量，如果血压还能维持在正常水平，就可以停掉全部降压药。

又过一段时间，牛老板停掉所有的药物，血压依然正常，120/80毫米汞柱，心率每分钟80次。看来牛老板只是一过性高原反应，确实没有高血压病，他的各种不适症状全都消失了。

复诊时，他高兴地告诉安东医生：“你的话真灵，停了那两种药，利尿剂和β受体阻断剂，我果然雄风重现。最近，又有一个叫琼的驴友在网上约我下个月去青藏高原背包旅游，环游青海湖，翻越唐古拉山。”

“琼？是不是你上次讲到的那个女生？”

“不好说。驴友们都很懂规矩，相互之间从不乱问个人隐私。你觉得我可以去吗？”

“不可以！你还需要巩固疗效。”

“我的病不是好了吗？”

安东医生解释说：“你的病虽然好了，但高原空气稀薄，氧气缺乏，再上高原你的旧病有可能会复发。”

“不爬太高，海拔4000米应该没问题吧。”他固执地坚持，“既然如此，我当心一些就好了。安东医生，你不知道，背包游有多过瘾哪！”

安东医生建议：“这样吧，下周你到医院去做个24小时的动态血压，如果动态血压正常，你可以自由活动。”

“好吧，我下周一定去。”

一周后的一个下午，牛老板按时来到医院，安东医生带他去动态血压诊室做检查。牛老板邀请安东医生说：“一会儿做完检查，我请你到对过咖啡馆坐坐，我们聊聊。”

“好哇，你答应我细说你们的驴友情史。”

“唉，你还别说，我他妈的还真挺想那个琼。”

背好动态血压计，他们从诊室出来，在走廊里，安东医生一个即将毕业的女研究生迎面走过来。“刘笑琼，你的答辩材料……”安东医生的话还没说完就被牛老板的一声“欸！”打断了。

“你——”牛老板嘴里迸出这个字。

刘笑琼愣住了，看着牛老板：“是你——”

安东医生看看牛老板，再看看刘笑琼，问：“你们认识吗？”

“不，不认识。”他俩神色慌张，同时否认。

刘笑琼说：“安东老师，我下个月想请假外出一星期。”

“论文答辩之后再说。”

“谢谢老师！”刘笑琼一溜烟朝门诊大门口跑去。

牛老板问：“安东医生，她是你的学生吗？”

“嗯，马上要毕业了。”

“她是哪人？”

“西北人吧。欸，你问这个干吗？”

“没什么，随便问问。我下个月一定要去青藏背包游。”牛老板连招呼都没打，就朝门诊大门口跑去。

安东医生在他身后大声呼喊：“哎，你不是答应我去咖啡馆坐坐吗？”

牛老板回头：“对不起，我有事先走了，改日再请你吧。”

“好吧。记着，去高原时带上降压药！”

牛老板已经没影了。

唉，这年头儿干什么都有上瘾的！安东医生忽然彻悟，难道牛老板下个月要去见那个叫琼的西北女大学生吗？下次再见到他，要问问那个西北的女生长得什么样，到底多大岁数。不会是研究生吧？琼是谁呢？会不会是——不会，绝对不会！年龄也不对呀。安东医生立即否定了这个念头。

第三章　琼是谁?

提起安东医生的博士研究生刘笑琼，科里的同事无人不夸，无人不赞。她不仅人长得漂亮，性格爽朗、大方，还聪明能干，吃苦耐劳。26 岁的她，来自于陕北农村，虽然是地道的西北人，可是长得与江南姑娘一样的娇嫩、秀气，一对甜蜜蜜的月牙眼挂在洁白瘦小的脸蛋上。她酷爱体育运动，无论多忙，每天坚持长跑锻炼。她参加过千岛湖女子马拉松国际赛事，还获得了一张国际证书呢。

一天早晨上班，安东医生刚到医院，正巧遇见身穿运动服跑进医院大门的刘笑琼。

“安东老师，早晨好!”她有礼貌地问候。

“早晨好，笑琼! 你跑步上班啊!”

“嗯，我每天早晨都跑步到医院。”

安东医生好奇地问:“你为什么每天坚持长跑，每月坚持跑一次马拉松呢?”

其实，不仅安东医生好奇，许多同事都感觉有点儿奇怪，她对待长跑的态度比专业运动员还认真，几乎是风雨不误，雷打不动。

刘笑琼笑笑，回答:“长跑是人体一种简单、机械的运动。跑步时，虽然四肢在剧烈运动，实际上，大脑和全身的神经是处于放松和休息的状态。长跑可以让我神清气爽，消除工作中的紧张和疲劳。有时，清晨跑了十几公里之后，我一天都会感到放松和愉快。”

“十几公里呀，为什么要跑那么长呢?”

她解释说:“跑步不仅可以锻炼身体，还能净化心灵。跑步时，人的精神放松，心静如水，耳边聆听着自己咚咚的心跳和轻盈的脚步声。每次跑到十公里左右时，人会突然从极度的呼吸困难和疲劳中解脱，产生一种轻松、畅快、欣慰的感觉。”

“怎么可能呢？十公里呀！累都要累死了，哪还会有什么轻松、舒适的感觉呢！”

“嗯，我开始跑时也不相信，后来发现，果然如此。恐怕只有经过一段时间长跑锻炼的人，才能体验和享受到这种奇妙的感觉吧。”

“啊！看来长跑也会上瘾哪！——你的论文写得怎样啦？”安东医生似乎担心长跑会影响她的工作和学习。

刘笑琼笑笑，说：“老师，您放心吧，长跑不会影响我的学业。”她从背包里掏出一叠材料递给安东医生，“这是我的博士论文草稿，本想上午送到您的办公室，正巧现在碰到您。老师，请您审改吧。”

“哦，这么快就写好了！”安东医生高兴地收下刘笑琼的材料。

那天上午查过病房之后，安东医生坐在办公室里认真地阅读和批改刘笑琼的论文。刘笑琼的文笔很棒，文字上几乎不需要修改。

近几年，安东医生非常关注暴发型心肌炎的早期诊断问题。刘笑琼做的研究生课题的题目就是暴发型心肌炎的早期诊断。这个课题说简单也简单，说复杂也复杂，急性心肌炎是个常见病，诊断治疗并不难，但暴发型心肌炎有点儿特殊。传统观念认为，急性感染性心肌炎是指在感冒发烧或腹泻一周后发生心肌损伤，出现胸闷、心慌、气急等心肌炎的表现。病毒、细菌、立克次氏体、寄生虫等病菌感染都有可能引起心肌炎。

一般来说，普通的心肌炎像感冒一样具有自限性，短期内会自行好转、痊愈。可是一部分暴发型心肌炎由于发病隐匿、起病急剧、进展迅猛，如果不能早期诊断和治疗，预后很差，其死亡率堪比冠心病。

两年多来，刘笑琼不辞辛苦地下社区、跑农村，蹲守在基层医疗服务站点，一例一例收集典型的重症心肌炎病例，最终圆满地完成了这个课题研究。

翻阅刘笑琼收集和整理的暴发型心肌炎的病例，安东医生终于明白为什么经常会有年轻人因为感冒发烧而猝死。

感冒发烧一两天怎么会死人呢？根据教科书和专业书的记载，心肌炎应该在感染一周后才会出现呀！难道是急性心肌梗死？难道是输液反应？难道是药物过敏？难道又是环丙沙星这个罪魁祸首？

珍贵的尸体解剖资料证实，一些感冒发烧在输液中猝死的年轻人，罪魁祸首是暴发型心肌炎。刘笑琼课题的统计结果表明，大约70%的普通心肌炎先发生感冒或肠炎，一周后才出现心肌炎，即有一周以上的前驱感染史，而暴发型心肌炎只有30%的患者有一周以上的前驱感染史，大约70%的暴发型心肌炎没有典型的前驱感染史，往往在感染1~3天后就出现重症心肌炎的表现，如低血压、心衰、严重心律失常、呼吸衰竭等症状。

难怪暴发型心肌炎容易误诊或漏诊，原来是医学认识有误区。如果不了解暴发型心肌炎的这一特点，门诊接诊医生不大会想到，一个仅仅感冒发烧一两天的患者，就诊时就已经患有严重的心肌炎了。这个研究告诉人们，对于伴有胸闷、气急、乏力症状的感冒发热患者，做心电图检查和化验心肌酶谱，有利于早期识别暴发型心肌炎。

刘笑琼的博士学位答辩顺利地通过了，这项研究取得了突破性医学成果，让国内权威的心血管评审专家感到意外和震惊。答辩组组长建安教授是位英俊帅气的中年专家，科学态度严谨，一丝不苟，发表评审意见历来贬多褒少。看了刘笑琼的论文后，他感慨地总结说："这是一项非常普通的临床研究，但却发现了一个本应该早就被认识的现象。'一周以上的前驱感染史作为心肌炎的一项诊断条件'这条经典和传统的历史概念被彻底颠覆了。从大学课堂一直到今天，我们从医学课本和专业书本学到的急性心肌炎的诊断标准，甚至包括心内科执业医师考试的答案都包括'一周以上的前驱感染史'这个诊断条件。时至今日，我们才发现，暴发型心肌炎常常因为缺乏典型的前驱感染史，容易被延误诊治或漏诊。这一研究结果，虽然简单，但对于暴发型心肌炎的早期诊断具有重大的启示和临床意义。"

听了建安教授的夸奖，安东医生心里美滋滋的，脸上的皱纹舒展开来。答辩结束了，刘笑琼看到安东医生心情舒畅，坐在他身边悄悄问："安东老师，答辩结束了，我能请半个月假吗？"

"干吗请这么长时间的假呢？"安东医生记得她上个月说她答辩结束要请一个星期的假。

“我要去西藏旅游。”

“你要去西藏旅游?”他吃惊地问道。

“是啊，走青藏路线，那是一条驴友们崇尚的惊险刺激、风景优美的徒步旅游线路。”

“你有伴吗?”他担心地问道。

“有，一群驴友。”她的回答自然、轻松。

“驴友?背包游吗?”安东医生忽然回忆起上个月牛老板与刘笑琼不期相遇时那种奇怪尴尬的场面，想起牛老板讲过的高原驴友艳遇，荒漠的山脊、双人帐篷、一个叫琼的西北女生。难道刘笑琼就是牛老板故事里的女主角吗?他看着眼前这张纯真、清秀、熟悉的面孔，怎么也不相信牛老板讲的那个 partner（伙伴）会是她。但是，世道确实变了，人各有志，有些事情奇而不怪，作为导师，他不便过多追问。

“嗯，背包自助游。”

“何时出发?”

“下周。”

安东医生想到了他前些天买的那个登山包，一直空在那里，看来是没有机会使用了。“好吧，真羡慕你们哪，我要是年轻一些也会去的。一路要注意安全哟。”

安东医生不得不批准她的请假。答辩结束了，研究生实际上就算毕业了，以后的事也不归老师管了。到了这个时期，研究生无心实习，都在忙于四处找工作。

“谢谢老师!”刘笑琼收拾好资料，匆匆地离开了会议室。

“难道她就是牛老板故事里的那个琼吗?”安东医生无奈地摇摇头。男女之间的事，谁能说清楚!

第四章　有毒的吻

一周后，安东医生正在平遥社区坐诊，接到心内科金护士长打来的电话，她焦急地说："安东医生，你的学生刘笑琼生病住院啦！"

安东医生吃惊地问："她不是去西藏旅游了吗？"

"出发的前一天，她突然生病了，旅游没去成。"

"她身体那么好，怎么会生病呢？"

"具体的我也不清楚。她现在高热不退，好像病很严重，住院三天了还没弄清楚诊断，就住在我们心内科，你抽空回来看看她吧。"

"不紧急吧？"

"不急，等你社区出诊结束再回来吧。"

下班后，安东医生匆匆赶回到医院。金护士长和一位叫徐俊的女医生一直没下班，在病房里等着他。安东医生跟着徐俊医生和金护士长来到刘笑琼的病房。

徐俊医生原本矮矮胖胖的，最近减肥成效显著，变得小巧玲珑。她来自省内一个边远偏僻的海岛，至今，脸庞还残留着海风吹过的印记，身上散发着海水的味道，大家都称呼她海岛女医生。人们都说吃鱼长大的人善良、实在、聪明，但脑瓜子不够灵活，然而，这位既喜欢吃鱼又喜欢吃肉的海岛女医生不仅善良实在，而且聪明非凡、机灵过人。看来人不能光吃鱼不吃肉，当然，更应该多吃一些水果和蔬菜！

刘笑琼躺在靠窗的一张病床上，面色苍白，显得虚弱，眼皮半睁半闭，充血的球结膜像是涂了一层蜡膜。看见安东医生走进病房，她虚弱地说："安东老师，我不明原因突然出现寒战、高热，现在有些胸闷、心慌，是不是得了重症心肌炎啦？"

学什么病得什么病，这是医学生经常容易犯的病。安东医生向来把自己的学生当作自己的孩子一样看待，当年他的老师也是如此，一日为师终身为父。

“不可能的。”安东医生轻轻拉着刘笑琼的手，安慰地说，“别着急，病来得急，好得也快!”

徐俊简单地介绍了刘笑琼的病情:“两天前，她不明原因突然出现咽喉肿痛，伴有寒战、高热、四肢关节酸痛。同时还有咳嗽，咳黄痰，但没有咯血和哮喘，也无腹痛、腹泻。入院时体格检查：血压106/70毫米汞柱，脉搏每分钟100次，呼吸每分钟20次。高热面容，口唇无紫绀，颈静脉不怒张。眼结膜充血，咽部充血但双侧扁桃体不肿大。右颈部有几个肿大的淋巴结，最大一个直径3.0cm，呈圆形、坚硬，有压痛。双肺呼吸音粗糙，但无干、湿性啰音。心率每分钟100次，心律整齐，没有心脏杂音。患者虽然主诉四肢关节酸痛，可是四肢关节的外观无红肿及压痛。其他检查无阳性所见。辅助检查：白细胞总数降低，淋巴细胞增多，但中性粒细胞升高明显，占80%。血沉变快90mm/h，C反应蛋白升高。说不好是病毒感染还是细菌感染，反正炎性指标都有变化。开始时我们考虑是病毒感染导致的咽结膜热，但又觉得不太像，抗病毒治疗效果不好。昨天的胸部CT可见双侧肺门纵膈淋巴结肿大。肝脏B超检查，肝脏、胆囊和胰腺无异常，脾脏略大。今天上午腹部PET检查可见腹膜后也有淋巴结肿大。初步诊断：发热原因待查，淋巴……”

说到这里，徐俊医生压低声音，悄声说:“血液科的专家会诊，高度怀疑恶性淋巴瘤，建议做淋巴结穿刺或活检。”

安东医生问:“心电图如何?”

“刘笑琼从今天开始出现胸闷、心慌、气急。心脏出现杂音。心电图提示有心肌缺血和心律失常，血液化验出现心肌酶升高和肌钙蛋白阳性，提示有心肌损伤的表现。”

“血液细菌培养做了吗?”

“还没抽血。”

详细询问病史和做过体格检查后，安东医生的意见:“从目前情况看，患者除了颈部淋巴结肿大外，双侧耳前淋巴结也肿大，有触痛，炎症的可能性大，有待于排除菌血症或败血症，马上抽血做血液细菌培养。目前至少心肌炎是存在的，虽然病因尚不清楚，但可以暂时先按心肌炎治疗，营养心肌，对症处理，同时使用头孢类药物控制炎症。”

刘笑琼的病情一连五天不见好转，眼看着她病情逐渐加重，原本像运动员一样强健的身体，现在变得十分虚弱，同事们都很焦急。她的血压降低了，85/50 毫米汞柱，心率变快了，120 次/分，心尖出现杂音，双肺出现水肿，提示心脏功能减退，处于危险的感染性休克和心力衰竭状态。

安东医生怀疑她患了细菌性心内膜炎，担心她的心力衰竭随时会急剧加重。血液科专家虽然高度怀疑她患的是急性淋巴瘤，但是又感觉不太典型，淋巴瘤患者的淋巴结应该没有压痛和触痛呀，除非合并了细菌感染。淋巴结的活体组织检查结果没出来，诊断还不能最后确定，此刻，只能做一些对症治疗。内科急诊有个原则，病因不明时优先选择对症处理。

第六天，淋巴结病理活检结果回来了，没发现肿瘤细胞，却发现淋巴结内有大量炎症细胞聚集和浓液。“不幸中的万幸，不是淋巴瘤，是炎症。可是，是什么炎症这么严重呢？为什么会这么顽固？”徐俊医生疑惑地问道。

安东医生虽然感觉刘笑琼的病得的蹊跷，但一时也不知道答案。到底是啥病呢？——各类传染病指标全都化验了，没发现问题。

第七天，他们翘首以盼的血培养结果终于回来了。血细菌培养阳性。刘笑琼的血液里生长出一种少见的呈棕黄色的微小的棒状杆菌，是一种寄生在猫身体上的细菌，名叫汉赛巴通体。这是一种通过猫爪抓伤人体皮肤传播的疾病，医学上称为猫抓病。

刘笑琼怎么会感染上猫抓病呢？怪不得前些天使用的药物没效果！不管怎么说，治病救命要紧。他们立即选择了有效的药物，左氧氟沙星霉素进行治疗。

用药两天后，刘笑琼的病情开始好转。用药第五天，安东医生与海岛女医生徐俊查房时，刘笑琼的精神和气色恢复良好，症状消失一大半，颈部的淋巴结也消肿了，只是还有一点儿咳嗽和白色黏痰。

徐医生询问她："笑琼，你在养宠物猫吗？"

"没养啊。我住在独身宿舍怎么可能养猫呢！但是，我确实很喜欢猫咪。"

徐医生追问："你最近半个月内被猫抓伤过吗？"

"没有。"

"你密切接触过猫吗？"

"嗯——让我想想——对了，我想起来了，两周前，我去过我姨妈家，她家里有只可爱的黑色波斯猫，让我喜欢不够。"

徐医生再次问："你确实没被它抓伤过吗？"

"当然，它是个温顺的宝宝，怎么会挠人呢！"刘笑琼的脸色突然变得不自然，沉默片刻后喃喃道，"我吻过它，它也亲过我。难道真是它把汉赛巴通体传播给我了吗？"

安东医生和徐俊医生点点头："恐怕是这样的。大约40%的宠物猫会携带这种病菌，无论是被猫爪抓伤，还是与猫密切接触都有可能感染上这种疾病，甚至连猫、狗身上的跳蚤也会传播这种疾病。这种病的四大典型症状你都具备：发热、咽喉疼痛、眼结膜充血和耳前淋巴结肿大。"

"唉，我太无知了。没想到猫咪这么甜蜜的吻，竟然也会有毒！安东老师、徐老师，我的病能治好吗？"

安东医生说："放心吧，诊断清楚了，下一步治疗就好办了。这种病由于是以淋巴管炎症为主，病程长，一般需要两到四周才能好转。你的病比较重，好得要慢一些，但会治愈的。"

安东医生曾治疗过一些因为逗猫被猫爪抓伤或被野猫身上带菌的跳蚤叮咬而患病的儿童，积累了一些临床经验。有些患儿因肺、纵膈或腹膜后有淋巴结肿大被误诊为结核。虽然汉赛巴通体病菌与结核菌截然不同，但服用利福平治疗也有效。猫抓病并非罕见，只是诊断困难，大多误诊为感冒或其他疾病，只要诊断清楚治疗彻底，绝大多数患者的预后是良好的。

听到安东医生说的最后一句话，刘笑琼开心地眯着月牙眼睛在床上手舞足蹈起来："太好了，等病好了，我还想去青藏旅游，跨越冰川，攀登雪峰，欣赏高原的无限风光。"

安东医生严肃地告诫她："即使疾病痊愈了，你的身体状况也不会马上恢复到从前。你近期不能外出旅游，更不能再去高原。"

刘笑琼似乎突然受到了打击，愣了一会儿，接着眼含泪水说："安东老师，您不知道，作为一名背包驴友，没走过青藏线路是一种多么遗憾的事啊！"

安东医生又想起度假村牛老板讲过的那个神秘的驴友，来自西北的女生，诧异地问："你半年多前不是去过西藏，走过川藏线路吗？"

"没有啊，我从来没去过西藏呀。"

"那你怎么会认识牛老板呢？"

"哪个牛老板？"刘笑琼疑惑地望着他，"——哦，我想起来了，你是说那天找你看病的牛老大吧？网上视频聊天时就是这么称呼他的。我不知道他是什么老板，那天在门诊走廊里，我是第一次见到他本人。"

徐俊医生迷惑不解地问："牛老板是谁？"

安东医生答道："一个有趣的驴友。"

徐医生感到惊奇："安东医生，您也背包游吗？"

"你觉得我可以背包游吗？"

"我看年龄不是问题，可以试试。"

刘笑琼沮丧地说："不能去西藏也罢了，可是你们说我今后还能再跑马拉松吗？"

安东医生不知该如何回答。刘笑琼因担心自己今后不能继续享受马拉松长跑带来的快乐，躲在被窝里悄悄地伤心流泪。

原来是一场误会。看来是安东医生搞错了，来自西北的女生不一定是西北人，年龄也对不上。但是，作为一名医生，为了刘笑琼的健康，无论如何，他不会允许她近期再外出旅游了。

人的一生，绝不能太随心所欲！

第五章　魔在何方？

夜，静悄悄。

“啊——”一声惊惶、刺耳的尖叫声，回响在心外科不算宽敞的术后监护室里，颤抖的音频震动着陈旧的天花板，发出哗哗的响声。

术后监护室里的值班护士小黄噌地从椅子上跳起来，跑到发出尖叫声的女患者的床边。其实当天监护室里只有这么一个患者。小黄站在病床旁，她瘦小的面孔忽然变得苍白，毛发战栗，表情惊恐万分。片刻后，她镇静下来，一边按下医生值班室的报警按钮，一边俯下身体，捏住患者鼻子，口对口做人工呼吸。一下、两下、三下……她用力向患者肺里吹气。护校实习时，她曾经实习过这种抢救呼吸骤停最简捷快速的方法。

“啊——”小黄护士的身体一阵紧缩，发出长长的一声惊恐的尖叫，骇人的声音回荡在监护室里，像是拉响的防空警报，顺着监护室的门缝传出来，沿着漆黑的走廊传遍了心外科病房的每一个角落。

“扑通”一声，她双腿一软，晕倒在地上。

墙壁上的监控系统录下了这段视频。

病房的值班护士和医生立即向监护室跑去，在监护室里看到小黄躺在地板上，双目紧闭，双手握拳，口吐白沫，四肢微微抽动着。监护室里，一个先天性动脉导管未闭，刚做过结扎手术两天的年轻女患者躺在病床上，面色青紫，双眼上翻，紧咬牙关，四肢快速抽搐，震动得白色的铁床“嘎吱嘎吱”作响。监护仪上显示心跳变慢，每分钟 40 次，血压急剧升高到 230/160 毫米汞柱，呼吸停止，每分钟 0 次。监护仪红灯闪烁，发出“嘀嘀嘀”高调的报警声。

“不好，患者呼吸骤停！”值班医生顾不上躺在地上的小黄，立即拿起开口器，迅速撬开患者紧闭的嘴巴，拉出向咽喉处痉挛的舌头，打通气道。然而，就在他把简易呼吸面罩压在患者面部准备进行人工呼吸时，患者的心脏突然停了。胸外心脏按压无效，强心药注射无效，呼吸兴奋注射剂无效，心脏电除颤无效。麻醉科医生来了，紧急气管插管接上自动呼吸机，氧气不停地灌进患者的肺里，可是患者的心脏再也没跳起来。

奇怪，患者除了窒息时出现一过性面部青紫外，死亡后皮肤和黏膜没有明显的青紫。

小黄苏醒了，可是女患者却走了。

这已经是短期内连续第三个心脏手术患者在后半夜突然发生猝死了。蹊跷的是这三个患者患的是同一种病，先天性心脏病，动脉导管未闭伴肺动脉高压。更怪异的是，这三个患者都是在体外循环心脏手术后第二天的后半夜凌晨一点后猝死的。凑巧的是这三个患者死亡之夜，监护室的值班护士都是小黄。

前两个患者死亡后，护士长埋怨小黄病情观察不细致，甚至怀疑她后半夜趴在桌子上打瞌睡。因此，前一天临下班时，护士长特意嘱咐她夜里一定要仔细观察病情，看护好患者。高度紧张的小黄，夜里除了忙于护理处置外，几乎眼皮不眨地盯着患者的监护仪。她万万没想到与前两次相同的一幕又发生了。

此刻，小黄坐在椅子上紧张得发抖，呜呜地哽咽：到底发生什么事情了？为什么患者都是在病情好好的时候，忽然尖叫一声，双眼上翻，心跳变慢，血压升高，接着呼吸就停了呢？为什么死亡都是发生在术后第二天的后半夜里呢？为什么都让我碰上了呢？为什么呼吸停了全身没有发紫……

死亡讨论会在心外科医生办公室里召开，心外科医生、心内科医生、手术麻醉医生、护士长，甚至手术室护士全都参加了。安东医生也应邀参加了讨论会。

心外科大小专家有六七个，把患者的病情从术前到术中，从术后一直到死亡，认真梳理一遍，没发现任何纰漏。诊断是明确的，手术是成功的，各种药物使用是规范的。大家的焦点不约而同地集中在肺动脉高压和体循环高血压上。

人体的血液循环分为体循环和肺循环。肺循环是负责血液摄取氧气，即氧合作用的，肺循环的血压很低，平均在 10 毫米汞柱左右，是体循环血压的十分之一；而体循环负责向全身供应动脉血，为组织细胞提供氧气，压力很高，在 100 毫米汞柱左右。正常的成年人，两者基本上是互不相通的。胎儿时期，体循环和肺循环靠动脉导管连通，出生后动脉导管迅速自动关闭。如果出生后动脉导管没有闭合，就是所谓的先天性动脉导管未闭心脏病。

动脉导管未闭时主动脉内的大量血流通过这个“短路”的导管流入肺动脉里，体循环血压降低，而肺循环升高。如果肺血管压力骤然升高，会发生急性心衰，即肺动脉高压危象。这三个患者术前都有严重肺动脉高压，很有可能术后突然发生肺动脉高压危象导致猝死。但是手术结扎导管后，肺内血流减少，不大可能引起肺动脉压明显升高。医生们很快否定了由于肺动脉高压危象导致的死亡的结论。

结扎“短路”的导管后，主动脉内血流突然增加会驱使动脉血压突然升高。会不会是因为血压急性剧烈升高导致脑出血而死亡的呢？

心外科医生们一直认为，术后血压控制十分重要。术后虽然常规使用一种叫硝普钠的降压药控制血压，但效果不理想，患者血压最高突然升至 230/160 毫米汞柱，有可能诱发了急性脑血管病发作，导致死亡。遗憾的是患者家属虽然有意见，有争议，但不同意尸体解剖。至于三个患者连续在术后第二天的后半夜猝死，纯属巧合。

“安东医生，你怎么不发言呢？”心外科岳主任与安东医生有些私交，多年以前，他们曾经一同赴德国进修学习，多次在欧洲搭伴背包旅游。有一次，因为没随身携带护照，他们在德国边境被扣押一天一夜。此刻，岳主任特别想听听这位心内科专家的意见。

安东医生是心脏病学专家，因钻研怪病而闻名，是岳主任特别邀请来会诊的医生，他迟疑了一下，说：“我还没有成熟的意见，说不好。但是，感觉情况并不如此简单，恐怕还是术后哪个环节出了问题。”

外科的病例讨论与内科不同，没有十足的把握不能随意推论或猜测，特别是术前讨论，无论多么疑难复杂的疾病，无论如何争论，到底谁说的对，手术时刀一开，马上一清二楚；而内科的疑难病例讨论经常是一本糊涂账，公说公有理，婆说婆有理，最后谁资格老谁有理。心外科每天都做各种不同的心脏手术，从没发生过问题，偏偏先天性动脉导管未闭这种相对简单的手术，反而接二连三出事。这个患者的死因似乎发生在术后，有点儿像扑朔迷离的内科疾病。

“是啊，一定是哪个环节出了问题。目前看来，高血压是个问题。”

一位姓杨的五十几岁矮个儿的老护士长开口了：“我们心外科历来有个奇怪的现象，患者一走就是连续两三个，走一个总是要再带走一个。这几天，我们护士们都在胡乱猜测。”

岳主任反驳：“这不是科学的说法。我们医护人员还是应该抱着科学、严谨、实事求是的态度分析问题。”

“岳主任，下次再有此类手术患者，你安排我值个夜班，我想亲自观察一下。”安东医生对这个案例很感兴趣。

“好哇，安东医生，求之不得。一言为定!”

“一言为定!”

“安东医生，有你在，病魔一定会被吓跑的。嘻嘻。”杨护士长调侃着，“护士你来选，挑最精干的。要不是小黄当场吓晕过去，说不定患者还有抢救过来的可能。”

杨护士长和安东医生来到护士站。护士站里，小黄头伏在桌子上呜呜地哭个不停。

“小黄，你又怎么了?”杨护士长有点儿不悦，问道。

“我的三个夜班一连死了三个患者，大家都说我身上有魔。呜呜——”

杨护士长说：“谁这么说的?迷信！你告诉我谁说的，下次我安排她特护，看看她身上有没有魔。”

小黄指着身旁一个矮胖姓刘的护士说：“护士长，是小刘说的。”

小刘急忙辩解：“杨护士长，不是我说的，我也是听别人说的。”

“还有小孙。”小黄又指着另一个瘦高的护士。

“我没说你有魔鬼附体，我是说你胆小鬼，被吓晕倒了。这么说总没错吧!”小孙争辩道。

小刘说:“是啊，如果你不晕倒……”

“好了，大家别争吵了。”杨护士长严肃地说，“我们都是医务人员，要相信科学，不要偏信迷信。”

安东医生说:“是啊，世上从来没有鬼神，如果说有魔，那就是病魔。我们医护人员就是擒魔人。”

杨护士长对围上来的护士们说:“下次再有此类患者手术，安东医生要亲自在监护室里值夜班，谁愿意与安东医生一同值班?请举手!”

“我愿意。”

“我愿意!”几个老一点儿的护士立刻举手表态。

“我也愿意，护士长，您再给我一次机会吧，我要证明我自己。”小黄出人意料也举起手来。

“小黄，你不害怕了吗?”

“有安东医生在，我不害怕。我也要做一个擒魔人。”

“我答应过安东医生，值班护士由他自己选。”杨护士长指着几位护士说，“这几位老护士胆大心细，工作有经验。小黄平时工作优秀，技术也不错，就是……”

安东医生说:“就选小黄了。她参与和了解事件的全过程，或许对我观察病情会有帮助。”

安东医生的选择出乎杨护士长的意料，但既然安东医生坚持选小黄护士，她也只好同意。

先天性动脉导管未闭是一种常见的心脏病，没过多久，心外科又收治了一例这种病人。

第六章　擒魔

夜，依然静悄悄。

心外科监护室里，一位22岁面容清秀的女患者，术后第二天，安静地躺在监护室1床上。她与前面连续死亡的三个患者患了同一种心脏病，先天性动脉导管未闭合并肺动脉高压。据术者岳主任评价，手术非常顺利，术后一切生命指标稳定，血液化验指标正常，进入监护室不久就试停呼吸机，接着又拔出了气管插管。术后的一切治疗，降压、扩张血管、预防感染等方案，都是按照标准化流程进行的，不需要特殊调整。

临下班时，岳主任特意叮嘱："拜托了，安东医生，一定要看住血压。我另外安排了心外科有经验的修医生值班，负责监护室和病房的病人。如果需要更改治疗方案，你们商量一下。"

隔行如隔山，安东医生懂得心外科的治疗与心内科有不同之处，他不便于更改医嘱，他值班的目的是密切观察患者的病情变化，及时发现病情恶化的破绽。

小黄护士悄悄祈祷：但愿我的班别再出事；但愿从前的事件都是偶然的；但愿这个患者平安无事。

小黄是个农村姑娘，圆圆的脸蛋，大眼睛，朴实执著，工作踏实肯干，护校毕业三年了，也算是老护士了。她自己也承认胆子小是她的弱点，但是上次患者发病把她吓晕过去，连她自己都无法相信和理解。她私下无数次自责。

有人说，患先天性心脏病的女孩大多长得眉清目秀、聪明伶俐，这叫美中不足。这个患者姓唐，她自述家住西柳服贸集市，与母亲在集市上做服装生意，她懂设计，会剪裁，能做出精美的时装。此时，患者意识清醒，可以自由对话，她说等她出院后，要免费为安东医生和小黄制作一套称心如意的时装。安东医生嘱咐她不要多说话，安静休息，如果有什么不舒服，及时告诉他们。

临近半夜，安东医生不放心，每隔十几分钟就询问一次患者是否感觉哪里不舒服。患者说除了刀口有些疼痛，没有其他不适。安东医生放心地坐在椅子上，安静地观察着监护仪。血压正常，120/70 毫米汞柱，心率不快不慢，每分钟 70 次，呼吸平稳。

修医生来监护室几次，看到患者病情稳定就回病房了。

夜里十二点，小黄不安地对安东医生说："我有预感，这个患者后半夜恐怕也要出事。"

安东医生警觉地问："为什么？你觉得有什么地方不对吗？"

小黄悄声说："你瞧，她脸蛋多红。"

"哦？她的体温高吗？"

"我刚量过体温，不发烧，腋下温度 36 摄氏度。前三个患者半夜里也出现过脸面绯红这种现象。"

安东医生感觉不大放心，来到病床边仔细检查患者的心脏，并没发现什么问题。患者口唇和指甲无青紫，至少没有缺氧的征象。他望着监护仪，血氧饱和度 100%，至少血氧是正常的。

半夜十二点半时，患者略微烦躁，呼吸稍显急促，但口唇、四肢末梢无紫绀，双肺呼吸音和心跳均正常，血压忽然升高到 160/100 毫米汞柱。小黄调快了微量注射泵里降压药的注射速度。她一边调节注射泵一边说："岳主任下班前指示，如果血压升高到 160 毫米汞柱，就加快降压药硝普钠的速度。"

用着强效降压药，血压为什么还会升高呢？安东感觉有点儿不对劲，会不会有其他问题呢？

加快硝普钠速度后，患者的血压略微降低到 150/90 毫米汞柱，心跳稳定在每分钟 70 次，整齐，监护仪显示的血氧饱和度也正常。但是，患者的脸色更红了，像火烧的彩虹，有点儿紫红色，呼吸稍显急促。

墙壁上的时钟，时针已经指向一点钟整，小黄有点儿紧张，悄声说：

“安东医生，前几个患者就是一点钟后突然发病的。”此时，患者微微侧过头看着安东医生，问：“我怎么感觉有些头晕、视力模糊、胸闷呢？”

“小黄，再测量一次血压。”

“嗯。”小黄按下监护仪上的血压测量按钮，患者的袖带开始自动充气，此时患者呼吸有些急促。

不好，要出事！安东医生立即奔向患者床头，他发现患者开始屏气，面色青紫。“快，递给我开口器！”

小黄迅速将开口器递给安东医生，焦急地喊道：“安东医生，血压升高到240/160毫米汞柱了，怎么办？我加快降压药速度吧。”

“不！立即给我停药！”安东医生几乎咆哮起来。

“为什么……”

几乎在这同时，患者突然双眼上翻，四肢剧烈抽搐，喉咙里迸出“啊——”的一种撕心裂肺的尖叫声，安东医生没有时间对小黄解释为什么不能再用降压药了。

“糟糕！”小黄不由自主抖动起来，嘴里嘟囔着，“怎么又出事了呢！”

安东医生喊起来：“患者呼吸停了，心率减慢了，快通知心外科修医生过来气管插管。小黄，把简易呼吸器递给我。”

患者头颈部剧烈震颤，几次把简易呼吸器上的氧气面罩挣脱掉。“我还是做口对口人工呼吸吧。”小黄毫不犹豫地伏在患者身上，一手捏住患者鼻孔，另一只手压下患者下颌，熟练地做起口对口人工呼吸。一下、两下、三下、四下……患者的脸色开始好转，突然，小黄身体一软，从床上滑倒在地上。

此时，病房的护士小孙和修医生跑进来。

“小黄她怎么了？怎么又晕倒了？”小孙看到小黄躺在地上，问道。

“不好，患者心脏骤停，血压降到零。”安东医生立即进行心脏按压。修医生开始气管插管，她掰开患者嘴巴，把一根手指粗细的塑料管插进患者喉咙里……

“小孙，抢救车里有美兰注射液吗？”

小孙在抢救车里查找着。“有，每支10毫升100毫克。”

“立即静推一支。”

“明白，美兰注射液10毫升静推完毕。”

“激素，甲强龙80毫克静注。”

“甲强龙静脉注射完毕。”

“强心剂，多巴胺20毫克静推。”

“多巴胺静推完毕。”

“立即抽血20毫升准备送检。”

“明白!”

修医生是个中年女医生，动作麻利，顺利完成气管插管，立即连接呼吸机，调好呼吸机的通气模式。几分钟后，患者心跳恢复，每分钟70次，心律整齐，心音有力，血压回升到110/60毫米汞柱。随后患者意识恢复过来，她睁大眼睛望着安东医生，喉咙动了几下，似乎在问：“我刚才怎么了?”可是因为气管插管发不出声音。

“别担心，风暴即将过去。”

“小黄，你醒醒!”修医生和值班护士把她抬到隔壁病床上。几分钟后，小黄清醒过来：“发生什么事了?我怎么躺在床上了呢?”

修医生说：“你刚才晕倒了，躺在床上好好休息吧。”

小黄望着患者的病床：“不好意思，我怎么又晕倒了呢?发生什么事情了吗?”

“抢救患者，你不记得了吗?”

她摇摇头：“患者刚才怎么了?”

“呼吸、心跳骤停。”

“啊！呜呜——”小黄伤心地哭泣着，“怎么会这样呢?”

“多亏安东医生抢救及时啊！现在患者转危为安了。”修医生劝说，“好了，小黄，别哭了，以后多锻炼锻炼就好了。”

三天后，心外科再次召开病例讨论会，讨论监护室1床呼吸、心跳骤停的原因。

“高血压，一定又是血压没控制住的原因。”

“不会呀，降压药硝普钠的剂量已经接近标准剂量的上限了，这么大的硝普钠剂量不会控制不住血压呀。”

“动脉导管未闭结扎术后血压就是难控制。”

“嗯，所以常规选用硝普钠这种强效的降压药。”

修医生问：“会不会是硝普钠的毒副作用啊？”

其他医生回答：“不会吧，剂量控制在说明书要求之内呀。”

几个心外科医生七嘴八舌讨论着。

岳主任低声询问安东医生：“你有把握认定患者是硝普钠引起的氰化物中毒吗？”

“嗯。”安东医生肯定地点点头，把手里的血液化验单递给岳主任，“这是患者血氰化物含量的检测结果，血里氰化物蓄积浓度达到致死的剂量。这是动物实验的结果，把患者的少量血清注射到小鼠体内后，小鼠迅速死亡，死亡原因也是氰化物中毒导致呼吸骤停。”

“那好吧，一会儿你来揭开真相吧。”

“不，岳主任还是你来讲吧。”

“也好，我讲。”岳主任严肃地面向各位医生说，“各位医生，最近一个月是我们科最灰暗的时期，有三位先天性动脉导管未闭合并肺动脉高压的患者相继在术后第二天发生意外，我们一直以为术后高血压是病魔，实际上，我们都错了。真正的病魔是被我们忽略的降压药物的严重副作用，硝普钠蓄积导致氰化物中毒。这几个病例留给我们深刻的教训，作为术者和主任，我向大家检讨。尽管我们在药物使用的剂量和适应症方面都是合理的，但由于我们缺乏对氰化物中毒的认识，没有及时察觉患者的中毒症状，造成了极大的不幸后果。我会在恰当时机向患者家属道歉，按照法律途径解决医疗争议。关键是我们要提高认识，接受教训，今后杜绝此类事件发生。”他把化验结果和动物实验结果交给外科医生们传阅。

杨护士长沉痛地检讨说：“我们护理上也有教训，我们没有及时发现药物的不良反应。此外，个别护士应急反应能力不够，我今天已经严厉批评了小黄护士，作为一名心外科护士，两次在患者突然发病需要抢救的最紧要关头，由于受到惊吓而晕倒，这是非常不合格的。希望她认真接受教训，深刻检讨。”

“不，护士长，您错了！”安东医生的话惊动了大家。

“我错了？”杨护士长吃惊地望着安东医生。

“是的，您错了。我也错了。抢救时，我应该阻止她做口对口人工呼吸，因为氰化物中毒时患者口腔和气道的分泌物里有大量氰化物，会造成医务人员的急性中毒。”

“啊！”护士长尴尬的表情僵住了，一句话没说，转身离开了会议室。

会议室里的气氛沉闷下来，大家的触动太深了，一下子反应不过来。

“硝普钠是强效降压药物，中毒时应该血压降低呀。”

“以后这种药物还用不用了？”

看来大家对硝普钠引起氰化物中毒的表现认识不足。

硝普钠的代谢产物是氰化物和硫氰酸盐，氰化物是中间代谢物，硫氰酸盐为最终代谢产物，如氰化物不能正常转换为硫氰酸盐，则硫氰酸盐血浓度虽正常也可发生中毒。对于肾功能正常人，硝普钠的代谢产物，硫氰酸盐在体内清除的半衰期为7天，如果是肾功能减退，半衰期更长，容易蓄积中毒。有时为了抢救重症高血压和心力衰竭的患者，必须要使用这种救命的药物。

安东医生解释说：“硝普钠的毒副作用很诡秘，氰化物中毒时，有些症状十分隐秘不易被发现。我几乎被蒙骗住了，比如，患者已经发生严重缺氧了，但其皮肤和黏膜不发生青紫，甚至血液里氧气的水平还正常。当脑缺氧导致脑水肿时，血压反而急剧升高。这时加大硝普钠的剂量，正中病魔的圈套。此外，氰化物的中毒剂量和致死剂量相隔很近，急性中毒后患者迅速死亡，很难组织有效的抢救。好在我们的抢救车里备有美兰注射液、甲强龙注射液可以中和氰化物的毒素。”

各位医生频频点头，表示赞同。这种药物的副作用确实少见，而且表现极其特殊，容易被忽略。医学正是在失败中不断提高的，这样的病例讨论确实很有价值，给今后的医学实践留下了血的教训。凡是接受这个教训的人都相信，这种事件以后不会再发生了。

杨护士长领着小黄护士进来了。杨护士长有些激动，拉着小黄的手说：“小黄，我今天当着全科医生的面，正式向你道歉。我批评错了，我的误解让你受委屈了。你的表现很无私、很勇敢，值得我们全体护士学习，值得表扬。”

小黄显得腼腆不知所措，说：“护士长，您批评是对的。我确实是被吓晕过去了。”

安东医生说：“小黄，你实际上是中毒了，事后产生一过性失忆，所以你自以为因惊吓而晕倒。我们当时抽了你的血，你血里的氰化物浓度超标。记住，下次再碰到氰化物急性中毒患者，请不要口对口做人工呼吸。”

“原来魔真的附在我身上啦！”小黄自嘲而笑。

第七章　急诊室

淡淡的月光透过窗帘的缝隙洒落在窗台上，阵阵的微风穿过纱窗带进来一丝夜来香散发的芬芳。电话的铃声已经响了七八声，可是安东医生仍然半梦半醒朦朦胧胧地躺在松软的睡床上，安静地品尝着夜色中空气的新鲜和清凉。他需要十几秒的时间恢复四肢肌肉的功能，方能从睡梦中走出……

电话继续丁零零地响着，他意识到一定是有急诊，大脑立刻清醒过来，伸手抓起电话。他早已习惯了那种睡梦中突然被电话铃声惊醒时四肢瘫软连抬起胳膊拿电话的力气都没有的感觉。“喂——是我——哦，知道了。”他的嘴唇对准话筒尽量压低声音。为了使夜里的急诊电话不影响太太和女儿的睡眠，他不得不夜里与她们分房而居。

撂下电话，他抬头瞥了一眼桌子上的小闹钟，荧光闪闪的时针指向 12 点整。他钻出温暖的被窝，迅速穿上衣裳，在小闹钟的秒针“嘀嗒嘀嗒”转了三圈之后，蹑手蹑脚，悄然地离开了家。

“安东医生，你这么快就来啦！”正给患者输液的急诊科值班护士小黄惊讶地望着安东医生。此刻，急诊室墙壁上的钟表正指向 12 点 15 分。

“患者在哪里？”安东医生一边套上白大衣，一边问道。

“患者在内科观察室的病房里，从千岛市送来的急症。”

安东医生拿起听诊器走进内科观察室。靠窗的一张病床上躺着一个面孔苍白、面容憔悴、40 岁左右的男性，鼻孔插着氧气导管，双手捂着胸口不停地低声呻吟着。一位形体优雅的年轻女性坐在床边，手里拿着毛巾轻轻擦去他额头渗出的汗水。急诊科值班的是个男医生，姓张，正在为他做心电图，看见安东医生走过来，顾不上打招呼，立刻开始汇报病史：“安东医生，你来得正好，这是一个急性胸痛患者，男性，41 岁……”

“牛老板，是你！”安东医生大吃一惊，眼前的患者竟然是他的熟人。牛老板严重消瘦，显得十分虚弱，时隔一年多，完全变了一个人。“这是怎么回事？”

牛老板有气无力地抬起眼皮，张开嘴巴：“安东医生，你来了我就放心了……”

“你们认识呀。”张医生继续介绍病情，“一周前，患者出现腹痛、腹泻伴恶心呕吐，按照急性胃肠炎治疗已见好转。两小时前，突然出现胸痛、呼吸困难、大汗淋漓。已经给予抗心绞痛药物，胸痛没有缓解，但目前，生命体征还稳定。”张医生把刚刚做好的心电图撕下来递给安东医生，“这是患者的第二份心电图，与第一份相似。”

心脏跳动时可以通过电极从体表面记录到一种有规律变化的电流，这种心脏电流在心电图机器上产生的特定波形，就是我们常说的心电图。从身体不同位置记录到的波形，形态不一，因此，不同的电极导联记录的心电图波形有各自特定的形态特征。心电图可以帮助医生判断患者有无心脏肥大劳损、有无心肌缺血、有无心律失常、有无心肌梗死。安东医生接过心电图认真地阅读着，心电图显示一种典型的心肌缺血的标记，并不意味着发生急性心肌梗死。奇怪，没有心肌梗死，为什么患者会剧烈持续的胸痛呢？

“血液化验了吗？我需要知道心肌酶学结果。”安东医生追问道。

“这是急诊血液化验的结果。”张医生把化验单递给他。

安东医生接过化验单，看着各项化验指标，仍然无法确定患者是否是急性心肌梗死。心肌梗死后血液中的心肌酶学改变有一定的规律和顺序，最先是肌钙蛋白升高，接着是肌酸激酶同工酶升高，随后才是肌酸激酶和乳酸脱氢酶升高。而这个患者心肌酶的改变有些杂乱无章，肌钙蛋白、肌酸激酶、乳酸脱氢酶几乎同时升高，而且肝酶也升高。或许是一种不典型的心肌梗死吧？

有些患者发生急性心肌梗死时，从心电图上看不出来心梗的表现，医学上称为急性非 ST 段抬高型心肌梗死。或许另有其他原因——安东医生仔细为患者做了体格检查，血压、呼吸、血氧饱和度，没发现明显的问题。患者除了心动过速和上腹部有隐隐的压痛外，几乎没有什么其他阳性体征。四肢血压对称，双下肢无非对称性水肿，大血管无杂音，肺动脉瓣区心音不亢进，初步排除了主动脉夹层和肺梗塞的可能。

必须先排除急性心肌梗死，这是诊断原则，因为心肌梗死是最危险的心脏病。因此，安东医生决定行急诊冠脉造影检查。

“牛老板，你别着急，平静休息。我们马上安排检查治疗。”

“嗯，有你在我不担心。”牛老板的神色安静了许多，“冠脉造影是怎么回事？”

安东医生解释：“冠脉造影是诊断冠心病的金标准，可以直观地分析心脏表面冠状动脉的形态和血流。所谓冠心病是指冠状动脉发生动脉硬化伴有严重狭窄，如果冠状动脉发生血栓完全阻塞，就是心肌梗死。”

然而，牛老板的冠脉造影结果没发现任何问题，心肌梗死可以排除了。不是冠心病，不是心肌梗死，那会是什么病呢？安东医生自然而然想到了急性病毒性心肌炎。

所谓病毒性心肌炎其实是由于人体感染病毒后诱发的一种心肌免疫性炎症反应，最常见于感冒一周后，出现胸闷、心慌等症状，属于“心脏感冒”。病毒感染血液中的白细胞会降低，细菌性感染白细胞会升高，可是，这个患者白细胞总数和中性粒细胞比例均明显升高，不像病毒感染，倒有点儿像细菌感染。

牛老板的心超检查发现心包腔内有少量积液，血液化验发现血清淀粉酶比正常人增高几倍，安东医生马上想到急性胰腺炎，立即请普外科会诊。外科会诊也怀疑是急性胰腺炎，迅速把他转入重症监护室按照急性胰腺炎进行治疗。

胰腺是人体内的一个重要消化器官，胰腺分泌的消化酶能够帮助人体消化和分解食物里的脂肪。胰腺发炎是一种消化道疾病，常常是由于胰腺内的管道阻塞所致。急性胰腺炎不仅损伤胃肠道，还导致心脏或肺脏的损害，特别是化脓性胰腺炎发病很凶险，决不能麻痹大意。前些天，急诊室收治一位德国青年突发急性化脓性胰腺炎，胸腹剧痛、呼吸困难、大汗淋漓、低血压休克，虽然诊断治疗及时，可患者还是当天夜里突然去世了。这种病与心脏病一样凶险。

三天后，牛老板的各项急性胰腺炎指标，血、尿淀粉酶迅速恢复正常，几乎是药物一用，胰腺炎立即痊愈，他被转回到心内科。可是，他的症状丝毫不见好转。胸痛轻了，腹痛又重了；腹痛轻了，恶心呕吐症状出来了；能进食了，心脏又出毛病了，各类麻烦交替发生。一会儿心动过速，一会儿心跳紊乱，早搏成对成串地来；血色素降低，出现不明原因的贫血；血压偏低，脉压差变小，甚至有点儿休克。心脏的损害变得更严重了。

牛老板的症状越来越多，消瘦、虚弱、低热、精神萎靡、焦虑不安、情绪紧张，甚至惶恐不安。各种症状五花八门，似乎全身都有毛病，弄得安东医生焦头烂额。牛老板的病比刘笑琼的猫抓病还要奇怪。

CT和B超几乎从头到脚扫了一遍，血液里免疫、各类抗体、肝炎，甚至艾滋、梅毒，该查的都检查了，没发现什么特别不对的地方。急性胰腺炎被否决了，唯一的线索中断了。接下来，安东医生轮流邀请神经内科、内分泌科、呼吸科、血液科、感染科的专家会诊。唉，还从没见过这么怪的病！难道是肿瘤吗？哪里的肿瘤呢？他感到一筹莫展。

无奈之下，安东医生只好让下级医生向患者家属交代病情，请家属在病重通知书上签字。那个在急诊室陪护牛老板的年轻女孩，焦急地来到医生办公室寻找安东医生，她眼含泪花，表情忧虑，不停地恳求安东医生："请您全力抢救他吧，我们不惜一切代价！"

"你是他的——"安东医生本想问，"你是他的女儿吗？"忽然感觉不对，她那靓丽的容貌和一对含情脉脉的眸子让他骤然止口。

她微微垂下头，喃喃道："我是他的秘书，潘清，你就叫我小潘吧。"

"哦，对不起，小潘秘书，请您通知他的太太或子女到医院来，我要向家属交代病情和预后。"安东医生严肃地说。

"安东医生，最好不要通知他太太。他们夫妻感情不好，他的太太正值更年期，脾气暴躁，缺乏理智，只顾争夺财产，害他还来不及呢，根本不会顾及他的死活，即使通知她，她也不会来的。治疗上的事，您尽管对我说好了——”她的声音颤抖着，脸部肌肉有些痉挛，仿佛在述说一件恐惧、可怕的事情。

“大胆！你血口喷人！谁说我要害老牛？谁说我不会来！我们感情不好还不是因为你这个小三在中间制造的吗！”办公室门口出现一个略显发福的中年女人，脸孔涂抹着浓厚不均的白粉，口唇搽得血红，身穿紧身连衣裙，头发上还缠绕着几个在美发店没来得及取下来的卷发卡。她气势汹汹地双手掐腰，瞪着圆溜溜的水泡眼，怒不可遏地直视安东医生身旁的小潘。从脸部轮廓和五官看，如果倒退20年，这位后来的女人应该是个精致、妩媚的美人，而如今，暴跳如雷的她倒像个地道的母夜叉。她破口大骂：“老娘今年才40岁，更年期还不是被你这个狐狸精气出来的吗！”

小潘回头一望，不由自主浑身战栗，一下子躲到安东医生的身后。那中年女人右手挥起雨伞“噌”地冲了过来，声嘶力竭嚷道：“是你想置我于死地，争夺我家财产。我先打死你，狐狸精！”

雨伞在空中划出“呼”的一声风响，直向安东医生的右肩膀处劈下来。“住手！”安东医生伸出手抓住落下来的雨伞，张开手臂拦住丧失理智的中年女子，“有话好好说，不要动手。请问您是患者的什么人？”安东医生虽然认识牛老板有一段时间了，但从没见过牛太太，他猜测这位应该是牛老板的正室。

中年女子与小潘相比，人高马大，气势和力量明显占优，伸手抓住小潘的衣领用力撕扯，嘴里大声叫喊：“我要撕下你的伪装，让你露出婊子的面目。你不是喜欢脱裤子吗？我来帮你脱，让大家都来看看你这个婊子的屁股！”小潘的衣服扣被扯开，她紧紧地护住自己的前胸。

“住手！你到底是什么人？”安东医生张开双臂阻挡住中年女人的进攻，用力推开她。

“哇！”中年女子把雨伞抛向小潘，一屁股坐在办公桌前的椅子上，号啕大哭，“这还用问吗？我是那个陈世美的原配，你身后的是狐狸精。你竟然护着狐狸精！男人都不是好东西！”

安东医生的态度缓和下来：“你是今天从千岛市赶来的吗？”

“那当然啦。我正在理发店里做头发，听说陈世美病重，你瞧，我顾不上继续做头，立即乘坐快客赶到这里。我是怕来晚了，他被这个狐狸精害死呀！”

不怪牛老板的原配发泼，情有可原！安东医生苦笑不堪。“好吧，您来得正好。我是安东，是负责您丈夫的医生，关于您丈夫老牛的事情，我正好想与您沟通。请问怎么称呼您？”

“你就叫我牛妻吧。老牛那点儿破事，什么小三、小四，我全都知道。只要有我牛妻在，她们谁都别想进我牛家的大门。你想与我沟通什么？没什么好沟通的，想逼我退位，没门！哼，除非我不喘气了。”她双手掐腰气势汹汹，脑子里想的只有她自己的那点儿事。

“咳，你想哪里去了！我是要与你谈谈老牛的病情。”

一听说要谈病情，她的表情立刻安静下来，抬头盯着安东医生的脸，神经兮兮地问：“他得的什么病？我倒很想知道。”

“老牛的病很怪，很多脏器都出毛病了，心脏、肝脏、胰腺、肾脏，都有病变，原因还没查清楚，但病情却越来越重……”

“哼！有什么怪的，弄不清楚是你没水平。我来告诉你吧，他是中了这个狐狸精的毒——欸？狐狸精怎么跑了呢！”牛妻显然文化水平不高，性情粗狂，缺少涵养。

安东回头一瞧，身后没人了，小潘秘书不知什么时候偷偷溜走了。

“狐狸精，你跑不了，我一定把你抓回来。”牛妻有点儿歇斯底里冲到走廊里嚷嚷道。接着，她返回办公室激动地对安东医生说，“你懂吗，安——你叫安什么？”

“安东。”

“哦，你懂吗，安东？陈世美要是真死了，就是被这个狐狸精害的。你要记住。”

“狐狸精的事儿我不懂，也不想懂，我只想把患者的病情一五一十向你交代清楚。”趁牛妻安静下来，安东医生把患者入院后的病情变化和检查结果统统向她做了讲解，最后把一张病重报告放到她面前请她签字。

“我不签！住院一周了，病越治越重，连个诊断都没弄清楚，还让我签字！告诉你安东，如果我丈夫有个三长两短的，我饶不了那个狐狸精，也饶不了你们。哼!”她把那张病重通知书摔到地上，转过身去，仰头挺胸扭动着肥臀离开了办公室。

看着她离去的背影和曲线，安东医生无奈地摇摇头。他能想象出这个女人年轻时一定也是光芒四射、魅力无比。唉，悲哀呀，女人哪，到了更年期怎么都变成这副模样了呢?

“呸!我看你才像个狐狸精呢!”一直站在办公室门前的护士小胡气得冲着她远去的背影嘟囔着，“牛老板的父母怎么给他起个这么奇怪的名字呢?安东医生，牛老板请你去到病房看看他。”

“嗯，我马上过去。”

这个牛老板呀，到底得的是什么怪病呢?

第八章　黑药丸

安东医生与牛老板认识一年多了，才知道牛老板大名叫牛车车。牛老板在千岛湖办的那家奶牛场就叫牛车车奶牛场，生意十分红火，目前市面畅销的千岛牛车车酸奶是他的拳头产品。2009 年，他又在千岛市搞起房地产，还是一家房屋开发股份公司的老总，2010 年成立了集团公司，自任总裁。

牛车车半靠在床榻上向安东医生招招手，示意他坐在床边的椅子上。或许由于前一天使用了一点儿激素治疗的缘故，气色好转了一些。他勉强地微笑着，说："安东医生，这些天给你添了不少麻烦，你辛苦了。"

眼前的牛车车，原本长相并不算丑的四方大脸，已经瘦成一条儿，颧骨凸出，眼眶凹陷，浓眉大眼发出呆滞的目光，但言谈话语仍带有北方男子汉的朴实、执著和坦率，口音里似乎夹杂着东北的腔调和西北的鼻音。

"你不必客气，这是我的工作……"

牛车车摇摇头打断安东医生，说："我的病真的很怪吗？我感觉到我的病一天比一天重，我是不是要不行了？如果我的病很重，你就直接向我交代病情，我牛车车能承受。如果我的病情真的治不好了，你实话告诉我，我好有个思想准备，我有些事情还要安排。"

牛车车突然变得坚强起来，不再呻吟、不再焦虑、不再恐惧，但是，他的眼神里透露出一种渴望和期待。安东医生知道，这是所有患者几乎都会不自觉流露出的目光，他们在与医生交流时需要得到鼓励和安慰。

"老牛，你放心，你的病一定能治好。"

牛车车额头上的皱纹舒展开了，他开心地笑了一下，说："真的？只要你有信心，我就放心了。不过，我们可是朋友啊，病情你要如实告诉我，我得的到底是什么病?”

安东医生坦率地对他说:“老牛,实话告诉你吧,你的病确实有点儿怪,多脏器损害,原因现在还不清楚,对症治疗后你的病情已有所缓解,暂时尚无危险。但是,病根不除,后患无穷。”

“明白了。该做的检查你就做,诊断治疗上的事情我全力配合。”

“我想知道你从什么时候感觉身体不舒服的,请你认真回忆一下。”

牛车车想了一想,说:“大概有半年多了,先是出现头晕、乏力、记忆力下降、肌肉酸痛,后来是恶心、食欲不佳。”

“生活上和工作上有什么问题吗?比如除了吸烟、饮酒之外有无其他特殊的癖好和接触?”

“我虽然是个商人,但生活规律,没什么特殊嗜好。我喜欢背包游,这个你知道,我身体一直没有大毛病。早年在内蒙古生活时吸烟、饮酒、吃肉毫无顾忌,但自从来到南方,生活习惯慢慢改变了,最近戒烟,戒酒了。事业早已度过最艰难的时期,生意上、工作上没有任何问题。生活上唯一的问题是夫妻感情不和、性格不合。你刚才也见识到我家那位的厉害了吧,她依仗着早期跟我创业有功,骄横霸道,蛮不讲理。而且她这个人哪,性情倔强,固执极端,宁为玉碎不为瓦全——唉,最近一年多,我被感情问题折磨得严重失眠,或许由于长期失眠导致我健康的恶化?”

“你在吃什么药吗?”

“半年多前,经朋友介绍,我到一位老中医私人诊所看病,吃了一些特制的中药丸剂治疗,失眠症状明显减轻,但后来又复发了。现在看来失眠并非小事……”

“你现在还在服用那种中药丸吗?”

“最近一周断药了,没服过,今天小潘秘书刚取来两盒。”

“我能看看那个药丸吗?”

“没问题。唉,我这腰呀、腿呀,麻木还酸痛。”牛车车吃力地翻个身拉开床头柜抽屉,取出一个方纸盒,从纸盒中取出一个小塑料袋,里面装着满满一袋黄豆粒大小的黑色药丸。他自言自语道,“这药丸效果还真不错,吃了就能睡好觉。”

看着这袋既无生产厂家、又无生产批号和生产日期的黑色药丸，安东医生的心一下子绷紧了，这种东西也敢吃呀！而且一吃就是半年。安东医生忽然顿悟，会不会是中毒呢？对呀，他全身症状这么多，很像中毒呀！

安东医生的脑子里想起了拿破仑，1815年，他兵败后宣布退位，接着被英国人流放到大西洋的圣赫勒拿岛。在这座孤岛上，他曾经患了一种一直到死都没弄清楚的怪病，消瘦、全身剧痛，曾经有人怀疑他是慢性砷中毒，直到近年，有人发现在他的棺材里检测出大量的汞，怀疑灌肠液中含有过量的汞，汞中毒可能是他的致死原因。

大仲马笔下著名的基督山伯爵曾经巧妙地使用含汞和砒霜的补品加害了他的仇人，让他的仇人备受病魔的长久折磨，痛不欲生。中药材中的朱砂具有镇静安神治疗失眠作用，可是，朱砂恰恰是汞！

安东医生拿起一粒药丸放在自己的嘴里，苦、涩、辛、辣，似乎带有一点儿金属的味道，他怀疑这些药丸有问题，不动声色地倒出七八粒药丸放进一个纸袋子里。

牛车车看见他拿走一部分药丸，点点头表示许可："嗯，你拿去研究研究吧，这药丸不错。如果你还需要，下次我帮你多买点儿。"

药检所的检测报告出来了，检测结果出乎安东医生的意料，药丸里朱砂的含量正常，汞含量没有超标，但是，铅含量高出正常食品和药品上限五千倍。铅中毒？他当天迅速把牛车车的血样分成两份分别送到药检所和市职业病预防研究所。第二天，血液检测结果出来了，两个单位的化验结果几乎一致，牛车车血里的铅水平高出正常人一千倍。原来是铅中毒！

牛车车的诊断弄清楚了，可是安东医生的心情无法轻松，因为这两天牛车车的病情又加重了，一直处于休克和半昏迷状态。他打开牛车车的抽屉没收所有的药丸时，发现牛车车这几天又偷偷吃了不少黑药丸。看来这个黑药丸确实是罪魁祸首，停用几天病情好转，服用几天病情又恶化。

市职业病预防研究所的医生说，治疗铅中毒最好的办法是药物排铅治疗，必要时血液透析。安东医生担心牛车车坚持不了多久，耐受不了透析和副反应较大的排铅治疗，因而，先连续三天使用激素治疗和支持疗法。没想到经过三天的激素和支持治疗，牛车车的状态很快又好转起来，安东医生立即安排他去市职业病预防研究所进行了特效的排铅治疗。

一周后，牛车车的病情终见好转，排铅治疗后，腹痛、胸痛、心慌、头痛症状消失了，胃口好起来，只是人显得非常乏力，这是药物治疗的正常反应。休息一个月，补充一些微量元素后，他的病痊愈了。

牛车车出院时，安东医生说："老牛，你可以告那家私人诊所，让他赔偿你的损失。如果你告诉我那家诊所的地址，我们可以协助你举报，免得其他患者再受伤害。"

牛车车眨眨眼睛疑惑地问："那个药丸真的那么有毒吗？"

"怎么，你还不相信？我亲自送到药检所检验的。"

牛车车沉思片刻，说："算啦，我先修养一段时间再说吧，我自己乱吃药也有责任。你们暂时先别举报了。"

走廊里，牛妻和小潘两个女人打了起来。

牛妻喊道："一定是你捣的鬼！"

小潘不甘示弱："一定是你下的毒！"

牛车车站在走廊上，双手掐腰怒吼一句："吵什么吵！都给我滚蛋！"走廊陡然安静下来。

牛车车出院了，安东医生一直没搞懂牛车车为什么不愿意告那个老中医，真正的缘由或许只有他自己心里清楚。

之后，牛车车没来复诊，安东医生感觉牛车车在回避他。后来很长一段时间里，安东医生没见过牛车车本人，只是多次在报纸上看到他的消息，他的楼盘剪彩仪式、他的慈善义举、他的千岛市平海度假村酒店广告、平海集团企业跨国规划。最近在电视上见到一次他的身影，他神采奕奕，意气风发，看上去健康没有任何问题。

多年以来，安东医生一直打算举报那个黑心诊所，可是他不知道它在哪里，此时，他忽然感觉迷茫，那个药丸真的那么有毒吗？

奇怪，牛车车为什么不愿意举报黑心诊所呢？

第九章　村长

千岛市的平海镇是个山清水秀的鱼米之乡，地处一望无际的千岛湖风景区的环抱之中。平海镇的平海村是个千年古村，位于一个四面环湖、景色秀丽的山坳坳里，远远望去，独特的山峦、白云、湖泊、奇峰，犹如一颗颗璀璨的珍珠，点缀了一幅秀丽多彩的云图。

前几年，许多开发商看中这里优美的风景，投资兴建超五星级标准的休闲度假村，最为显眼的当属牛老板的平海度假村。村里高价卖出一些边边角角的地块，成立了土地银行资金管理委员会，古村建设成一个与旅游休闲配套的干净整洁现代化的绿色农庄。

村里有个不贪不腐廉洁公正又会经营又会管理的村长。村长是多大的官？出了古村大门他最小，进了古村大门他最大。潘姓算是古村里的大姓，他叫潘平，60多岁，四方大脸，一表人才，体型瘦高，身强体健，精力充沛，一心扑在全村的生产致富上，把古村规划、建设得井井有条。村里人有这么一个好官，家家户户沾了光，古村完整保留了，村民也住进了集体修建的别墅，享受每年两次的分红。本来就不算穷的生活，现在就更富裕了。早年离开农村投奔城市的人后悔莫及，有心放弃城市户口，村里不接纳；没有放弃农村户口在城里打拼的，纷纷弃城还乡。这位只有小学文化的潘村长在给中学生讲授物理辅导课时，自豪地解释说：这就叫向心力！

然而，好景不长，潘平村长好好的身体突然出了毛病，经常晕倒，开始以为是操劳过度，可是休息一段时间后仍然不见好转，逐渐加重到因为怕晕倒而不敢起立行走的程度，只能卧床不起。无奈之下，只好把肩上的重任暂时交给副村长。

平时老实巴交的副村长当了代理村长后，忽然变了个模样，大权独揽、专横跋扈、结党营私、排除异己，平静祥和的古村被他搞得乌烟瘴气，原来的向心力一夜之间烟消云散，家家不安，人人自危。善良老实的村民到庙里烧香拜佛，乞求菩萨保佑潘村长早日康复。可是，潘村长一躺就是半年，走了几家医院，吃了不少的药，病情没有一丝好转的迹象。

2012 年一个绚丽多彩的夏日，潘平村长在几个村民的搀扶下来到安东医生的诊室。坐在诊桌旁的他与健康人没有两样，清瘦的脸膛白里透红，一对黑眸炯炯有神，谈起病情不急不躁、慢条斯理。倒是那几个村民有点儿焦躁不安，七嘴八舌把村里的事情翻了个遍。潘村长的病史还没弄清楚，古村的实时新闻、文化逸事安东医生倒是听懂了许多。原来，大家祈盼着村长早日康复、古村重回宁静。

一个村民神秘地说："安东医生，有个朋友推荐我们来找你看病。"

另一个村民说："我们是慕名而来。"

"谢谢!"安东医生客气地回答。接着，一如既往望闻问切，认真地接诊这个特殊的患者。

表面上看，患者的血压、心率、呼吸全都正常，心肺体格检查也没发现什么问题，不犯病时潘村长确实与常人没什么区别，但从他面额和头部的几处疤痕看得出，他确实反复晕倒过，问题还很严重。安东医生直接以晕厥待查的诊断把潘村长收入病房住院，进一步诊治。

潘村长住院三天，做了一些必要的检查，诊断似乎有了线索。心脏超声虽然有点儿左心室舒张功能受损，但这种人人几乎都有的毛病说明不了什么问题。心脏冠脉 CT 正常，心电图运动试验结果也阴性，至少排除严重冠心病的可能。各项血、尿、便化验指标没发现问题。24 小时动态心电图检查发现他有严重的窦性心动过缓，最慢时心跳只有每分钟二十几次，有时突然心脏停跳七八秒钟。看来他心脏跳动有问题，必须要安装永久起搏器治疗。

安东医生查房时潘村长询问："安东医生，什么叫窦性心动过缓?"

安东医生回答："窦性心律是心脏正常跳动的节律，窦性心动过缓是指心脏正常跳动节律变慢，每分钟低于 60 次就称为窦性心动过缓。"

“啊，我最慢时只有20次呀！太可怕了！”

第四天，潘村长有点儿咽痛，他觉得是感冒，正巧那天他又发病了。正吃午饭时，他的心电监护仪器上显示心跳逐渐变慢，60次、40次、30次、20次，血压随即降低到零，他意识丧失、抽搐……

值班护士大声呼喊：“安东医生，22床犯病了，心脏骤停。”等到安东医生赶到潘村长的床边时，他的心跳已经恢复成正常的窦性心律，每分钟70次，血压升高到正常水平，120/70毫米汞柱。

潘村长镇静地躺在床榻上对安东医生说：“别慌，我在家里每次都是这样发病的，只要别站立着，不摔到就没事，一会儿就过去了。你现在相信了吧，为什么没人搀扶，我不敢独自站立。”

“有什么办法治疗吗，安东医生？”一位与潘村长年龄相仿的妇女焦急地问道。安东医生看了她一眼，一副陌生的面孔，虽然沧桑的岁月留下了过多的痕迹，但她五官端正、眉清目秀，慈爱的面容折射出老年女性的韵味。她的言谈举止温文尔雅，一点儿不像农村妇女。

“安东医生，忘记给你介绍了，这是我的老太婆，姓杨，是当年下乡插队到我们村的杭州知识青年。”

“哦，您好！”安东医生点点头。

“安东医生，我姓杨，叫杨桂芬。多谢您关心了！”

安东与杨桂芬握握手：“不用客气，这是我的工作。”

安东医生把刚才监护仪的存储资料回放出来，仔细研究，看来潘村长确实得了病态窦房综合征。他耐心地向潘村长夫妇讲解了什么是病态窦房综合征，以及应该怎样治疗。“你心脏的窦房结坏了。”

“什么是窦房结？”

“窦房结是心脏自身的起搏器，负责调节心脏的跳动，如果窦房结发生病变，心脏就会跳跳停停，甚至会突然不跳。在这种情况下，就需要做个不大的手术，在体内安装一台永久起搏器，负责心脏的正常跳动。起搏器是一个如果心脏突然骤停能救命的东西，只有火柴盒一半的大小，可以埋藏在前胸皮下，没有什么不适的感觉。”安东医生细致地解释道。

杨桂芬脸色有些苍白，紧张地问：“起搏器手术有危险吗？”

安东医生斩钉截铁地回答："现在不是起搏器手术危险不危险，而是不安装起搏器，心脏有突然停止跳动的危险。"

"哦，既然需要安装永久起搏器，那就装吧。"

潘村长问："安装起搏器后，我的病情会好吗？"

安东医生回答："会好的，至少心脏不会停跳了。起搏器会代替心脏的窦房结管理心脏的跳动。"

潘村长又问："安装起搏器后，我可以恢复正常生活了吗？"

"当然，而且还可以正常工作。乘飞机、旅游都不受影响。"

"太好了，那就赶快安装吧。"几个村民高兴地跳起来。

经过术前讨论，决定第二天为潘村长安装永久心脏起搏器，可是，当天夜里，潘村长心脏停跳了四次，最严重的一次连呼吸都停了，当晚值班的许凌医生费了九牛二虎之力总算成功地进行了心肺复苏，把潘村长救了过来。为了防止再次发生意外，许医生连夜急诊为他安装了一台双腔心脏起搏器。

第二天安东医生查房时看到潘村长心电监护仪上有规律的心脏跳动，他一颗悬吊着的心总算落地了。病总算治好了！面对患者家属和村民们灿烂的笑容和赞许，安东医生的心里飘过一阵成就感和自豪感。他为潘村长做了一遍床边体格检查，一切都正常，便放心地领着住院医生到其他病房查房去了。

医院要求主任医师每周进行一次系统、规范的三级医师查房，每检查一个患者，先听取住院医生汇报病史，然后是主治医师归纳患者住院后的诊治情况和问题，最后是主任医师问诊、查体，为下级医生、进修和实习医生详细讲解疾病的诊断、鉴别诊断和治疗问题。安东医生查房时除了现场解决患者的实际诊断治疗问题之外，还向年轻医生传授医学人文知识和医疗技巧。当年，他的导师就是这么教他的，医生不能光满足于成就感，更应该富于责任感，要做好传、帮、带。

"安东医生，22 床休克了，又晕过去了。"值班护士在走廊里叫喊着，走廊里像炸锅似的，乱哄哄的。"快救人哪！"这是杨桂芬的呼叫声。

潘村长怎么又晕厥了，难道是起搏器出现故障了？安东医生迅速跑到他的床边。监护仪显示整齐的起搏心率，每分钟60次，可是，血压只有30毫米汞柱。潘村长面色煞白，呼吸微弱，双目紧闭，但是没有四肢抽搐。“快，给予升压药，多巴胺3mg静注，吸氧……”

静注升压药后，潘村长的血压很快恢复正常，窦性心律加快了，起搏器心律自动地消失。潘村长睁开眼睛，疲乏无力地看着安东医生，说：“我刚才嗓子一痛，眼前一黑，晕了过去。”杨桂芬疑惑地盯着安东医生，村民们也默默地望着他，似乎所有的人都在问他：这到底是怎么回事？

安东医生的大脑在飞速旋转：是啊，这到底是怎么回事？看来，窦房结病变只是一种现象，真正的疾病还隐藏在深处。他不得不坦率地承认，病魔有时候非常狡猾，可以骗过医生的眼睛，甚至能够打败尖端的医学技术，特别是晕厥，原因错综复杂，很难弄清楚……

第十章　魔不在心上

整个上午和中午，安东医生和许凌医生几乎一直站在潘村长的床头，仔细观察监护仪上心率、血压的变化和患者的表情。每当他面部表现不适，甚至有点儿痛苦时，总是伴有严重心动过缓，出现心脏起搏器心律替代现象，接着他的血压开始下降，血压 120 毫米汞柱、90 毫米汞柱、80 毫米汞柱，逐渐下降，最低下降到 60 毫米汞柱以下。因为静脉在持续注射多巴胺，所以患者没发生严重的低血压和晕厥。因为有起搏器保障，患者心率没低于每分钟 60 次。一个上午，这种情况反复发生了多次。安东医生开始思考，这到底是怎么回事呢？

“起搏器还是有效的。”许凌医生对患者解释说，“如果没有起搏器保驾，你一发病心脏就停跳了。”

“嗯。”潘村长点点头。

“你感觉哪里难受吗？”当潘村长的面部再次出现痛苦表情时，安东医生马上询问道。

潘村长回答：“嗓子里不舒服，有点儿痛。”此时，安东医生观察到他的窦性心律开始变慢，接着，出现面色苍白，起搏心率、血压下降——安东医生明白了……

冠心病心绞痛发作时，有时会出现嗓子不适或疼痛，可是这个患者做过冠脉检查，没发现冠状动脉有病变的迹象，可以不考虑冠心病。而且他的心脏超声检查显示心脏结构和功能全都正常。难道病魔不在心脏？那它在哪里呢？

“是上腭这里疼痛吗？”安东医生张开嘴巴指着自己的上腭，示意潘村长舌头顶到的上腔就是上腭。

“嗯，是这里痛。”

“每次晕厥之前这里都疼痛吗？”

“好像是有这种咽喉疼痛的症状，还有点儿麻木，有时痛到脖颈和下颌，但是我从没介意。曾经去医院检查过咽喉，没发现问题。”

“张开嘴巴让我检查一下，好吗？”安东医生拿着一根棉签在他的上腭处划了一下，软腭反射明显减弱。安东医生心里有数了，对许凌医生说：“从我的检查结果来看，诊断十有八九是舌咽神经炎。”

许医生说：“舌咽神经炎是耳鼻喉科的病吧？”

“嗯，需要请耳鼻喉科会诊。”

上腭和咽喉处有一根神经叫舌咽神经，这条神经如果发炎了，就叫舌咽神经炎。舌咽神经炎发作的主要症状是鼻子、口腔或咽喉部刺激性疼痛，伴随心动过缓和血压下降，严重者出现晕厥，甚至心脏骤停、死亡。但是，大多数舌咽神经炎都有病理原因，肿瘤、咽部炎症、化脓性鼻窦炎或外伤。

潘村长怎么会发生舌咽神经炎呢？

安东医生邀请富有经验的耳鼻喉专家李医生亲自会诊。细心的李医生认真地检查了潘村长的鼻腔、咽部和喉部，没发现肿瘤或黏膜炎症，最后在患者的咽喉部发现有一个软组织隆起。CT 检查发现在这个软组织隆起的下方有个 2 厘米直径的小脓肿。随后，李医生和安东医生把患者带到耳鼻喉科做了一个小手术，切开脓肿吸出脓汁。

“安东医生，你看这是什么？”李医生端着一个手术弯盘走到安东医生的面前。

“鱼刺！”

李医生说：“其实，手术之前我就猜测脓腔里可能会有鱼骨头，因为这种情况在沿海地区很常见。”

“但是，鱼刺卡喉发生这么严重并发症的病例还是很罕见的。”安东医生更正一句。

李医生解释说：“你错了，安东医生，实际上并不罕见，只是很难发现。鱼刺卡在喉咙里，如果处理不当会很危险的，我们见过许多危险的病例，如鱼刺刺破主动脉造成大出血的病例、扎到心脏出现心脏骤停的病例、钻进脊髓造成瘫痪的等等。几年前，我们也曾遇见过一个类似于这个患者的病例，舌咽神经炎导致反复心脏骤停，但是，不幸的是，那个患者患的是晚期鼻咽癌。”

潘村长的病很快痊愈了。出院的那天，他幽默地说：“安东医生，我的起搏器是不是可以摘掉了呢?”

安东医生认真地回答：“不能摘。既然安装上了，就要戴下去。今后如果感冒发生咽喉炎，还有可能诱发舌咽神经炎，况且你的窦房结功能不好，也适合装永久起搏器。”

“哦，那我就戴着吧，反正也不沉重。我们平海镇的人经常吃鱼，说不定下次还会鱼刺卡住喉咙，呵呵。”潘村长幽默地说，“有空到我们村来，我请你吃千岛湖鱼头。”

“一定要不带刺的呦。”

“你放心我会记住的，不会再卡鱼刺了。”

送别潘村长时，安东医生忽然想起一件事情：“对了，顺便问一句，你第一次就诊时说过有朋友推荐你找我。你的那位朋友我认识吗?”

潘平村长笑了：“你可能不记得她了，不过你一定还记得平海度假村的老板。”

“你是说牛车车吗?”

“是的。他经常提起你，是你救了他。”

“两年没见了，他还好吗?”

“嗯，还好。他的平海度假村酒店就在我们村里，有空来度度假。”

“哦，见到牛车车请代我问好!”

无巧不成书。潘村长出院的第二天，安东去平遥医院出诊，诊室来了一个四十几岁姓周的中年女患者，手里拿着一份体检报告单，开门见山地说：“安东医生，体检报告说我心脏大了，我担心自己心脏病加重了，今天专门来请你帮助我检查一下。”

安东医生翻阅她的检查单，心超显示左心房略大，其他指标全部正常。

“你从前有心脏病吗？”

“我三年前在一家医院装过永久性起搏器。”

“你有什么不舒服症状吗？”

“我吃饭喝水时容易呛，接着会头晕、眼前发黑，随后会晕倒。这个毛病有八九年了。三年前，我在喝绿豆汤时，突然感到食物噎住嗓子，眼前一黑摔倒在地上。家里人立即把我送到那家医院急诊住院，24 小时动态心电图发现我有发作性严重窦性心动过缓，医生说有生命危险，让我立即安装永久性起搏器。”竹筒倒豆子，她把病史讲得一清二楚。

“现在有什么不舒服吗？”

“现在吃东西时也会有噎住的感觉，头晕，有时甚至眼前发黑，但从没有晕倒过，因为有起搏器保护，心跳慢不下来。”

安东医生心里有数了。他让周女士做了头颈部 CT，CT 发现右侧扁桃体区丰满扩大，并且有钙化。他用棉签轻轻触碰那个区域，周女士立即出现起搏心率和头晕症状，他发现周女士饮水吞咽时血压下降。几个简单的检查做完了，周女士的诊断也明确了：舌咽神经炎，病灶就在右侧扁桃体区。下一步该研究如何根治这个疾病了。

没出家门就把多年顽疾搞清楚了，患者和家属激动又感动，送来一包自家制作的干笋，安东医生难以谢绝他们的情意，心里浮现出一种成就感。看来耳鼻喉科李医生说得对，这种病并不少见，只是容易被它蒙骗，关键在于你不认识它。

第十一章　古村

潘平村长出院后回来复查过几次，一切都正常，一连两年没发生晕厥。他重新担任村长，村里的乡亲们连放了三天礼炮，村民的生活一年比一年好。潘村长多次邀请安东医生去平海古村的家里做客，安东医生也很想去参观这个千年古村，只是因为忙于工作没有时间安排休假。

2014 年春天，潘平村长从报纸上看到安东医生周六下午在千岛市义诊的消息，特意派来两个村民，一个姓钱，一个姓潘，接他去平海村小聚。潘村长怕安东医生客气推托，特意嘱咐两个村民一定要告诉安东医生，村里有个重患者想请他顺便看看。聪明的潘村长为安东医生找到一个绝好的理由，让他不得不去。其实，安东医生内心还是很想去趟这个千岛湖水库建设后完整保留下来的千年古村，看看这是怎样一个本来就不穷现在更富裕的村庄。

钱、潘两个小伙子年轻气盛，见到安东医生后不管三七二十一，把他塞进车里开车就跑。汽车从干净整洁的千岛市的千岛镇中心驶过，绕过湖滨广场，进入新安东路，接着，钻进一条狭窄、潮湿、黑暗的隧道里。

对面一连驶过几辆喷放出让人窒息的黑烟的大货车，安东医生立刻关上车窗。安东医生最近比较关注烟霾对心血管健康的危害，看着眼前黑雾蒙蒙的隧道，他在思考，隧道里面的 PM2.5 该是多少呢？工厂的煤烟、工地的粉尘、空气中的沙尘大多含有直径大于 2.5mm 的颗粒，而现在空气中的小颗粒雾霾大多来自于汽车的尾气污染，这是不争的事实。空气中的微粒直径越小，对人体健康的危害越大。香烟烟雾中的颗粒直径是 PM0.03~1.0，吸入肺内后可以直接入血。因此，全社会的控烟行动势在必行。

汽车钻出隧道，很快回到市区，行驶在湖边的阳光大道上。熟悉的湖滨公园、湖边广场、游艇码头、星级宾馆、豪华的度假村、亮丽现代化的高层住宅，频频从眼前闪过。阳光大道两侧劈山建筑的高楼大厦似乎显得有点儿缺乏自然界的协调和安全舒适感。

安东医生的心里想象着，住在这里的人推开窗户就看到眼前光秃秃的陡峭山壁，会产生一种什么样的感觉呢？为什么偏偏把家安置在没有安全感的悬崖峭壁的山脚下呢？假如山洪爆发，这些高楼大厦会受到怎样的威胁？

姓潘的村民告诉他现在露出湖面的一些岛屿和山体从前是一座座的山峰，山峰根本不可能发生山洪，因此，没有必要担心。安东医生不知道他说的是否有道理，但在千岛湖水库建设之前，现在的平地当时确实是高山峻岭。

离开市区后，阳光大道左手边一群外形如同寺庙般涂着黄色墙壁、彩色屋檐、依湖而建的高大建筑物，映入眼帘。从前路过这里时，安东医生一直以为这些建筑物是寺庙，后来才知道其实不是庙，是一家名叫鱼水舫的酒店。千岛湖的餐饮历来以千岛湖鱼头为骄傲，凡是来这里观光的游客不管穷富、不管停留时间长短、不管是否喜爱吃鱼，尝一口千岛湖的剁椒鱼头比乘坐游艇观光更感觉享受，清甜细腻的鱼肉、香辣鲜爽的鱼汤，让你流涎不止，回味无穷。

几年之前，有一次在千岛市开会时，会议安排参会人员集体在这家鱼水舫酒店用晚餐，那天的剁椒鱼头完全是另外一种味道，土、腥、辣，还有一股令人倒胃口的药味。有人说像有机磷农药味道。安东医生没喝过农药，不知道农药是什么味道，但感觉鱼汤里像放了洗衣粉似的，有一种洗涤剂的味道。

离开餐厅时，安东医生注意到各桌的鱼头全都剩了大半个。走出餐厅来到院子里候车时，大家围拢在院子中央的鱼池边赏鱼。一个20岁左右的酒店服务员蹲在鱼池旁边，一手拿着水盆，另一只手握着一瓶洗涤剂，她一边往盆子里倒洗涤剂，一边搅和盆里的水，巨大的白色泡沫淹没了盆子，她不断地把白色的泡沫推进鱼池。鱼池里上百条又黑又大的包头鱼见到洗涤剂的泡泡，活蹦乱跳，张开大嘴，争先恐后地抢食这些泡沫，群鱼拥挤一团，场面十分壮观，大家全都围上来看热闹。安东医生还是第一次看到鱼吃洗涤剂的泡泡，感觉很稀奇。

突然有人问了一句："你怎么用洗涤剂喂鱼呢？"

"是啊，你怎么用洗涤剂喂鱼呢？"

"这鱼还能吃吗？"

女服务员一声不响，仍然不停地搅拌着盆子里的水，让溢出盆子的泡沫源源不断流向鱼池。"你这不是害人吗？怪不得今晚的鱼头味道这么怪，原来你们酒店用的是这种鱼！"

"把你们老板叫来！太黑心了！"

一个三十几岁穿着深色西装的大堂经理闻声赶来，训斥女孩说："我不是告诉你不要在鱼池旁边清洗东西吗？赶快回去！"

"这哪是清洗盆子呀！"现场几十双眼睛怒视着两人。女孩收起盆子和洗涤剂跟着大堂经理灰溜溜地跑开了。一位当地人士悄悄告诉他们，鱼池里的鱼都是外来的移民，不适合这里的水土容易生病，所以喂点洗涤剂可以消毒防病。

是这样吗？安东医生不大相信。

洗涤剂对人体的危害还用说吗？血液病、皮肤病、生殖系统疾病、免疫病、肿瘤等等。黑心的老板！

眼前这家富丽堂皇的鱼水舫酒店早已灯火辉煌，车水马龙，旅游巴士连成一排。看来，这里从来不愁上当受害的客人哪。这样一个从不在乎有没有回头客的酒店，怎能不欺诈客人呢！

当安东医生的目光和思绪还驻留在那家黑心酒店上时，汽车已经行驶在灯火通明的千岛湖大桥上了。透过车窗向左后方瞭望，他的目光越过那家已显得低矮的黑心酒店，投向湖边突显雄伟壮观的城市剪影。远处一轮红日半挂在西边高高的山巅上，霞光穿过崇山峻岭、绿林峡谷，洒落在广阔无边的湖面上。暮色中，一道道泛起红波的湖面，像一阶阶彩色的云梯，连接着天空中燃烧着的火把。美丽的千岛湖！

跨过千岛湖大桥，汽车仿佛驶入一片荒漠的群岛。不久，太阳坠落到大山的另一边，山巅显得灰雾蒙蒙。漆黑的陆地，除了稀疏的路灯，几乎看不到其他的亮光。借着微弱的月光，可以看到公路两侧不时出现大小不一的湖泊和错落不平的山丘。汽车似乎在环湖奔跑，跨越群湖，翻过群山，在行驶一个小时之后，终于停在一个靠湖边的山窝里。

姓钱的村民是司机，30 岁左右，一路无语，此时突然开口告诉安东医生：平海村到了。前面还有一段山路需要下车步行。

春季到了，万物复苏，空气中散发着淡淡的樟树的芳香。安东医生走出汽车向四周张望，漆黑的山坳坳，一片寂静，山顶可见稀疏的灯光。黑夜犹如一层黑纱遮住了满山的秀色。

潘村长站在村口一棵古老的香樟树下等候着，见到安东医生走过来，迎上去与他握手："安东医生，欢迎来平海村做客。"

"谢谢您的邀请。"

"别客气，您是稀客，我的救命恩人。"

"治病救人是医生的职责，应该的。"

潘村长拉着安东医生的手来到这棵树干直径近两米粗的大树下，自豪地说："这是一棵千年古树。早先，我们古镇有三棵这样的古树，另外两棵现在与古镇一起，沉睡在数百米深的千岛湖水下，只有我们这棵古树还完好存活。它是我们古村的历史见证。"

安东医生仰头望着这棵粗壮茂盛、几乎遮住半边天空的香樟树，像一个凉亭，又像一座房屋，恰好屹立在村口的小广场上。

潘村长指着正前方一道黑色山影说："那里就是平海度假村。本来牛老板打算赶回来为您接风，但他临时有个商会不能脱身。"

安东医生向潘村长所指的度假村方向望去，黑色的山峦，一片高低错落模糊的屋顶。

"安东医生，如果您不嫌弃鄙舍简陋，到我家坐坐吧，我略备便餐，为您接风洗尘。"

潘村长家位于村子中央一条小溪旁边，一座风格别致的三层红砖楼房，正前方带个小院。越过一座建于清朝康熙年间石块搭建的、表面长满绿苔的石拱桥，直接进入他家的院子里。不算太大的院子里早已架起一张大餐桌，桌上摆满了热喷喷的农家菜，土鸡煲、红烧鱼头、鲜笋、野菜。院子里有一棵树，树上开的一种紫藤花摘下来可以直接炒菜吃，味甘、香嫩。

晚餐没有外人参加，除了安东医生、潘村长夫妇，还有他们一对正读大学放假回来的儿女和接安东医生来的潘姓村民。那位姓钱的村民家里有事先走了。

安东医生坐在餐桌旁环视周围，发现院子的角落里有一个养鱼池，旁边放着一瓶洗涤剂，便随口问道："潘村长，您自家还养鱼吗？"

"嗯，鱼池里常年养着几条大鱼，有时候自家吃，有时候招待客人。"

安东医生想起了鱼水舫大酒店服务员拿着洗涤剂喂鱼的事，指着那瓶洗涤剂幽默地问："您不会用洗涤剂喂鱼吧？"

"怎么可能呢！这可是我们自家吃的鱼呀！再说，我养的都是正宗鲜活的千岛湖鱼，根本不需要给它们洗澡。"

"哦，原来是这么回事啊！"安东医生明白了，外来的廉价鱼身上有污染湖水的油渍和土腥味道，用洗涤剂喂鱼可以祛除鱼体内外的污垢。这些没良心的商人就是这样蒙骗坑害那些给他们带来财运的游客……

"安东医生，敬您一杯！"潘村长端起一杯白酒一饮而光，接着，又自饮三杯，"如果您不嫌弃，今晚就下榻在寒舍，明天我带您到古村转转。"

"谢谢，悉听尊便。"安东医生喝光了杯中酒，称赞说，"潘村长真是好酒量啊。"

姓潘的村民说："论酒量，我们村里村支书老金第一，潘村长第二。可如今，支书老金身体不行了，酒量下降了，现在没人比得过潘村长。潘村长一顿两斤……"

"喝酒不算什么能耐，不值得炫耀。"潘村长打断他的话，"哦，对了，安东医生，明天如果您有空，想请您到村支书老金家给他瞧瞧病。老金是朝鲜族人，军队转业后家安在村里，年龄大我两岁，是老支书了。他最近一个多月不能吃东西了，吃了就吐，病情时好时坏。"

"没问题，随时听您吩咐。"

杨桂芬说："安东医生，尝尝我做的红烧鱼头味道如何？"

安东医生夹起一块鱼肉放进嘴里："嗯，鱼肉细腻、鲜美，各种作料，盐、糖、醋、辣，恰到好处。"

"呵呵，这是正宗的千岛湖包头鱼，用我们农家土锅慢火烧制的。你再尝尝鱼汤炖的土豆腐。"

安东医生说："嗯，很好吃。我随我的父亲，喜欢吃豆腐，特别是这种用卤水制作的豆腐。"

潘村长开心地笑着说："喜欢吃，以后就常来哦。来，安东医生，再敬您一杯……"

"村长，村长，我父亲他——他——"一个30岁左右的男子大声喊叫着从门外慌慌张张、气喘吁吁地跑进来。

潘村长站起了问："小金，别急，慢慢说，你父亲怎么啦？"

小金大喘两口气，说："我父亲他又犯病了，吐血了，气喘不上来，脸色紫黑，可能要不行了！"

"老支书前几天吃了老钱中医的中药丸不是好些了吗？怎么又犯病了呢？"潘村长焦急地问道，放下手中的酒杯，说，"安东医生，您先慢慢吃，我去老支书家看看，一会儿就回来。"接着，他扭头对姓潘的村民说，"小潘，你陪安东医生多喝几杯。"

"不用陪，我与你一起去看看老支书吧。"安东医生也站起来。

"唉，太不好意思了。那就麻烦你啦！"

安东医生跟着潘村长和小金向老支书家走去。老支书家离潘村长家不足一里路，位于山坡上一座三层楼房。在二楼的右手边一间房子里，安东医生见到了老支书，他比实际年龄要苍老许多，严重消瘦的面容，双眼凹陷，明显营养不良的表现。听到有人进来，他抬起无力的眼皮朝潘村长看了一眼，半靠在床头继续用力大口喘着粗气。

"老支书，你怎么啦？我带安东医生看你来了。"

老支书的嘴巴抽动几下，他无力说话，鼻子里冒出粉红色的泡沫，接着，剧烈地咳嗽起来。他的额头冒出冷汗，嘴唇呈黑紫色，手脚冰凉。安东医生掀开他的衬衣，把自己的耳朵贴在他的胸壁上，他的心音像微弱的马蹄声，忽强忽弱，他的两侧肺部随着呼吸出现一串串“噗噜噜”的水泡音。

“他现在是急性左心衰发作，肺里都是血水，缺氧、心力衰竭、呼吸衰竭，随时有窒息的危险。”

“有什么办法吗？”潘村长急切地看着安东医生。

“安东医生，你救救我爸爸吧。”小金扑通跪了下来。

怎么抢救呢？没有药品，没有注射器，甚至没有氧气。安东医生拉开老支书的床头柜，找出一瓶冠心病急救用的药，硝酸甘油药片，他立即从瓶子里取出一片药放在老支书的舌下。观察了数分钟，没有任何效果。老支书的呼吸急促，口唇更加紫黑，身体软弱无力地靠在床边，双眼不自觉地上翻斜视，意识有点儿模糊。看来心衰在加重，大脑已经发生缺血，一旦出现昏迷、呼吸无力，心脏马上就会停止跳动。

没有抢救设备怎么救人哪！安东医生焦急地四处张望，寻找能够用于急救的物品，他看到桌子上有几根绳子。“潘村长，你俩扶住他，让他坐起来，身体略微前倾，双小腿垂在床沿下，鼓励他用力呼吸。”安东医生从桌子上拿起一根绳子，把绳子紧紧地绑在老支书右侧大腿的根部。“试试看吧，扎住右侧大腿的静脉，可以减少回心血量，看看这个办法是否有效。”安东医生自言自语，站在老支书身旁观察他的呼吸和脉搏变化。

两三分钟后，老支书的呼吸稍微平稳一些。见好！安东医生的情绪受到鼓舞，马上从桌子上取来另一根绳子，迅速扎在老支书的右上臂。理论上讲，扎住一个下肢可以突然减少 200 到 300 毫升的回心血流量，迅速缓解心脏的负担，对于急性左心衰有显著的疗效。在没有强心药、利尿药的情况下实属没有办法的办法。

六七分钟后，老支书的呼吸平稳了，暗紫色的口唇浮现出一丝血色。十几分钟后，安东医生用绳子扎住老支书的左侧上肢和下肢，再松开右侧的绳子。老支书的意识开始恢复，呼吸有力了，能够独立靠在床头用力喘气，暂时脱离了危险。

安东医生问道：“他从前生过什么病？”

小金回答：“我父亲患有严重的冠心病、心肌梗死，心脏血管里放过三个支架。出院不足6个月呢。”

哦，怪不得急性左心衰发起来这么严重，恐怕又发生心肌梗死了。“立即呼叫120，马上送医院。”

潘村长一边拨打手机一边说：“嗯，我马上打电话联系。”

安东医生问小金：“小金，你父亲出院后怎么治疗的，是否按时吃药？”

“我爸爸出院后一直按照医生的医嘱服药，从没间断过。最近失眠较严重，在中医诊所看了中医后，开始服用一种中药丸剂。”他拉开抽屉取出一塑料袋黑色的中药丸递给安东医生。安东医生把这袋中药丸拿在手里仔细观察，又是一个三无产品。从外包装和药物形状看，与当年牛车车服用的药物几乎一样。

“这种东西也敢吃呀！”安东医生感到好奇，问道，“请问那家中医诊所在哪里？”

“就在我们村里。”

“你们村里有中医诊所？”

潘村长兴奋地说：“是啊，我们村的老钱是个中医世家，带着儿子开了一家省内远近闻名的中医诊所，自己配制中药丸剂，专治腰腿疼痛、失眠多梦、不孕不育。老钱的儿子小钱你见过，就是刚才给你开车的那个小伙子，人还不错，就是心计太多。”

“可是，老钱没能治好你的病啊！”

“是的，有一次他酒后吹牛说，方圆百里没有他看不好的病，没有他救不了的命，我曾经这么讥讽过他。谁知道他竟然振振有词说：‘若不是我儿媳妇介绍你到省城去找安东医生看病，你的病能治好吗？’一句话弄得我哑口无言。”

“你是说他的儿媳妇介绍你去找我看病的吗？”

“正是。”

“我认识他儿媳妇吗？”

“你应该见过。我们村潘姓是个大姓，她是我们村里的人，也姓潘，叫潘清，苗条，秀气。”

安东医生感觉这个名字很熟悉。潘清？难道是牛车车的那个女秘书吗？

小金插话说："潘清的事我全知道，我和老钱儿子小钱是同学。小时候，他读高中时开始追求正读初中的潘清，两人也算青梅竹马，但潘清大学毕业后不愿意再回古村，在市里找到一份工作，在一家大公司上班。后来当上了老板的秘书，很快与老板好上了，逐渐疏远了小钱——哪知小钱中医略施妙计，很快就让她穷途末路、物归原主了。"

安东医生问："那个老板是不是姓牛，叫牛车车？"

"没错，是牛车车。几年前，潘清牵的线，牛老板在我们村投资兴建了一个平海度假酒店。"

"小潘现在怎样？"

"现在嘛，两个孩子的妈妈还能怎样！老老实实在诊所里帮助老钱和小钱配药呗，小日子过得蛮舒适。"

"噢，原来是这样啊！"

山坳坳里响起了救护车的鸣笛声，村民们抬着支书老金下山了，安东医生也告别了潘村长和村民们，手里拎着老金的那袋子黑药丸钻进救护车。

黑暗中，安东医生离开了那个被黑纱遮住的古村。

"我怀疑牛老板就是吃了他的黑药丸中毒的。"安东医生对姓潘的村民说，"黑心诊所，回头我再收拾他！"

安东医生心里有数了，沉思着……

"安东医生，老钱的老婆叫杨桂菲，是潘村长老婆的亲妹妹。"姓潘的村民提醒他说。

"哦？原来如此——"这里头也真够复杂的了。

第十二章　梦幻幽灵

平海村的支书老金住院三天后，经过强心利尿治疗病情迅速好转，食欲恢复，体力也增强不少。第四天傍晚，他禁不住酒瘾的诱惑，无视家人的劝阻，在病房里偷偷喝了两大盅白酒。酒后的老金显露出朝鲜族人快乐、爽朗的性情，坐在病榻上手舞足蹈地唱起朝鲜歌曲《金刚山》。病来得快，好得也快。

看到他病情好转，医生们打算安排老金做冠状动脉造影，复查冠脉支架的情况。一般来说，冠脉支架手术半年后突然出现心力衰竭、心肌缺血、心律失常，首先要考虑是不是支架出了什么问题，比如支架内血栓、支架内再狭窄，或者其他血管出现了问题。总之，冠脉造影是一项非常准确、可靠、安全的检查手段，冠心病支架术后再复查冠脉造影也很有必要。

征得老金本人和家属的同意，下午两点整他被送进导管室。老金安静地躺在导管室的手术台上，已经“二进宫”的他丝毫不紧张，笑呵呵地对安东医生说：“冠脉造影如果没问题我就该出院了吧。”

安东医生与他助手来医生一边消毒老金的右上肢，一边解释：“造影正常，说明支架没问题，但是，支架没问题，不等于心脏没问题，我们还要进一步查明为什么你最近总发作急性左心衰。”

“难道你还认为我是服老钱的中药丸中毒吗？”老金直截了当地问道，因为安东医生告诉过他牛老板几年前曾经吃这种黑药丸中毒的事情。

“是的，我怀疑你也中毒了。”

“中药丸你检验了吗？”

“这几天有些忙，还没顾得上把那些药丸送去检验。”

“没检验你就不用送检了。那个药丸肯定没事。”

“你怎么能这么肯定呢？”

老金顽皮地笑笑：“不瞒你说，我这几天还在吃那些药丸呢，因为不吃我睡不着。你瞧，我的病不是好了吗！”

“你的药丸不是被我收走了吗？”

“嘿嘿，我还有两袋呢。”

安东医生提醒他说：“老牛的黑药丸我检验过，铅含量严重超标。你还是小心点儿，好自为之。”

老金神秘兮兮地说：“我的药丸是老钱中医亲自制作的，不会有问题……”

“但愿你没事。”

碰到这种倔强、固执、自作主张的患者，医生也没办法。不过老金的这句话似乎提醒安东医生，牛车车当初买的药丸可能不是老钱亲自制作的，有可能是小钱制作的。如果真是这样，那小钱也太不地道了，这可不是医德的问题，是谋色害命呀！

牛车车明知自己吃了有毒的药丸为什么还不举报呢？安东医生依旧弄不明白。难道就是因为老钱的老婆杨桂菲是村长老婆的妹妹？有可能是因为他不想得罪村长老婆，当然这里还有潘清的因素，因为是潘清介绍他找老钱看病的，当时潘清又是小钱的前女友。哈哈，牛车车确实为难！安东医生以为他搞懂了，其实，还有他不知道的事。

趁安东医生与老金对话时，来医生娴熟地穿刺了老金腕部的桡动脉。在老金毫无知觉的情况下，把冠脉造影导管经桡动脉送进他的主动脉里。来医生名叫来虹，是位30岁出头的女医生，身材苗条匀称，相貌文静秀气，心灵手巧，在导管室跟随安东医生工作和学习两年多了，已经熟练掌握了冠脉介入治疗技巧和急重症抢救。来医生自信而不骄傲，走起路来，脚后跟先着地，竟然也能稳稳地昂胸抬头，这也算是功夫。

几分钟后，造影顺利结束了，老金的心率、脉搏、血压全都正常，支架和血管都没有问题。老金知道这个结果后满意地笑了。

接下来的事情按部就班，安东医生在导管室操作间的监视器屏幕前，给老金老婆和小金讲解冠脉造影结果。护士小珊把担架车推进手术室，打算把老金抬上担架车送回病房。就在护士晓芸准备拆除心电监护导线时，老金突然双眼上翻、口吐白沫、四肢抽搐。“患者心脏停跳了！”晓芸护士大声疾呼。

安东医生抬头看了一眼心电监护仪，屏幕上显示一种非常危险的心律失常，尖端扭转室速，接着，出现心室扑动的波形。“不好！”他和来医生迅速冲进导管室，此时老金心脏停跳，监视仪显示心室颤动。老金牙关紧闭，面色青紫，呼吸停止，意识不清。来医生挥起拳头猛击老金前胸一下，接着，进行胸外按压。

“立即电除颤！吸氧、多巴胺……”安东医生试图解除老金的窒息状态，他站在老金的头顶处双手用力向后拉他的下颌，迫使他的颈部后伸，这是一种有效解除窒息的方法。

护士晓芸把涂好导电膏的除颤器递给来医生，来医生将两个除颤电极分别置于胸骨柄上部和心尖，然后按下放电按钮。随着“啪”的一声除颤器放电，老金身体和四肢抽动一下，随即他的心跳恢复过来，但是仍然牙关紧闭处于窒息状态。安东医生知道这种舌后坠所致的窒息状态不解除，很快心跳还会骤停，忽视这一重要环节，抢救会功亏一篑。正因为如此，每次抢救心跳骤停患者时，他都亲自负责处理这种窒息，及时打开气道。此时，老金面部肌肉痉挛上下牙咬紧，严实无缝，开口器插不进去。情急之下，他用双手抠住老金的上牙用力向后拉，尖利的牙齿几乎刺破他的手指，一阵阵钻心的疼痛。

“安东医生，小心你手指被咬伤！”护士晓芸大声提醒他。

顾不上那么多了，救人要紧！安东医生强忍疼痛，拼力向后拉老金的上牙齿，“咔吧”一声，两边上牙各断一颗，失落在地。安东医生趁势把食指插入牙缝，用力拉开老金的上颌，老金的嘴巴被撬开了一条缝隙。护士小珊迅速把开口器插入老金的口中，撬开他的嘴巴。他的舌头退缩在咽喉部堵住了气道，这种现象医学上称为舌后坠，是心脏骤停患者发生窒息的主要原因。安东医生迅速把老金的舌头拉出来。“扑哧”一声，老金大喘了一口气，接着恢复了有节律的呼吸。整个抢救过程仅持续了三四分钟，老金醒了过来，心跳、呼吸、血压，甚至连血氧饱和度都恢复正常。

老金睁开眼睛，扭头看见安东医生站在他身边，尴尬地笑笑，说："不好意思，安东医生，我刚才睡着了，做了一个噩梦。"

安东医生似信非信地笑笑，宛如平常地问："哦？什么样的噩梦？讲给我听听。"与一分钟前严肃、焦急、高度紧张的情绪相反，此刻的安东医生，心情平和、放松，充满了喜悦。对于心内科医生来说，时间就是生命，每一次抢救都是一场与病魔争分夺秒的战斗。

老金表情认真，娓娓道来："睡梦中，我感觉有人用铁锤敲打我的胸口，胸口剧烈地疼痛，我惊慌地尖叫一声逃开了。但是，站在不远处借助路灯回头一望，我透过墙壁发现你的身影，你在用力抠一个躺在病床上患者的牙齿；另一个女医生在用力按压那个人的前胸；几个护士围着他不停往静脉液体里推药……"

"不会吧！你刚才昏睡——不，你刚才昏迷呢，怎么会知道我在干什么呢？"

"我忽然发现你们正在抢救的那个人有点儿像我，我好奇，又跑了回来。我感觉你把我的牙抠痛了，担心你会把我的牙齿抠掉，想阻止你，可是我用不上力。我用力地呼喊，你似乎听不见我的声音。'咔吧'一声，我怀疑你把我的牙齿抠掉了。"

"啊！你竟然看见我在抠你的牙齿？见鬼了！"安东医生吃惊地叫起来。

"是啊，我被噩梦吓醒了，嗄，还出了一身冷汗。"老金用手擦擦自己额头上的汗水，"唉，回到病房我要喝两口白酒，压压惊。"

"谢天谢地，多亏你跑回来，否则你真的要失联了。你还梦见什么了？"

"让我想想——酒瓶——我好像见到了很多酒瓶，白酒、啤酒、红酒，你知道我喜欢喝酒，我本以为这回我可以尽情地痛饮了，没想到空梦一场……"老金认真地回忆着，突然他手捂着嘴巴喊道，"哎哟，牙痛——欸？我怎么少两颗牙齿？我的牙齿哪去了？"

安东医生弯腰从地上捡起那两颗失落在地上的牙齿。这是两颗蛀牙，牙根呈现黑色，龋腐过半。他把牙齿递给老金："多亏你的牙齿腐烂了！"

老金迷惑不解地望着安东医生："你果真把我的牙抠掉了？"

老金老婆高兴地走过来，说："老头儿啊，抢救过程我都看到了，多亏他们抢救及时，要不然你真的回不来了。丢了两颗牙，捡回一条命，值得！"

"既然冠脉造影正常，为什么还会心脏骤停呢？"小金迷惑地问道。

"可能是心肌病，还需要进一步检查。"

老金被安全地送回病房了。晓芸和小珊两个护士在清理手术室，来医生在打印冠脉造影报告，安东医生在仔细研究老金的冠脉造影图像。安东医生努力克制自己烦乱不安的心情，静心思考刚才老金发病的事情。老金为什么在造影结束后突然心脏骤停了呢？冠脉影像确实没有严重问题，手术过程也很顺畅。他翻阅老金的病历，心超、心电图、胸片等等，各项指标都见好转。突然，安东医生看到最近一张血液化验单，血钾偏低明显。心电图 Q-T 间期稍微偏长，看来是由于心衰合并血电解质紊乱导致突发心律失常，特别是心衰合并低血钾更容易诱发恶性心律失常。

老金的病情和下一步的治疗，安东医生心里有数了。可是，老金那个噩梦到底是怎么回事呢？他又有些迷惑不解。

"人真的有灵魂吗？"一个颤抖的声音在安东身后响起。他回头一看，小珊护士面色苍白、胆怯地望着他。小珊个头儿不高，矮胖胖的，长着一副可爱的娃娃脸，一对晶莹透亮的大眼睛清澈见底，长长的睫毛，说话时还不时挑动着，一看就是那种胆量小、受到惊吓会哭鼻子的女孩。不过她的优点蛮多，开朗文静、性格随和、喜学好问、勤劳麻利。

"你是指刚才老金做的那场噩梦吧？"

小珊疑惑地问："他已经昏迷了，怎么醒来之后竟然能讲出我们抢救他的情景呢？"

"是啊，我也是丈二和尚摸不着头脑。"安东医生回答道，"或许他没有处于深度昏迷吧，能感觉到我们做的事情。"

"怎么可能呢？他的心跳、呼吸都停了。"

"或许那时他的眼睛看不见了，但耳朵还听得到声音。"

“我还是不信!”

晓芸护士在旁边插话说:“我也感觉奇怪。上次，也有个急性心肌梗死做急诊介入治疗的女患者，在手术台上心脏骤停被我们成功地救了回来。出院前她来导管室看望我，对我说：‘我认识你，晓芸。那天你们抢救我的时候，我就飘荡在导管室的天花板上，我看见你围在我的身边不停地推药，当时抢救我的情景我都知道，只不过动弹不得，说不出话来。’听了她说的话，我当时吓了一大跳，几乎不敢与她对视，慌忙走开。她送来的水果，我一点儿没敢碰。”

小珊吃惊地问:“啊！我怎么从没听你说过呢?”

晓芸回答:“我没敢说，怕你们说我胡说八道。”

晓芸一副中西结合的靓丽面容，有点儿像新疆人或混血儿，一双欧式的大眼睛莹光闪烁，不开口也会说话。她胆大心细，工作熟练，富有急症重症抢救经验，是导管室里的骨干。

安东医生虽然一直希望人有灵魂，但从不相信人有灵魂。记得20世纪90年代末期，他在德国柏林洪堡大学医学院进修，跟随一位叫亚历山大的德国医生学习当时很先进的激光心肌打孔技术，有一天，在导管室里也曾遇见过一件相似的怪事。

激光心肌打孔是那时期治疗冠心病最令人瞩目和时髦的新技术，对于那些既不能再做支架治疗又不能外科搭桥手术的患者，使用一根激光导管，利用特殊的激光在心腔内打出若干个一毫米直径的微孔，这些微孔与心肌里的毛细血管相同，可以重新建立冠脉血液循环，改善心肌的血液供应。显然，对于那些患有严重冠心病的患者，这是一个福音。

那天，医生和护士在导管室里正紧张忙碌地做着术前准备工作时，一个已经躺在手术台上名叫鲁赐的患者突然发生严重心律失常、室颤、意识丧失。导管室的一名老护士熟练地拿起床旁除颤器电极进行体外除颤，可是却发现这台除颤器的蓄电量不足，她立即跑到隔壁导管室推另一台车式心脏除颤器。亚历山大医生焦急地高呼:“安东医生，快帮助护士把除颤器车推过来!”

除颤器的车轮被走廊地面一道滑轨挡住推不过去，老护士紧张地喊道:“安东医生，快来帮我!”安东医生立即跑过去把除颤器车的前轮抬起来，协助护士把除颤器车推到患者的床边。

体外电除颤后，鲁赐立即苏醒过来，他冲着安东医生笑笑，做了个怪脸，用纯正的英语说:“Sorry，I dreamed a horrible dream.”

亚历山大医生在一边轻松地安慰他说:“做噩梦不可怕，醒了就好!”安东医生当时有些疑惑，难道人在心脏骤停昏迷时都会做噩梦吗?

为了学习激光心肌打孔这项新技术，安东医生认真地随访和记录每一个激光治疗的病例。第二天上午，他到病房看望这个激光打孔治疗的患者。鲁赐五十几岁，长着德国人少有的方脸，满面红光，神采奕奕，难以想象他是一个经历过两次支架治疗、三次冠脉搭桥手术的严重心脏病患者。

见到安东走进病房，鲁赐笑眯眯地与他打个招呼:“安东医生，早晨好!”

“你怎么知道我的名字呢?”

“昨天抢救我时，我听到他们喊你的名字。”

“可是你当时昏迷着哪!”

“我看见你在帮助护士推除颤车。”

“你看见——”安东医生以为自己的德语不熟练，听错了，他让鲁赐重复一遍。

鲁赐缓慢清晰地说:“我发现除颤器车轮被走廊里的一条滑轨挡住推不动，我当时很着急，想帮帮忙，可是双手抓不住东西，一点儿也用不上力。后来你跑过来帮助抬了一下车轮。多亏你帮忙啊，如果心脏跳不起来，我也回不来了。”

“你是后来听谁说的吧?”安东医生完全不能相信鲁赐说的话，他认为鲁赐一定在胡说八道——然而，现在回想起来，鲁赐当时可能并没胡说。

在鲁赐的激光手术成功后，亚历山大医生曾自豪地说:上帝可以拯救人的灵魂，但挽救不了人的肉体;医生能够挽救人的肉体，但拯救不了人的灵魂。我们是上帝的助手!

遗憾的是，亚历山大这句话说早了，鲁赐于激光治疗一个月后心脏病再次发作突然去世了。后来，亚历山大医生发现激光在心内膜打的那些救命的孔，一个月后，大多数全都闭塞了。他不得不坦承，这种治疗方法的远期效果很不理想，研究失败了。

安东医生记得亚历山大医生在工作总结时气馁地说：经历了无数次成功的开始，终将以失败而告终，这就是医者之路！愿亡者的灵魂能够安息！

然而，从另一个角度来看，医者的每一次成功都是一次对生命的拯救，这恰恰意味着医者的伟大和神圣！不管怎么说，人总是要死的，医学离不开科学，虚幻治不了病，更救不了命。不管人有没有灵魂，救命还要靠真本事，这就是医者之路。

安东医生这个人，历来相信科学，不信迷信，但自然界确实有些现象用科学和自然法则暂时无法解释清楚，人体里也有许多人们暂时不了解的奥妙，比如，体纹与疾病。读大学时，他曾经学习和研究过体纹，能讲出一点儿科学道理，能够通过手相来分辨出一些染色体遗传疾病，体纹与一些特定的疾病确实存在着必然的联系。然而，他也碰过壁，曾经受过挫折，因此，每当听到“手相”两个字，他心里总感觉有点儿郁闷——迷信能够害人，但有时也能够带给人精神寄托。

人假如真有灵魂也并非是件坏事……

第十三章　看手相

一想起看手相，安东医生不免想起大学实习时的一些往事——因为他是在大学实习的时候学会看手相的。

1986年，大学第五年进入实习阶段，安东医生所在的班被安排在西安市第四医院实习。第四医院位于西安市东大街的东端，解放路的南端，离学校较远，实习医院没有集体宿舍，学校便把几个班级的同学安排在医院附近尚俭路的一处民宅里居住。尽管如此，他们住的地方离医院还是有两三站的路程，于是，几乎每位同学都买了一辆旧自行车，早晨骑自行车上班，晚上再骑车回宿舍。

宿舍的院子里有几个烧蜂窝煤的铁皮炉，同学们经常自己生炉子做饭。一锅清水煮开了，先放几片西红柿，然后再煮挂面，最后放点盐和味精。安东医生至今还记得两个班的同学围坐一圈吃面条的情景，大家吃得很香。

大学第五年的实习活动就这样开始了……

他们居住的地方是一个有着百年历史、古老宽敞的四合院，早年，这里曾经是一处风光无限的豪宅大院，高大的门庭临街而立，一条幽静的小巷左拐通向内院，四方形的院落东面的一个边是青砖高墙，而另外三个边全是门窗朝向院子的高大瓦房。豪宅的主人早已不知去向，这里的居民也不知更换了多少代，此时的大院已是一个荒芜、破旧、肮脏、鼠害成灾的地方，老鼠大摇大摆地在院子里闲逛，穿梭在杂草和垃圾堆里，寻找着美味野食。一只懒洋洋的大肥猫睁一只眼闭一只眼，趴在院子中央晒着太阳，任凭老鼠们四处乱窜，无动于衷，真是难得的一幕，猫和老鼠和谐相处。院子的东南角落里，一个臭气熏天的旱厕所，地面上爬满了白花花的蛆虫，几乎让人无从下足，一脚踏下去脚底发出吱吱的声响，蛆尸沾满鞋底。天空中，绿头苍蝇像战争电影里的轰炸机似的，横冲直撞，“嗡嗡”地围着他们的头顶盘旋，杀不绝、驱不散。有时，吃饭时如果嘴巴张得太大，一只苍蝇会突然冲进你的嘴里！

安东与一个叫王力学的同学住在一间灰暗、干燥、阴森森的屋子里，两张一碰就吱吱嘎嘎摇晃的木板床、四壁刷着白色涂料的土墙、被鞋底踩踏了近百年早已变得坚实光滑的黄土地、一扇玻璃残缺不齐的窗户和漏风又透光的木门，这就是他们的宿舍。

宿舍房间的墙根、墙角到处都是老鼠洞，今天堵上一个洞，明天又多出三个洞，老鼠在与他们较劲儿。开始时，老鼠半夜里跑到床上乱窜，有时会突然把他们咬醒，耳朵、鼻子、手指，哪里都咬。安东和王力学经常半夜点灯上演人鼠大战，驱赶老鼠、抓老鼠、堵鼠洞。白天，他们上班走后，晚上回来一看，洁白的床单上一层老鼠屎。难怪西安这个地方出血热发病率那么高，原来是人鼠同居的原因。

他们当时年轻，无知无畏，毫不在乎，下班回来用笤帚把床单清扫干净，躺下照样睡得很香。后来住久了，老鼠和他们熟悉起来，有时夜里附在他们耳边窃窃私语，叽叽喳喳的声音时常把他们吵醒。睡眠中的他们也懒得抬手驱赶老鼠，但老鼠也没再咬过他们。真是难得的一幕，人鼠开始和谐相处了。

现在回想起来，安东医生几乎不敢相信他们竟然在那种环境下快乐地住满了一年。

内科实习结束后，安东转到眼科实习，带他的老师姓张，是个四十多岁的女医生，个子不高，160cm 左右，稍微有点儿发福，五官清秀，细长的眼睛，一张圆圆的笑脸，为人温和，也很文静。还没到眼科实习之前，安东就听其他同学说张老师会看手相，几乎给她带过的所有学生看过手相。很多同学都说她手相看得准，尽管他们自己也说不清楚到底准在哪里，看手相到底有哪些科学依据。

说心里话，安东当时一点儿都不相信手相，他认为那只是个骗人的小把戏。但是，当他在眼科跟张老师实习时，还是在闲聊中不知不觉地与她谈到了看手相的话题。当张老师发现安东根本不相信手相后，她像个传教士似的，不厌其烦地说服安东相信她看手相的本领。她很自信能说服安东："安东医生，我给你讲两个我看手相真实的案例吧。"

"好啊。"安东认真地听着张老师讲的故事。

两年前，本院药剂科有一位五十几岁的专家偶然间让张老师看了手相。张老师发现这位专家的手相有问题，生命线在中间断开了，她提醒专家近年可能会发生严重的健康问题，应该警惕。这位专家听后不以为然地笑笑，说了一句他身体没任何问题的话就走开了。

一年多后，这位专家突然被发现患了胃癌。手术做得很及时也很好，医生说远期疗效应该也不错，但专家不大放心，又找到张老师给他看手相。张老师看过手相后没敢对他本人说什么，悄悄对他家属说他的生命顶多还有半年或一年。家属相信了张老师的话，陪着专家去了几个他很想去的地方旅游，完成了他的心愿。一年后，专家病逝了。

这个例子丝毫没有打动安东医生，他仍然感到看手相不可信，可能会有巧合或者是猜测，晚期癌症手术或化疗后一年多时病故是常见的现象。

看安东医生没有被她的故事说服，张老师自信地笑笑，耐心地说："安东，我再给你讲另一个故事吧。"

本院有一位年轻漂亮的女护士，那年 25 岁，有一个情投意合的上海男朋友，相处了三年，感情很深，准备去上海登记结婚。临行前，她找到张老师看手相。张老师看了她手相后，犹豫了好一会儿，才对她说："你的婚姻可能要碰到麻烦，望你三思而行。"

女护士不解地说："张老师，你直说吧，会发生什么事？"

张老师坚定地说："你的婚也许结不成，我劝你暂时不要去上海了。"

"哈哈！"护士听后很自信地笑笑，说，"张老师，你就等我回来给你送喜糖吃吧。"

遗憾的是，这次真的让张老师说准了，女护士到了上海后，意外地发现她的男朋友没到火车站接她，男方在父母强力干预下，改变了主意，不同意与她结婚了。女护士伤心地离开了上海回到西安。

回到西安后，女护士没有埋怨张老师的乌鸦嘴，而是虔诚地找到张老师再帮她看一次手相。张老师提醒她近期要注意保养身体，有什么不舒服要及时看病，因为张老师从她的手相上看出她近期健康上要出大问题。

半年后的一天，这位护士突然患严重的中风，卧床治疗半年，命保住了，可是半身瘫痪了。

这两个例子都是发生在安东医生实习的医院，特别是第二个例子，就出现在他们的生活中。自从来到这家医院实习，安东医生几乎每天在医院食堂里都能见到这位瘫痪拄着双拐的女护士。女护士是上海人，在西安工作，住在医院的独身宿舍里，她活泼，开朗，大方，经常和他们实习学生聊天。大家听说她的故事，都很同情她。

看手相有这么神吗？安东开始半信半疑：也许我们不需要学医了，更不需要实习了，好好地学习看手相吧。

无巧不成书，那年军医大学使用的内科学教材中最后一个章节就是关于体纹与疾病，但是在上内科学课时，不知为什么老师没有讲解这一章节的内容，当时学生们也没在意。回到宿舍，安东找出大学教材，认真地把那章内容自学了两遍。安东开始了解到，确实有些疾病与人体的体纹有关，特别是一些遗传性疾病的发生和发展，与一些特定的体纹有关，也有一些智力和情感的疾病可以通过特殊的体纹反映出来。但是，从科学角度来看，很多后天的疾病、性格、行为和生活事件是不可能与体纹有着必然联系的，一些突发事件和偶然事件更是无法预料了。大多数看手相的人都是在故弄玄虚，望风捕影，也有些人甚至用看手相的方法骗取财物。

不管怎么说，体纹与某些疾病还是有关联的，因此，安东开始对手相产生了兴趣。看到安东开始相信看手相了，张老师很开心，很有成就感，主动提出收他为徒，承诺要好好教教他。她说安东是她收的第一个徒弟。

安东先请张老师给他看了手相。听了张老师对他手相的分析，安东很开心，因为全是好的，其中他比较在意的一句话是：你的事业线很好！这句话他一直记得很牢，逐渐在他的心底形成一股良好的潜意识，在以后的几十年里经常起到积极的暗示作用。

安东学得很快，不久就掌握了张老师看手相的基本要领。有些要领他可以从书本上找到答案，但有些手相的解释，他不大信服，只是把这些作为一种娱乐或游戏来学习。

有一天，安东给张老师看手相，开玩笑地说："张老师，在你的婚姻线上有个情人。"

张老师听了安东的话，很吃惊，抬头严肃地看着他说："不要随便开玩笑！"

看到张老师严肃的表情，安东突然意识到他的玩笑开得有点儿太冒失，因为他说这句话时旁边还有其他老师，况且张老师的丈夫又长期在国外学习。安东吓得赶紧把张老师的手放开，连说几声对不起。

看到安东紧张的样子，张老师看着自己的右手，笑笑对他说："你出徒了，连我的秘密都瞧出来了，呵呵！"

"哈哈！"旁边的同事也跟着笑了起来，刚才紧张的气氛一下子缓解了。一场玩笑，谁也没在意就过去了。

事后，张老师告诉安东，她有一个大学曾经很要好的男同学，最近来到西安，请她吃过一次饭，也许这就算是一次特殊经历吧。

安东掌握了看手相的真谛，也掌握了看手相的娱乐。后来，看手相带给他娱乐和消遣，也带给他意想不到的挫折和麻烦。有两件事令他一直难忘。

从军医大学毕业后，安东被分到沈阳军区282医院内四科当住院医生，内四科是神经内科和肾内科专业。1987年夏天，刚大学毕业不久的安东医生坐在住院楼大门前与一群同事闲聊，不知不觉聊到看手相。他给其中一个同事看了手相，结果一群同伴围着他，争着让他看手相。这时，一个大约五十几岁身穿着病号服陌生面孔干部模样的人，把手伸到他的眼前，说："帮我看看手相吧。"安东刚想拒绝他，突然发现这人手掌的纹理非常特殊，于是，仔细地观察了他的手相。

在仔细看过他的手相后，安东医生很自信地对他说："在你30岁那一年，如果你结婚了，你会离婚；如果没结婚，你会和你的女朋友分手。这是你过去恋爱和婚姻方面的问题。"

听了安东医生说的话，病号怔了一下，接着急切地继续问："还有其他的吗？"

安东犹豫了一下，环顾四周，不知道是否应该继续说下去，因为四周围了一圈看热闹的人。

“你说吧，没关系。”

“如果你 35 岁以后再生孩子，可能会出现先天性愚型。”接着，安东补充道，“就是痴呆儿……”

听安东把话说完，病号面无表情地把左手撤了回去，什么话也没讲，转身和一个 30 岁左右的年轻女子走了。

大约过了十几分钟，病号又回来了，看到安东医生身旁没人，低声说：“你看得真准。”

接着，病号自我介绍说，他是辽宁省北票县农林局的局长，今年 58 岁。28 岁那一年离过婚，但不是安东说的 30 岁，刚才和他一起离开的那个女孩就是他和前妻生的大女儿，今年 30 岁了，他最小的儿子确实是个痴呆儿，是他 35 岁以后生的。

“你怎么能说得这么准呢？难道这些事情真是命中注定的吗？”接着，病号疑惑地问道，“哪条是感情线？”

安东当时没有回答病号的问题，因为他自己也不太相信所谓的感情线。但安东明确地告诉病号，在他的手相里有几种特殊的纹路，表明他携带有异常染色体的遗传基因。如果年轻时候生育，这种异常的染色体基因只会遗传到下一代，但不会导致下一代发生遗传疾病。如果在 35 岁以后生育，由于人体染色体分裂能力下降，不仅这种异常的染色体基因会遗传到下一代，而且还会导致下一代发生染色体异常的遗传性疾病，如先天性痴呆、愚型、脑神经发育不良、脑瘫等疾病。

听了安东简单的解释后，病号回答道：“哦，我懂了。”病号坐在石阶上双手蒙面，低头沉默着。大约一两分钟后，他抬起头叹了口气，说：“唉，真没有想到，折磨了我一辈子的心事，被你几句话就说开了。我一直认为小儿子的残疾是我老婆的错，为此我们经常吵架，相互埋怨，一辈子夫妻不开心，也不幸福。今天才知道原来责任在我这里，我突然感到很内疚……”他哽咽着。

“唉！”他的眼角滴下两串泪水。

看到他伤心的样子，安东一时不知该说什么好，只好悄悄地离开了。

一时间安东出名了，医院里很多人慕名找他看手相。医生没当好呢，看手相倒有了名气。

有一天，内科有一个叫刘丽的护士请安东医生帮忙看手相。她的手相没什么特别的，因此安东医生也只说了一些不好不坏、无关紧要的话。在安东医生看来，对于常人来说，观手相是没有多大意义的，与其说是看手相算命，不如说是娱乐。

突然间，刘丽冒出来一个奇怪的想法，伸出左手，说："既然看手相是男左女右，那么，是不是我的左手代表我的老公呢？你能帮我看看我老公的前程如何吗？"

安东医生看了一眼刘丽的左手，不经意地说了一句："呵呵，和你差不多。"

谁也想不到就是这样一句话为安东医生惹下了一场大祸。

第二天，医院政治处主任来到他们科室，找到他们科的张旭副主任了解情况。政治处主任试探地问："张主任，听说你们科的安东医生会看手相？"

张旭一听领导问的是这件事，马上兴奋地回答说："会看，还给我看过呢，看得可准了……"

"准个屁！你一个共产党员还相信迷信，觉悟都到哪里去了？乱七八糟！"政治处主任一改往日的温柔，怒气冲冲地骂了一句，甩袖离开。吓得张旭副主任呆呆地站在那里，半天才缓过神来，赶紧派人把安东叫了过来，告诉他刚才发生的事情。

"你不要再给别人看手相了，安东！刚才差点儿没把我吓死。你都给谁看过手相了？领导怎么这么生气呢？"张旭本来胆子就小，又有风湿，又有心脏病，领导这么发火，确实把她吓得够呛。

后来安东才知道，刘丽是医院李政委的儿媳妇，事情就坏在这里。据说看手相当天全家吃晚饭时，刘丽兴致勃勃地对她老公说："我今天找我们科安东医生替你看过手相了，他说你没什么前途，和我一样平平常常。"也许她是故意说给公公和婆婆听的，也许她想刺激一下她老公，让他奋发向上。结果，李政委听了，马上脸色灰白，气得饭也不吃了，把筷子往桌子上“啪”地一摔，说：“这种迷信你也相信！哪个安东竟敢宣传迷信？”

政治部主任把调查结果如实向李政委做了汇报，李政委气冲冲地说了一句：“这种人不能留在部队里，马上让他转业！”

1987 年年底，正赶上部队大裁军，安东的军旅生涯就这样结束了。安东医生当时很郁闷，不情愿因此被处理转业，他找过上级部门反映情况，做过申诉，可是没有任何作用。无奈，安东医生像阿 Q 一样，自己安慰自己，他还年轻，转业就转业，有什么了不起，及早转业到地方可以自由地报考研究生，读硕士、读博士，甚至还可以出国进修。幸运的是，他的这些想法后来全都实现了。

安东医生至今还记得转业时李政委和干部干事李俞兰对他说过的话：“虽然我们知道你现在是个潜才，将来可能会是个人才，但我们更需要品质优秀的人——所以无论如何，组织上还是决定让你转业。”

张旭副主任已经去世了，李政委也早已经去世多年，安东医生很遗憾没有看到李政委的手相，为什么他会这么早早地去世呢？

许多年过去了，往事已成记忆。从那以后，安东医生几乎再没有给人看过手相。不久前有一天，安东医生无意中发现一个朋友的手相很特别，与多年前那个农林局局长的手相一样，他知道这位朋友有一个脑瘫的儿子。因为老婆生了一个残疾的儿子，安东医生的朋友心里不痛快，坚信自己优秀，生痴呆儿是老婆的问题，所以执意与老婆离了婚。看到他的手相，安东医生心里明白了为什么他会生个残疾孩子，可是，安东医生没说出来。往事已经过去，知道谁对谁错还有什么用呢？也许在看手相时，稍加不慎，某一句话就会给别人留下一种消极的心理暗示，或造成永久的伤害。

人啊，总是太相信命运，迷信也就产生了。有时，人们也很难辨别哪些是科学，哪些是迷信，看手相就是如此！

第十四章　华盛顿的谜案

心内科医生大多数喜欢钻研高血压、冠心病、心律失常、先心病这类治疗办法多、治愈率高、控制率好的疾病，很少有人愿意沉迷和忙碌在那种病因难弄清楚、治疗难有起色、付出难有成就感的心肌病诊治中。心肌病既是心内科的一种常见病，又是诊断治疗比较复杂的疑难病。可是，作为一名合格的医生，工作中只有患者挑选你，不允许你来挑患者，要敢于面对心肌病这类难治性疾病的挑战。

又一届国际心肌病尖端学术会议即将在美国华盛顿召开，早在几个月前，安东医生就计划去参加这次国际学术会议，学习和了解关于心肌病诊治的新方法和心肌病研究的前沿知识。没用多长时间，他就顺利地办好了出国签证。老金的病情已经稳定该出院了，安顿好诊室和病房的工作，安东放心地出国开会去了。

4 月末的华盛顿，在一个绿树发芽、桃花盛开的季节，伴随着凉爽的微风和靡靡细雨，张开她温暖的怀抱，迎接着美国心肌病学大会的召开。美国心肌病学大会是全球著名的国际心脏病学术会议，每年轮流在美国各大城市举办，作为一名心内科医生，安东医生几次来美国参加这个会议。来自世界各地的一万多名心内科医生云聚一堂，给这个安静文明、协调有序但缺少生机的城市注入了一丝活力，同时也带来了一片喧嚣。

4 月 29 日那天上午，开幕式结束后，安东医生来到华盛顿会议中心三楼的休息区，挑选一个靠窗的沙发坐了下来。透过玻璃窗，安东医生注视着这个相隔十三年他再次光顾、既熟悉又陌生的会议中心。大厅内华丽堂皇的装饰、令人眼花缭乱的各式电子广告、拥挤嘈杂的人群，淹没了他之前对这里平淡的记忆，他的大脑陷入空白……

窗外淅淅沥沥的小雨从早晨到中午一直下个不停，天空浓厚的云团笼罩着国会山拱圆形白色的屋顶，遮掩了华盛顿纪念塔的塔尖和林肯纪念堂的轮廓。玻璃窗泛起一层薄薄的雾水，连马路对过记忆如故的古老的华盛顿图书博物馆墙壁上的雕塑，也变得模糊不清。

街道上，几个身穿运动短裤的晨练者，穿过K大街顺着第七街向南面的唐人街方向跑去。第九街的红绿灯下，有人紧裹大衣撑着雨伞匆忙赶路，有人则身着单衣在小雨下休闲漫步，几个头戴安全帽的工人在路边凌乱的工地上忙碌地施工。

市区内并不宽敞的马路早已车水马龙，拥堵不堪。十字路口处，三五个身穿黑色或深蓝色羽绒服的黑人流浪汉，每人手里端着空茶杯，只要红灯一亮立刻围拢在停车司机的窗前，耐心地讨要零钱。偶尔，有司机摇下车窗扔出几枚硬币，而大多数司机则不理不睬，习以为常，只等绿灯一亮便匆匆驶去。

十三年前的华盛顿特区似乎并非如此，安东医生极力回忆着那时街道上的情景：宁静的街区、干净整洁的马路、稀稀拉拉的行人、畅通的交通——如果你在大街上闲逛，一个穿戴整洁主动与你打招呼的人突然出乎意料地向你讨要零钱，一点儿都不奇怪。有时，穿戴整洁的白人流浪汉与其他行人难以区分。在华盛顿市区里，形形色色的流浪汉早已形成了一道独特的风景线。

位于华盛顿特区第七街和第九街之间的华盛顿会议中心早已成为一座庞大的现代化建筑群，这里经常举办一些国际国内的大型会议。2001年，安东医生第一次来华盛顿参加美国冠心病介入学术会议时，这个会议中心刚刚落成不久，一部分会场尚没建筑完工，内部的装饰显得粗糙和简陋。在一个庞大的建筑物内举办一个学术规模不大的会议，会场凸显空旷和冷清。然而，就在那次会议开始后的第二天，准确地说，是上午茶歇期间，在这个会场的大厅里发生了一桩十几年来一直令安东医生迷惑不解的怪事。

有人说华盛顿的春秋季节，天空漏了一个窟窿，所以这里经常阴雨连绵。那年9月末的最后一天，窗外的秋雨越下越大，安东医生站在会议中心的大门内，正犹豫着是回酒店休息还是继续留在会场里听课，门外一个黑人男子手里拿着几把黑色的折叠雨伞大声吆喝着："Umbrella，umbrella."

"How much?"安东医生推开大门探出身向他询问雨伞的价格。一阵冷风袭来，安东医生连忙从门缝中缩了回来。

"Thirty."门外那个黑人迫不及待地跑过来，拉开大门钻进来，将一把雨伞塞到安东医生的手里。他30岁的样子，瘦高个儿，右腿有点儿残疾，走路有点儿向右摇晃。安东医生注意到他左眉间有一处刀疤。

"Too expensive!"安东医生的心里话不自觉地脱口而出，确实太贵了！那时美金对人民币私下交易的汇率可是1∶10啊！30美元一把伞，简直是天价！安东医生把雨伞还给他。

黑人用手指了指天空，争辩说："No，no，not expensive at all! It's raining. Man，you gotta need this."

安东不同意他的辩解，即使是下暴雨也不能漫天要价呀！但是，这话安东医生没说出口。

"Deck，Deck，come on."门外有个戴眼镜的白人男子，手里也拿着几把折叠雨伞在大声呼喊黑人，挂满雾水的玻璃窗模糊了白人男子的面容。看来安东面前这个卖伞的黑人名字叫德克。

德克回头向门外的白人摆摆手，大声说："Wait，wait，Bristo!"他让那个门外叫布里斯托的同伴耐心等他一会儿，他显然想先做成与安东正在进行的这桩生意，布里斯托似乎有什么急事儿，还在焦急地反复呼喊他的名字。"Deck，Deck，come on."

德克没再理睬布里斯托的呼唤，继续对安东医生说："You see，a heavy rain is coming!"

安东医生懂了，他的意思是暴雨即将来临，雨中送伞不算太贵。安东医生仰头望去，天空翻滚的乌云越来越浓烈，黄豆粒般大小的雨点正噼里啪啦地落在地上。好吧，出门在外破财免灾，安东医生狠狠心掏出30美元递给德克。

"Hehe."德克收下钱后，毫无掩饰地露出两排洁白的牙齿，笑了起来。德克把雨伞塞给安东医生，转过身快乐地单腿蹦了起来："My god!

Thanks for the rain!”

卖伞的自然要感谢雨天啦。安东医生检查了一遍雨伞的质量，确实是把好伞，商标上注明中国制造。他撑开雨伞，走出会场，朝他下榻的希尔顿花园酒店方向走去。在会议中心的大门外，德克站在不远处，咧着厚唇白牙友好地冲他招招手：“Good luck!”

“Thanks, Deck!”安东医生礼貌地回应他一句。

“嘀嗒嘀嗒”雨点落在伞布上发出密集的声响，逐渐冲淡了安东医生心头泛起的一股挨宰的感觉。在会议中心外的拐角处，安东医生看见他们旅行团的领队小金打着雨伞从马路对过匆匆忙忙地跑过来。他脸色苍白，额头挂满汗珠，气喘吁吁，表情慌乱，一副失魂落魄的样子。“出什么事了吗，小金?”

“真倒霉，我的包丢了!”小金是一个刚从美国回国的海归青年，在一家旅游公司当经理，中等瘦小的身材，一副诚实、认真、热情的面容。他身穿一件天蓝色的风衣，颤抖地站在安东医生的面前，沮丧地叙说：“一小时前，我站在华盛顿会议中心的大厅里与从前的美国同事聊天，我把包放在我的两脚之间，用双腿夹着。我与同事大约聊了二十几分钟，分手时我弯腰取包，发现我的包不见了。”

“什么样的包？里面有什么贵重物品吗?”

“黑色的电脑包，里面有我的护照、电脑、资料、个人物品，还有……”小金犹豫了一下。

“人民币吗?”

“不，是美元，一共1万美元，我放在一个信封里。”

“啊！你怎么带这么多现金哪!”

“不是我自己的钱，是我们团的差旅费，我昨天刚从银行提出来的现金。我真是该死啦！唉，最麻烦的是护照丢了，在国外补办手续很繁琐。”小金像霜打的茄子蔫儿了，无精打采，显得很气馁。

“你报警了吗?”

“报警了，我刚从警察局回来。警察已经立案了，但警察说找回来的可能性极小，有可能会找到被抛弃的电脑包、个人物品和资料，而护照和现金几乎不可能找回来了。在这个会议中心里，学术报告厅的大门有保安监督，会议代表凭胸卡出入，非参会人员进不来，但会议中心的大门没有进出限制，无关人员可以自由进出大厅，盗贼会趁机混进来。遗憾的是，这个会议中心刚刚启用不久，大厅里有些地方监控录像还没有正式工作。”

“夹在两条腿之间的包怎么会被偷走呢？太不可思议啦！”

“我感觉有人撞了我一下。”

“什么样的人撞你？”

小金眼含泪水摇摇头：“我没注意。大厅里很拥挤，经常有人相互碰撞。”

看到他伤心难受的样子，安东医生安慰他说：“既然东西已经丢了，就别太着急上火啦，说不定盗贼拿了钱后会把护照和其他资料交回来呢。”

“唉，我回去还要赔公司的钱，一年的工作算白干了。我老婆怀孕下个月就要生了，我还有房贷……”一连串泪水涌出，滴落在地上。

第二天早晨七点，安东与小金和另外三人结伴从希尔顿花园酒店步行去会场。小金仍然穿着他那件醒目的天蓝色的风衣，他的双眼红肿，面孔困乏，表情疲惫。安东医生能理解小金精神上正承受着一种特殊的打击，整夜在失眠中煎熬。

希尔顿花园酒店位于第十四街的南端，与地处第十六街南端的白宫近在咫尺，出了酒店左转几十米就是华盛顿著名的弗兰克金（Frankin）公园，公园里有高低起伏的绿地、奇花异草、弯弯曲曲的小路、一排排绿色的长椅，还有茂密的树丛和参天大树。公园的西边屹立着一座美国最早的海军司令官约翰·巴里将军的铜质塑像。这个面积不大但风景十分秀美的公园早已变成流浪者的家园。白天，流浪汉们在公园里散步或安静地坐在长椅上晒着太阳；上午，他们吃着前一天从附近一家国立慈善机构领回来的食品，友善地与过往的行人打招呼，很少在公园里伸手向过往的路人要钱；下午，他们陆续离开公园开始四处讨钱；夜里，所有的长椅全被他们占领，公园成了他们的领地。

偶尔，流浪汉们会出现在电视和报纸上，成为新闻人物。有一次电视台的记者采访一群流浪汉，记者问：“你们每天都在四处讨钱，能不能说说你们每天到底需要花多少钱？”

流浪汉们伸出一只手。

记者说：“5 美元，是吗？”

流浪汉点点头。

记者又问：“如果你一天要到 10 美元你会存起来吗？”

其中一个流浪汉回答：“不会留到明天的，我会拿出剩下来的钱与其他流浪汉一起分享。”

记者又问：“如果你要到了 1 美元，你打算做什么？”

流浪汉毫不犹豫地转身指着第十三街路边的一家麦当劳店，说：“我马上钻进那里买一杯可乐。”

“如果你要到 5 美元呢？”

“那我就买一个汉堡、一杯可乐。”

从安东医生下榻的酒店出来，斜着穿过弗兰克金公园就是 K 大街，顺着 K 大街一直向东走就是华盛顿会议中心，安东医生已经从这个公园中间穿过几次了，每次早晨路过流浪者的身边时，他都会听到他们的问候。

“What up!”一个五十几岁的黑人流浪汉用俚语跟安东医生打招呼。安东医生手里拿着一个面包，边走边吃，落在同伴后面十几米远。

“Hi.”安东医生点点头从流浪汉身边走过。

“Come over here!”流浪汉向安东医生招招手，示意让他过去。

“Are you talking to me?”安东停下来望着流浪汉，奇怪，这个流浪汉为什么让他过去呢？

“Take the coke with you.”流浪汉手里摇晃着半杯可乐，做出要送给安东医生可乐的动作。

“No, thanks.”安东医生不明白流浪汉为什么要送给他饮料，摆摆手拒绝了流浪汉的好意。

“Bread with no coke? So sad!”流浪汉发出一种奇特的语调，作出一个好奇又同情的表情，“Here, Take mine.”

“安东医生，快走啊!”小金在远处招呼他。

安东明白了，原来流浪汉看到他干吃面包没有饮料，感觉他可怜，竟然同情起他来，要把自己喝剩下的半瓶可乐送给他。安东没有与流浪汉继续纠缠，谢绝他的善意匆匆地离去。

安东医生在公园里走了一段弯路，不知不觉顺着第十三街穿过I大街来到了纽约大道。宽阔整洁的纽约大道，道路两边的建筑摩登时尚，斜着指向会议中心对过古老的华盛顿图书博物馆。在这条大道上，他加快了脚步，打算出其不意地抄到小金他们几个人的前面。

穿过几个街区，安东医生在一栋窗檐装饰着布雨棚的黄色建筑物下，看见一个戴着眼镜的年轻白人流浪汉躺在一处窗檐下避雨，身下铺着一大张拆开的纸盒，身边放着一个空玻璃罐，头下枕着四五本书，手里捧着一本书正专心地阅读着。流浪汉还读书，安东医生好奇地驻足观望，伸手掏出1美元扔进玻璃罐子里。流浪汉抬头看着安东医生，目光蒙眬，面无表情，说："Thanks."

就在安东医生转身打算离开时，突然，发现流浪汉读的书是医学书，《心脏病学》。安东惊呆了，猜测流浪汉可能是个医学生，因为那是一本崭新的《心脏病学》。

安东医生好奇地问："You are a medical student?"

"No, I'm an engineer." 流浪汉放下手中的书本，用手扶正眼镜，他的眼神明确地流露出作为一名工程师的自豪感。他脸型细长，面色苍白，口唇有些发紫，直觉告诉安东，他的心脏有些问题。

"You are reading a medical book." 工程师怎么读医学专业书呢？安东感觉有点儿奇怪。

"Yes, I got it from a guy over there." 流浪汉手指着会议中心的方向，告诉安东他是在那里得到这本书的。

"Why did you become a homeless?" 安东确实有点儿太好奇了，一名工程师怎么会变成流浪汉了呢？否则他绝不会这么直接发问。

"It's just a different life style." 流浪汉说完这句话，扭过头读书不再理睬安东医生了。

是啊，生活方式多种多样，人们有权利选择自己喜欢的生活方式。安东医生意识到自己的唐突，不该问这么愚蠢、侵犯隐私的问题。他悻悻地离开，径直朝会议中心走去。

在K大街和第九街的交叉路口，安东遇见了小金他们四个人。“安东医生，你跑到哪里去啦？我们怕你被流浪汉劫持了，在这里等了你半天。”

“流浪汉都是男人，不会劫持我的。不好意思，让你们久等了。”

一行人穿过马路顺着第九街人行道向会议中心大门口走去。前面不远处，人行道路边摆放着几个颜色不同的垃圾箱，安东突然发现在一个黄色的垃圾箱上面放着一个黑色的电脑包。“小金，你看，垃圾箱上有个黑色的电脑包。”安东医生手指着垃圾箱尖叫起来。

“欸，真的！”小金一个箭步冲上去抓起黑色电脑包，“哇，真是我的电脑包啊！”

一个同伴说：“一定是被贼抛弃的空包。”

另一个同伴说：“快看看包里面的东西还在吗？”

小金迅速拉开电脑包的拉链，翻动着包里的东西，他铁青的脸孔微微露出笑容。“护照在，资料在，电脑在……”突然，他的脸孔掠过一丝惊喜，从包里取出一个装着厚厚一沓美金的白色信封，“美元，我的美元也在，哈哈！”他开心地跳了起来。

“快数数钱少没少？”

小金快速地数着钞票，激动得手指微微发抖。“没错，正好1万元。”

“简直太不可思议了。一定是贼没发现这笔钱。”

“不是。”小金坚决地否认，“电脑包丢的时候，装钱的信封是封着的，现在是打开的。原来里面全是100美元整张的钞票，现在有100美元是零钱。”

“奇怪，贼偷了钱怎么又扔掉了呢？”安东向四周望去，附近没有任何可疑迹象，远处路口那个叫德克的黑人正忙着向路人卖伞。这时他才注意到，天空又下起了靡靡细雨。

一个同伴说：“一定是个笨贼。”

小金说：“是啊，太不可思议啦！包里只少了一本书，我在会场上得到的一本医学书，《心脏病学》。”

安东说：“我刚才在纽约大道路边看到一个流浪汉在读一本《心脏

病学》。”

“啊？贼不图钱只偷书！更不可思议啦。”

后来，大家陪小金去警察局报了警。警察分析可能是哪个流浪汉偷走了他的包，看到里面现金数额巨大，害怕犯罪，又悄悄送了回来。说不定他认出失主，有意丢弃在失主即将经过的路边。不管怎么说，东西找到就好。警察告诫小金今后外出不要携带巨额现金，太危险啦，再说在美国随身携带巨额现金也涉嫌违法。

听到警察说的最后一句话，小金吓得吐了一下舌头，急忙领着大家离开了警察局。

“今晚我请客，安东医生，你选地方。”在回酒店的路上，小金慷慨激昂地从信封里抽出几张美钞。

安东提议：“我们到酒店附近第十三街的麦当劳快餐店吧。”

立刻有人反对他的提议：“不去，那是弗兰克金公园里的流浪汉常去的地方，我们去唐人街的中餐馆。”

那天晚上，一行人在唐人街的一家中餐馆美美地饱餐一顿。大家的心情没有受到华盛顿连绵阴雨的影响，反而为小金的巨款失而复得感到高兴，开心地庆祝了一番。

两天后，一行人离开华盛顿回国了。从那之后，安东只见过小金一面，他告诉安东他换公司了，可是，华盛顿丢包那件事儿他一直感觉莫名其妙。或许，他至今也不明白遗失的巨款怎么会突然完璧归赵。

之后的十几年，小金丢包的事情像一个诡秘的谜案一直缠绕在安东的心头，他对很多人讲过这个故事，可是没有人相信这是真的。如果是安东本人捡到这个电脑包，他会连包带钱交到警察局；如果是个贪财的人捡到这个包，会把钱留下，把包随意甩掉，不会那么巧，刚好放在他们开会经过的路上。安东常常暗自推理，如果是哪个惯贼偷了小金的包，绝不会因为赃款巨大吓得马上扔掉或想方设法还回来，相反，会疯狂地挥霍，然后再继续偷盗；一定是哪个流浪汉偶然偷走了电脑包，发现里面的巨款后吓得不敢继续犯罪。那天清晨他们发现垃圾箱上的电脑包时，大街上行人稀少，除了德克在远处卖伞，四周没有其他可疑的人。难道偷包的人是德克吗？另一个叫布里斯托的卖伞的人是谁呢？纽约大道路边那个读《心脏病学》的白人流浪汉又是谁呢？怎么会有这次会议刚发给每位参会代表的新书呢？难道他是那个偷包贼吗？可是，还包的人肯定不是他。

时隔十三年当安东再次来到华盛顿会议中心时，往事不禁又浮现在他的眼前。会议午休期间，他走出会场，不自觉地来到第九街会议中心附近当初发现电脑包的人行道上，他下意识地寻找记忆中的那几个五颜六色的垃圾箱，然而，空荡荡的人行道上早已不见垃圾箱的踪影。此时，安东突然产生一种怀旧的心理，要重走一遍从华盛顿会议中心到第十四街希尔顿花园酒店的路，他想看看酒店旁边的弗兰克金公园和那里的流浪汉们，还要到第十三街的麦当劳快餐店买一杯可乐。

安东冒着靡靡细雨踏上了华盛顿会议中心门前的 K 大街，一路寻找着记忆中的影子，穿过第九街、第十街、第十一街……当他站在第十二街路口等待红绿灯时，一位身高一米八左右、健壮的流浪汉并排站在的身他旁，友善地对他说："Your first time to Washington?"

"No."安东猜白人青年一定看见他一边走一边东张西望，以为他是初次来华盛顿。

"Do you need any help?"

"No. Thanks."安东医生客气地说。他确实不需要任何帮助。

"Do you have any change?"白人青年终于开口讨钱了。

"No."安东猜到了白人青年会向他讨要零钱。不过，不是安东医生吝啬，此刻他的口袋里确实没有零钱，只有一张 100 美元的大票。这个城市里的一些穷人有讨钱的习惯，安东医生第一次来这里时已经领教过了。十三年前来华盛顿时，也碰到过一个女士在马路上问过他这句话，他当时不知道"Change"是零钱的意思，过后才反应过来，她在向他讨钱。

在第十三街路口，一位年迈的黑人流浪汉端着一个一次性空茶杯朝安东医生走来。安东医生有意躲开，向左手边第十三街的那家麦当劳店走去，他打算进去换点儿零钱，或许他应该做点儿慈善。

安东医生从麦当劳店出来时手里拿着一杯可乐，站在十三街的人行道上朝马路对过的弗兰克金公园望去。岁月流逝，公园的现貌与他记忆中的模样大相径庭。虽然原来的一棵棵参天大树还在，可是茂密的小树丛和奇花异草全都消失得无影无踪，代之的是一片高低起伏、开阔得连小松鼠都无处躲藏的绿地、一目了然的弯曲小路、一排排的绿色长椅和成群结队穿着冬装的流浪汉。看到公园里成堆的流浪汉聚集在一起，安东医生没敢轻易地从公园中间的小路穿过。

淅淅沥沥的雨点时小时大，安东医生的头发和西装已经被浸湿一片。他站在第十三街与I大街的交叉路口向四周望去，约翰·巴里将军的塑像依然屹立在公园的西部，十三年前，他曾在那尊塑像前留过影；南面的纽约大道似乎比原来拓宽了许多，高楼林立；公园四周似乎也增加了一些新的高层建筑。

“Umbrella, umbrella.”一个人在安东医生身后吆喝着卖雨伞。他回头一瞧，一个五十几岁模样、蓬头垢面的黑人男子拎着几把黑色的折叠雨伞，一瘸一拐地朝他走来。

“Man, It's raining. Take one.”黑人男子站在安东医生身旁不停地劝他买伞，说什么下雨了，买把伞遮遮雨吧。

“How much is it?”安东医生有点儿动心了，询问伞的价格。

黑人男子伸出一只手。

“Fifty?”安东医生惊叫起来，50美元，不可能吧。突然，安东医生看到黑人男子的左眉中间有一道刀疤，安东医生惊呆了，难道他是德克？德克应该是四十几岁呀，怎么会变得这么苍老呢？

“No, only five bucks. Very cheap.”

原来只卖5美元钱啊，比十三年前便宜多啦，看来美国现在经济确实不景气。

“Deck?”安东医生突然喊道。

“You know me?”黑人男子一愣，吃惊地瞪圆眼睛看着他，那表情似乎在问：你怎么认识我？

“Yes, I had bought one from you many years ago.”安东医生告诉德克，多年前自己曾花30美元从他手里买过一把雨伞。

“Many many people did too.”德克不以为然地笑笑，摇摇头，似乎在告诉安东医生：此时非彼时。接着，德克问："Are you Chinese?"

"Yes." 安东医生告诉德克自己是中国人。德克显然记不住安东医生了，这些年从他手里买伞的人太多了。在他的眼睛里，中国人的相貌都是一个模样。即便不是如此，岁月流逝，熟人也会变成陌路人。安东医生递给德克 5 美元钱，拿过一把雨伞撑了起来，随口称赞道："Good one."

德克说："Made in China."

安东医生虽然没看商标，但他肯定伞是中国制造，说不定还是浙江杭州制造呢。看来这么多年，德克一直在卖伞。安东忽然想到了十三年前小金丢包的事情，那天早晨会不会是德克把包放在垃圾箱上的呢？他决定问德克一个奇怪的问题。"Did you remember you had picked up a black computer bag in the hall of the Washington Convention Center 13 years ago?" 他特别避免使用"偷盗"的字眼，而挑选了一个"捡包"的词。

德克用力地摇摇头。

安东没有抱什么希望，这么多年过去了，这种捡到东西的平常事情很难让人记得住，或许德克根本就不是那个偷包的人。但是，假如德克真是那个偷包的人，他一定会记得曾经在一个包里发现一大笔巨款，所以安东马上补充了一句："There were ten thousand dollars in the bag."

听安东说到包里有 1 万美金，德克像触电似的，一下子踮着脚单腿蹦起来，吃惊地瞪着他，嘴里重复着："Ten thousand dollars! I remember. I remember it……But I gave it back to its owner."

"Yes, you did." 安东没想到德克这么爽快承认了那件事是他干的，安东医生喜出望外，伸出一个大拇指称赞他。然而，安东医生无法矜持，无法委婉，耐不住好奇心，急于知道他为什么后来连包带钱完璧归赵，便直接问道："Why did you give it back?"

"Who are you?" 德克有点儿怀疑安东是失主，所以不断地问：你是谁？你怎么知道这件事的？

安东告诉德克他是失主的朋友，仅此而已。

"I'm a homeless but not a criminal." 德克简单地回答了安东医生的疑问，"我是个流浪汉不是罪犯。"或许这是他最直白的感受和表达。

"You are a nice homeless." 安东夸奖他是个好人，听到安东的夸奖，他露出两排洁白的牙齿开心地笑了。

安东突然想起来电脑包还回来时里面少了一本医学书，便问道："But then, why did you take away a medical book?"

德克回答说："My friend Bristo suffered from heart disease, he liked to read medical books. I gave it to him. He died two years ago." 原来他的伙伴布里斯托患有心脏病，喜欢读医学书。讲到布里斯托两年前不幸去世时，他的眼圈湿润了，看来流浪汉之间也有情感和友谊。

安东明白了，十三年前，他曾经在纽约大道见过那个叫布里斯托的流浪汉，细长脸型佩戴一副宽大的眼镜，脸色苍白，口唇有点儿发紫。安东医生接着问德克："Had Bristo ever been an engineer?"

德克回答："Yes." 接着，他滔滔不绝地谈起了布里斯托。布里斯托原来是一名工程师，因为身体不好，失去了工作，变成了流浪汉。虽然当上了流浪汉，可是布里斯托仍然保持良好的心态，自信和知足，乐于与德克相依为伴，流浪在华盛顿会议中心到弗兰克金公园的马路上，晴天他们卖报，雨天他俩卖伞。那天布里斯托和德克在会议中心卖伞，布里斯托发现每个参会代表的包里都有一本《心脏病学》，他很想得到一本这样的书，因为他的心脏不好，他想研究研究心脏。德克决定为布里斯托在会议中心里偷一本书，那天，德克在大厅里偷到小金的电脑包，打开一看包里面果然有一本《心脏病学》，他得意地把偷来的包交给布里斯托。后来，心地善良的布里斯托发现德克偷来的包里有一笔巨款，惊吓之中他站在大门外焦急地把德克喊了出来……他只留下一本书，极力劝德克把包和巨款还给失主……可怜的布里斯托，他一直在书本中寻找治疗心脏病的办法，一直到临终，他的手里还捧着那本《心脏病学》。

德克沉默了，花白的胡须上挂满了泪滴。

就这样，一团迷雾顿时云消雾散。

安东掏出10美元钱塞进德克的手里，德克迷惑不解地说："You have paid."

安东说："Thank you on behalf of my friend, the owner of the bag, and myself.”安东知道，自己只能代表失主如此表达一点儿菲薄的谢意，如果给德克太多的钱，他不会收下的。

德克手里握着10美元为难得不知所措，他看见安东手里端着一杯可乐，突然，开心地哈哈大笑起来。

安东不明白他为什么笑。

德克用一种幽默和善意的语气说：“No burger, so sad. Wait, I'll buy one for you.”

天哪，多么可爱的流浪汉啊！他竟然觉得安东可怜，只有可乐没有汉堡，他要送给安东一个汉堡。也许，在流浪汉的生活中除了自由自在和无拘无束，剩下的就只有汉堡和可乐了。趁德克钻进麦当劳店里去买汉堡时，安东悄悄地溜走了，因为他要赶回去听课。

走出去有几十米远时，安东突然想起来忘记问德克为什么在还回来的钱里面夹杂着100美元零钱。他回头远远地看见德克站在麦当劳店的门前，手里拿着一个汉堡东张西望在寻找他。“Hi, sir, your burger!”德克发现安东走了，挥动着汉堡高声呼唤他。

“Thanks, Deck!”安东实在不忍心接受德克的善意，朝他挥挥手，拐了个弯消失在纽约大道上。

安东医生顺着纽约大道往会场的方向走去，前方不远应该是十三年前他见过Bristo的地方。在那栋每扇窗的窗檐都安装着雨篷的黄楼前面，他放缓了脚步。突然，他的眼前闪现出那个十几年前见过的戴眼镜的白人流浪汉的身影，正躺在一张纸盒上，头枕着四本书，背对着人行道聚精会神地读书。几只小鸟落在他的身边自由自在地叼啄着散落在地上的面包屑。布里斯托？他还活着！“Hi, Bristo!”安东站在他背后惊奇地喊出他的名字。

那个戴眼镜的白人流浪汉缓缓地转过身看着安东医生。安东医生瞠目结舌：天哪，怎么会是这样啊！

“Sorry.”认错人了。安东医生感到歉意，扔下5美元匆匆地离去。

“Thanks, sir!”安东医生的背后响起一个女人的声音。

华盛顿的天空，乌云密布，靡靡细雨下个不停。

第十五章　怪病

十几天后，安东医生从华盛顿开会回来，意外得知支书老金不仅没出院，病情反而加重了。怎么回事呢？冠脉造影支架完好，病情稳定，怎么又发病了？是不是还有什么疾病没被发现呢？

安东医生的助手李博士说，老金在出院前的一天突然再发急性左心衰，接着，病情一天比一天恶化，肝脏功能障碍、肾脏功能不全、呼吸道感染，每天发生两次癫痫样的抽搐，头痛、腿疼、腰痛，全身没有好的地方。

老金十几天不吃不喝，还伴有恶心、呕吐，颧骨凸出，眼窝深深凹陷，已经消瘦到皮包骨的程度，两只呆滞的眼球表面好似涂了一层蜡膜，闪烁着微弱的残光。安东医生感觉老金像一盏寒风中行将熄灭的油灯，半卧在床榻上，身体十分虚弱，想开口说话，残喘的嘴巴蠕动了几下没发出声音。

李博士名叫李蕾，是位心内科女医生，曾经是安东医生一位好友的博士研究生，是块当医生的好料，具有慈爱严谨、细心聪慧、思路敏捷、善动脑筋、虚心好学等优点。刚毕业时，淳朴得像一个来自深山里的毛丫头，秀气、文静、可爱。经过多年临床锤炼和岁月煎熬，原本就不大的细长眼睛，眼角开始变窄变小，白净细腻的脸蛋上显露出淡淡的皱纹，逐渐显露出中年妇女的峥嵘和泼辣。

查房时，李博士悄悄对安东医生说："原来曾经对他有效的强心、利尿药物，如西地兰、磷酸二酯酶抑制剂、多巴胺，现在全都失灵了，他现在几乎每天夜里都发生急性左心衰。这几天，右心功能也急剧下降，房颤、室性早搏、室速、各种心律失常轮番发作。已经全心衰竭了，看来他快要不行了。”

安东医生拉开床边的抽屉，看到几个空塑料袋，里面的黑药丸几乎快吃光了。他拉开下面的柜门，几个空酒瓶“哗啦”一声散落在地板上。“他住院期间怎么还偷偷喝酒呢？”安东医生奇怪地问道。

老金老婆肥肥胖胖的，性格爽朗，快言快语，也是朝鲜族人，属于那种百依百顺、从一而终、甘愿与丈夫一起死的女人，哪能管得住老金这种倔强的男人哪！她操着夹杂着朝鲜族口音的东北话，无奈地说：“唉，这个老酒鬼呀，嗜酒如命，宁肯醉死在酒桌旁，也不要老死在医院里。谁劝也不听。可是现在消停了，酒全都喝光了，也喝不动了。”

黑药丸加酒精，中毒能不重吗！这个黑心诊所！安东医生对李博士说：“马上检验血尿铅含量。另外，派人把我办公室桌上的那袋药丸拿到药检所化验一下，如果拿到证据，我要举报这个黑心诊所。”

“明白，马上送检！”

第二天上午，一个少妇怀抱一个不足一岁的女孩，手牵着一个两三岁的男孩走进安东医生的办公室。

“请问您找谁？”安东医生正伏案起草举报黑心诊所的材料，抬头瞄了一眼来者，板着严肃的面孔冷淡地问。看到老金身体遭受无端摧残，出于做医生的正气，出于对受害者的同情，出于对黑心诊所的愤恨，安东医生心中憋着一肚子气。

“安东医生，您不认识我了吗？”

安东医生放下手里的写字笔，抬头望着眼前这位穿戴时尚、装饰华丽、体态优雅的少妇，她的长发垂落在左侧眼角旁，柳叶眉似乎有点儿长，眼皮上涂抹了星星点点五颜六色的彩金，一双熟悉的靓眸散发着妩媚的光芒。安东医生感觉这个女人很面熟，但记不得她是谁了。

“您是——”

“我是潘清。”

“哦——你是老牛的秘书吧。”安东医生记得这个名字，他没有忘记这个有点儿特殊的女人。安东医生仔细打量她，岁月流逝近四年，几乎没有在她的脸上留下明显的痕迹，她还是长得那么精致、那么靓丽、那么动人。安东医生身体向后靠在椅背上长吁口气，刚才肚子里的恶气消失大半，脸上露出亲近的微笑，“请坐，潘秘书。”

“叫我小潘吧，安东医生。”

“几年不见孩子都这么大了。”

“钱牛，叫伯伯好！”小潘把那个男孩子推到安东医生面前。

“伯伯好。”小男孩双手扒着桌旁边天真地问，“伯伯，你在写什么呢？”

“没写什么。”安东医生把那份举报材料反过来，随手拿过来一本书压在上面，抚摸小男孩的头，问，“几岁了？”

小男孩抬头看看妈妈，伸出三个手指。小潘点点头。

“哦，三岁了，真乖。让伯伯看看你长得像谁。”小男孩一张秀气的脸蛋儿，双眼皮大眼睛长睫毛，厚唇大嘴。安东医生见过小钱一次，小钱是单眼皮小眼睛，薄唇小嘴。安东医生随口说：“嗯，像妈妈。”

“嗯，我女儿长得像爸爸。”

“一儿一女，你好幸福啊。”

“还好吧。谢谢，安东医生。”小潘坐在椅子上，把小女儿放在腿上，开门见山地说，“昨天听说我们村老支书病重了，我今天特意来看他。刚才听大妈说你们怀疑老支书吃中药丸中毒，我想了解一下是怎么回事。”

“哦，你这么快就得到消息了！你来得正好，我也正想了解一下牛老板四年之前中毒的事情。老牛当时吃的中药丸也是你们诊所制作的吧？”安东医生的表情严肃起来，心中重燃一股怒火。

小潘脸红得发紫，垂下头：“嗯，我当时确实不知道那个药丸有毒，否则我绝不会让老牛吃毒药。后来还是看到你们的送检报告，才知道那个药丸有毒。”

安东医生认为自己有责任弄清楚事情的真相，用一种严厉的口吻问：“老钱中医知道老牛中毒这件事吗？”

“嗯，老牛出院后，我陪他去找老钱谈过这件事情。开始时，老钱中医不相信自己制作的药丸有毒，后来弄清楚了，是小钱在制作过程中不小心多加了点儿东西……”

“不小心多加了点儿东西！有那么简单吗？”安东医生的声音显得气愤。

“你别生气，安东医生。”小潘抬起头无助地望着他，那个眼神似乎在说我们不是朋友嘛，何必这么认真呢！“是啊，我也知道，铅对人体有害无益，但是，微量铅有抑制神经兴奋的作用，可以增强中药治疗神经衰弱的作用。正常人体内血铅含量是0～99ug/l，只要患者血铅浓度不大于100ug/l，对健康不会有任何影响。”

“看来你学习得很好啊。如果按照0ug/l的标准计算，老牛当时血铅增高近一千倍呀！”安东医生的语气缓和一些。

“后来老钱调查清楚了，小钱错把铅当成朱砂，多加了几克。小钱也算因祸得福……”

“因祸得福？这是什么意思？”

小潘没回答这个问题，只是轻声说：“他是无意的。”

“你真的认为他是无意的吗？”

“是啊，他当时并不知道我与老牛的关系，他若要害人也该害我，因为他恨我。”

看来小潘思想还是很单纯，但安东医生无论如何也不会相信小钱是无意加错药物。面对如此让人怜香惜玉的弱女子，安东医生心里的怒气早已烟消云散，虽然他嘴里依旧嘟囔着，“不管怎么说，这可是人命关天的大事啊！当医生的能不气愤吗！”

“请您看在我和孩子们的面子，别重翻旧账了，行吗？”

“这个——”安东医生犹豫一下，“老牛他为什么不告老钱呢？是不是因为你婆婆杨桂菲与潘村长老婆是姐妹的缘故？”

“钱牛，你去走廊里玩一会儿吧。”小潘把儿子支走，关上门，然后说，“我当时刚怀钱牛，老牛知道小钱是我的前男友后就大度地决定放过他。”

“你儿子的爸爸应该是——”

“我知道瞒不住你，我也没想瞒你。你瞧，他长得与老牛一模一样，所以我给他起的名字叫钱牛。有朝一日他想回到老牛身边时，只需把名字颠倒过来就可以了。”她苦涩地笑笑，“这孩子聪明伶俐，就是长得比同龄的孩子小些。”

安东医生想对她说可能与老牛铅中毒有关，影响了孩子的生长发育，但感觉证据不足，没敢随便说，随即改口安慰她说：“智力发育正常最重要。不要紧，有的孩子身体后发育。”

小潘坦白地说：“老牛现在还不知道他有这么个儿子呢。我现在也不想告诉他，希望您替我保密。”

“小钱知道吗？”

“嗯，但他一直瞒着他的父母。爷爷奶奶很疼爱钱牛，特别是奶奶。”

“这么说当初离开老牛是你无奈的选择了？”

“当时的情况确实有点儿复杂，老牛的原配，你见过，纯粹是个泼妇，想抓住这件事置我于死地。其实，我根本不怕她，但是我和老牛当时担心事情搞大会牵连老钱的诊所，所以，老牛主动退让了，撤回离婚诉讼——可是后来，我还是败在小四的手里。”小潘的眼睛泛出几滴晶莹的泪水。

“老牛的小四？”

“嗯。小四叫潘钱，也是我们村里的，属于那种财迷心窍、满肚子坏水的女人。”

“所以你战败了。”

“嗯。鹬蚌相争渔翁得利——算了，我不想再提那些陈年旧账了——2010年秋天与老牛分手后，我怀胎三个月回到家里。我当时心里打定主意，即使是为了报复那个泼妇，我也要把孩子生出来。再后来，我与小钱结婚了，第二年生下钱牛。婚后，我们夫妻恩爱，小钱对钱牛也很好。现在回想起来，当初的我太单纯、太简单、太倔强，干了傻事。”小潘抽出一张手纸擦擦泪水，“安东医生，言归正传吧，你真的认定老金是吃了我们家的药丸中毒的吗？”

“从症状上看，很像中毒，但化验结果没回来，还不能最后认定。”

“你真的认为我们家的药丸有毒吗？”

“这个你应该比我清楚。”

“我敢说现在我家的药丸没有任何问题，我们全家接受了正规的培训，在质量上严格把关，经得起检验。希望你看在我们母子的面子上，别再重提历史旧账了，收回这份举报信。”小潘显然一进来就看到桌子上这张纸上写的标题。

“只要药丸化验没问题，我可以不举报。”安东医生有点儿同情她，心软下来。这个女人也不容易呀，怀着老牛的孩子败下阵，不哭不闹，无怨无悔，默默地离开，独自抚养着孩子长大。能付出如此大的牺牲绝非仅仅因为赌气，至少她对老牛抱有一份真情。这是何等伟大的小三精神哪！怎能不令男人们敬佩呢！

“你已经送检了吗？”

“嗯，昨天就送去了，检测结果现在差不多该……”

“检测吧，肯定没问题，我保证！”

安东医生不相信她的话，他觉得她是局外人，不一定了解真实情况。安东医生一直都对牛车车抱有几分好奇，正好借机换个话题与她聊聊：“老牛是哪里的人？”

“他是内蒙古人，家住在锡林郭勒盟杂木古镇牛村，他带我回去过一次。”

“他怎么起了个这么滑稽的名字呢？”

“我也问过他这个问题，他说从小家里穷，父亲期望将来富了能有架牛车，所以就起了这个名字。”

“哦，他怎么来到南方了呢？”

“唉，他的故事蛮长，他在家乡办过奶牛场，但生活和事业一直不顺，后来他跑到上海读EMBA，毕业后，索性把奶牛场从内蒙古草原搬到了我们村……以后有机会我详细讲给你听吧。”

“当当当”，有人敲门。

“请进！”

门开了，李博士手里拿着几张化验单走进来，瞥了一眼坐在椅子上怀抱孩子的小潘，把化验单递给安东医生。安东医生接过化验单快速浏览一遍，然后抬起头对小潘说：“你可以走了，我不会举报了。”安东医生把举报材料揉成一团，扔进纸篓里。

“真的！谢谢——”小潘激动得眼中闪现出泪花，“安东大叔，你真好！”

“唉，老了，是该当大叔了。”

“安东大哥，谢谢你了！”小潘带着孩子走了。

不是中毒，那会是什么病呢？难道老支书得的也是怪病？安东陷入沉思……

第十六章　神针

“安东医生，老金心脏骤停了!”一个护士在门外大声地呼叫。安东医生和李博士迅速向老金的病房跑去。

经过一阵子紧张的抢救，老金的心脏复跳了，呼吸恢复了，生命体征暂时恢复正常。老金拉着安东医生的手颤抖地说：“安——东——谢谢——你们尽力了——我知道我将随噩梦而去……”

“不会的，你放心，噩梦总会醒的。”安东医生安慰他。

护士长悄悄对安东医生嘟囔：“莫不是回光返照吧？一连几天奄奄一息的人怎么突然开口讲话了呢?”“回光返照”是指危重患者临终前突然出现一过性病情缓解的假象，犹如蜡烛燃尽行将熄灭时灰暗的火光突然最后一闪一亮。这是一种医学上一直不能解释的现象。安东医生相信护士长说的有道理。怎么办呢？他心中焦急万分。

老金的老婆对安东医生说：“他的病这么重，真是难为你们了。他前几个月光喝酒没正常吃饭，最近半个多月天天恶心呕吐，不吃不喝，全靠这些血浆、蛋白和液体才坚持到现在。”

这句话提醒了安东医生：是啊，不吃不喝怎么活呀！身体里什么营养和必需元素都该缺乏了。看到老金骷髅般的身躯，安东医生忽然想到有一种药物可以试试，或许能有效。

安东医生到处置室里亲自抽了一针管药水交给护士长：“你先给他肌肉注射，我随后补医嘱。”

护士长姓金，叫金咏梅，每次见到护士长，安东医生总会想到林黛玉的表姐。据说林黛玉的表姐虽然身材不高，腰板略粗，不如妹妹林黛玉窈窕美貌，但天生一张瓜子脸、红桃肉嘴和一对细小的丹凤眼，也算是能够迷倒一片男人的美女。

金护士长手里拿着针管发愁地说：“安东医生啊，往哪里扎呀？他身上只有一层皮，纸一样的薄。”

是啊，几个月没正常进食了，身上哪里还有肉呢！如果医学生想学习和了解人体骨骼解剖，现在的老金应该是最好的模特，他身上的各种骨性标志一目了然。

“那就扎在皮下吧。”

下午两点多钟，安东医生正在办公室里看书，金护士长慌慌张张地跑来找他：“安东医生，你快去看看老金，我看他有点儿反常。”

“怎么反常？”

“刚喝了一碗稀粥，现在争吵着要吃饺子，还要喝酒。我看他真是回光返照了。”

“真的？”回光返照的患者表现千奇百怪，有昏睡突然醒的，有滴水不进突然想喝水的，有无欲状态突然睁眼睛说话的，但从没见过又喝粥又要吃饺子，甚至还要喝酒的。安东医生开心地笑了。“能开口吃东西就有希望！”他和金护士长立刻来到老金的床榻旁。

老金的老婆笑逐颜开，说：“安东医生，上午你给老金扎的什么神药，自从扎了那一针后，他突然胃口开了，先是吃了一根香蕉，接着喝了一碗粥，我让儿子出去给他买饺子和酒。”

“慢着！饺子先别吃，酒更不准喝。他长时间不进食了，不能一下子吃太多，胃受不了，心脏也承受不了。切记，要少吃多餐。”

老金的精神状态大为好转，半靠在床头哼着朝鲜小调。安东医生嘱咐他：“老金，别太兴奋，还要好好静养。”老金点点头，安静下来。

在走廊里，李博士带着几名进修实习医生跟在安东医生身边，她不解地问：“安东医生，你上午给他扎了什么针？一个上午还奄奄一息的患者，怎么下午像换了个人似的，一下子食欲恢复正常。太神奇啦！”

安东医生没有回答她的问题，反问道：“你知道他现在患的是什么病吗？”

“高血压病、冠心病、支架术后、全心衰、心律失常、心源性休克、肺内感染、电解质紊乱、多脏器功能损伤，但铅中毒已经排除……”她熟练地复述着病历上的诊断。

“高血压和冠心病都是他过去的老病，早已处于治疗和控制中，现在应该加上一个新的诊断：继发性心肌病。”

“继发性心肌病？什么病因呢？”

“酒精性心肌病和脚气病。”

李博士恍然大悟：“哦，我明白了，你给他注射的是维生素 B1，是吧？一种非常便宜的药！”

安东点点头：“嗯，四毛钱一支。哦，我上午忘记下临时医嘱了，你帮我把医嘱补上吧。”

李博士没有走开的意思，她似乎还有点儿疑问。

安东医生开始对实习进修医生讲解酒精性心肌病：

维生素 B1 是人体必需的营养元素。长期大量酗酒会发生酒精性心肌病，酒精有抑制糖脂代谢的作用，抑制肠道维生素 B 的吸收，导致体内维生素 B1 缺乏，使心肌细胞能量代谢障碍，细胞内脂肪堆积。久而久之，红色的心肌细胞变成了黄色的脂肪细胞，失去了收缩功能，最后逐渐纤维化，彻底丧失了心肌细胞的功能，出现心脏变大，心功能不全。严重时，还会出现酒精性脑病，头晕、头痛、听力下降、偏瘫、抽搐等。

心衰时，胃肠道淤血使患者不能正常进食，伴有恶心呕吐。一个人如果十几天不正常进食，就会出现维生素 B1 缺乏，产生脚气病。缺乏维生素 B1 会使腹胀、食欲不振、恶心呕吐等症状进一步加重，落入维生素 B1 缺乏的恶性循环中。继之出现脚气病的全身症状，肌肉酸痛、神经麻木、抽搐，最严重的表现是心脏变大，发生心衰和心律失常。

对于这类患者补充维生素 B1 是一种特效疗法，注射维生素 B1 后，胃肠道立即恢复蠕动功能。当然，对于酒精性心肌病的患者，戒酒更重要。

李博士问：“你凭什么怀疑他缺乏维生素 B1 呢？”

安东医生拿出那张李博士上午交给他的化验单，说：“老金尿里的维生素 B1 代谢产物明显降低，说明他体内缺乏维生素 B1。这是我见到最严重的酒精性心肌病。”

李博士机灵一笑:“酒精性心肌病和脚气病两种病合二为一，能不重嘛！可是，这种情况我们临床上并不多见呀！”

“不是少见，而是容易被忽视。现在人们生活水平提高了，由于营养不良造成的脚气病几乎销声匿迹，但是由于各种疾病导致的维生素缺乏现象并非少见。维生素B1是水溶性物质，人体内没有储备，全靠从肠道里吸收，一些粮食、蔬菜含有大量维生素B，正常进食的人不会缺乏。不正常进食或挑食会发生维生素B1缺乏，如果再酗酒，就等于雪上加霜。”

李博士点点头:“哦，这么说来，各种心衰患者、危重症患者、肿瘤患者等都会面临这类问题。”

自从注射维生素B1之后，老金再没发生过急性左心衰，更没有出现过癫痫发作，他的食欲迅速恢复正常，能吃能喝，没有恶心和呕吐，体重增加。一周内病情迅速好转起来。

“安东医生，我也有脚气，要不要紧?”老金的老婆脱鞋露出脱皮的脚丫。

“哈哈，脚气和脚气病是两种病。两种病都有脚上皮肤脱皮现象，但病因不同，脚气是霉菌感染引起的皮肤病，而脚气病是维生素B1缺乏引起的全身性病变，在外国叫Beriberi综合征，有些明星为了减肥保持身材，长期只饮酒不进食，某一天突然发生猝死，多是由于这个病因所致。”

临出院前老金问:“安东医生，你那天给我扎了什么针?”

安东医生严肃地说:“戒酒针。扎了这一针，今后就不许再喝酒了。”

“明白了，今后一定戒酒！欸，安东医生，听说你认识平海度假村的牛老板。”

“他在我们病房住过院，是我的患者。”

“哦，有空请你到平海村做客，叫上牛老板，我们一起喝酒。”

“还没出病房门就又想喝酒!”

“嘿嘿，不好意思!”

医生既要管疾病的诊断治疗又要管戒烟戒酒，太难了，然而，有时候后者恰恰更重要。

第二篇/双心病

不知道从什么时候开始，“双心病”这个名词变得时髦，让安东医生不得不从头开始学习医学心理学。心脏病的患者经常伴有心理疾病，至少伴有心理疾病的症状，如焦虑、抑郁、惊慌、恐惧等，把这类患者称为“双心病”毫不为过，因为这两种疾病会互为因果导致病情的不断恶化，必须同时得到治疗。“双心病”带有心脏疾病的凶险、心理疾病的神秘，“双心病”背后的故事更加诡秘、骇人听闻。

第十七章　焦虑

健康的人都会出现焦虑，有病的人产生焦虑就更不足为怪了。大多数心脏病患者的焦虑属于一过性的，可控的，而少数患者的焦虑症状则是顽固持续的，不可控的，甚至严重危害身体健康。

多年以前，曾经有过这样一个真实的病例——听起来倒很像一个荒谬的医疗故事。

她是一个蛮秀气的中年女患者，圆脸蛋，大眼睛，厚嘴唇，梳着姑娘般的长发。她的性情有点儿怪，性格热情、开放、爽朗，但心思沉重，独自一人时，时常安静地望着窗外发呆；她的身份有点儿怪，官位卑微，可是前来探望她的领导、同事和朋友络绎不绝。她像万紫千红的花园里傲然怒放的花王，绚丽多彩、光芒四射；她的病情也有点儿怪——怪得让安东医生至今难以理清头绪，怪得让他带着遗憾不停地寻找答案，怪得让他多年难以遗忘。多年来，安东医生的办公室里一直保留着她的病例。

她的名字叫韩丽霞，45 岁，最近一年经常出现胸闷、前胸不适或疼痛症状，医生告诉她这就是典型的心绞痛症状。她像许多年轻冠心病患者一样，不相信自己病得那么严重，幻想自己其实还很健康，希望检查结果是错误的。而每当胸部不适或心绞痛发作时，她又担惊受怕，担心会发生什么不可预料的事情。她怕死，夜深人静时经常感觉莫名的恐惧，睡眠时在噩梦中惊醒，黑夜中心惊肉跳，焦虑由此而来。

人们常说，抑郁的人表现情绪低落、少言寡语、看破红尘、心灰意冷或万念俱灰，可是她，开朗善谈，喜欢交流和沟通，怀念过去，憧憬未来。住院期间，她的枕头边一直放着一本她的相册和一本课题验收书。她经常询问医生的问题是：我的病真的那么严重吗？真的有危险吗？我可不想死，我还有很多事情要做呢！

所以安东医生认为，她只是焦虑，没有抑郁。

翻开韩丽霞的相册，安东看到了一张张可爱、活泼、靓丽的娇容，那是她大学时期的照片。随着岁月的流逝，原来甜蜜的笑容越来越稀少，就连照片里她手捧着国家科技进步奖奖状时的微笑，都显得有点儿苦涩和牵强，她告诉安东医生这是由于生活和工作上的压力越来越大的缘故。她常常抱怨人越走越高，路越走越窄。安东医生劝说她，这其实是正常现象，正如高处不胜寒。

研究生毕业后，她被分配到一个国家级科研所工作，从事尖端的国防武器设计。经历了近十几年的风吹雨打，练就了她在蓝天中自由翱翔的本领，她连续几次拿到了国家重点攻关课题，担当课题组组长，出色地完成了科研项目，最终获得两项国家科技进步二等奖。大家都夸她是个院士的料。

由于她常年拼搏在实验室里忙于课题研究，忽视了丈夫和儿子，夫妻感情陷入泥潭，儿子学习成绩一落千丈，最终家庭崩解，夫离子散。她为自己的事业付出了沉重的代价。

健康是人的第一财富，失去健康，身体变得贫穷，时间变得有限，快乐变得稀罕，过去变得遥远和珍贵，而眼前的道路变得晦暗、狭窄、泥泞。这个道理患病后的韩丽霞或许最懂，她时常怀念自己过去健康快乐的日子。

隔行如隔山，作为一名高科技人才，韩丽霞的医学知识贫乏得如痴如愚，思维与逻辑时常发生混乱，以至于言谈举止有时令人费解。自从被诊断冠心病后，她完全像变了一个人，她的心被笼罩在一种无名的焦虑之中，她不敢独自一人待在家里，经常在噩梦中惊醒，时常担心可能会发生的心肌梗死。她感到一阵阵潮热、头晕、四肢麻木，心烦意乱，更年期的症状似乎早早地来临。

她四处求医，几乎走遍了市内各大医院，医生们有的对她说没什么大毛病；有的告诉她病得严重但并无危险；有的说既严重也危险；还有的朋友甚至劝她求仙拜佛。五花八门的意见充斥她的大脑，让她头晕眼花无所适从。

她是科研所的明珠，是国防科技未来的希望，她好比一颗行走在太空中的卫星，任何部件不能发生故障。科研所的领导十分重视她的健康，先后从北京请来了几位当时在冠心病介入治疗领域全国知名的教授，亲临病房为她会诊。

他们一遍一遍仔细地观看她的冠脉造影录像。当时医院使用的造影机是一台刚从天津开发区购买的二手的德国西门子数字减影血管造影机，拍出的录像还算清晰，在 90 年代中期，能看到这种清晰的冠状动脉图像算是一种奢侈了。

冠状动脉是缠绕行走在心脏表面的心肌营养动脉，人体的心脏有三支主要冠状动脉，右冠状动脉、左前降支和左回旋支。冠状动脉如果发生动脉硬化、血管狭窄，会引起心肌缺血；如果发生血栓、血管阻塞，会引起心肌梗死。心肌缺血时出现短暂性的胸闷、心前区不适或胸痛等症状，称为心绞痛。任何一支冠状动脉血管如果突然发生急性完全阻塞，都会引起致命性的心肌梗死。

韩丽霞的冠状动脉病变有点儿蹊跷，右侧冠状动脉像一颗细小的发育不良的豆芽，左侧冠状动脉的前降支发出后不久，像是被绳子勒住一样，突然变得细小，血流缓慢，只有回旋支血管还保持正常状况。那个时期，没有冠脉内超声技术，无法从血管内探查动脉的病变情况，只能通过冠脉造影的血管影像判断可能存在的病变。

她的右侧冠状动脉毫无疑问是先天性发育不良，而左侧前降支血管几乎肯定是存在着严重的病变，但是这种病变与通常的动脉粥样硬化斑块引起的血管狭窄不同，整个冠状动脉内膜不见动脉硬化斑块的影像，远端的血管均匀持续地变细。

前降支可是最重要的冠状动脉啊，前降支动脉如果急性闭塞，九死一生。作为一名心内科医生，望着窄如细丝的血管，安东医生忽然产生命悬一线的感觉，不由自主地为韩丽霞的安危担忧。

这种病变是否适合植入支架治疗呢？如果植入支架需要多长的支架呢？北京的李教授认为在血管突然变细的部位植入一枚支架，有可能会使远端血管变粗或者恢复正常，但存在一定的风险，因为远端血管太纤细。

安东医生根据北京专家的会诊意见，提出了一种简捷、安全、有效的介入治疗方法：先使用球囊导管扩张狭窄的血管，然后观察扩张后的效果，如果球囊扩张后远端血管的血流改善，立即植入支架。然而，韩丽霞本人对于支架治疗顾虑重重，似乎更倾向于药物治疗。韩丽霞的单位领导也犹豫不决，不肯在手术单上签字。介入治疗方案暂时搁浅了。

韩丽霞歉意地说："安东医生，我知道你们做的一切都是为我的健康着想，但是请允许我花两天时间认真思考一下。"

安东医生说："没问题，应该三思而行。无论如何，医生都会尊重你本人的意见。"

两天后，当安东医生去病房探望韩丽霞，打算与她继续讨论今后的治疗问题时，却碰到了一桩意想不到的怪事。她的病房门被一扇白色的门帘遮挡得严严实实，门帘上挂着一张 A4 的白纸，上面写道：患者正在治疗中，三日内任何人禁止入内。病房门口摆放着一张办公桌，安东医生手下的一位姓封的年轻的副主任医师和一位姓马的护士坐在办公桌旁，看守着她的病房门。

"这是怎么回事？"安东医生问封医生。

"她不想见人。"

"她不想见人？为什么？"

"嗯——她怕见人——"封医生有点儿支支吾吾。

"她怕见人？她怕什么？"安东医生感到奇怪和诧异，掀开门帘打算敲门进去。

"等等，安东医生，你不能进去。她害怕见任何人！"封医生急忙拦住他。

"她难道连医生护士也害怕吗？她现在不是在住院吗！这到底是怎么回事？"

"安东医生，你别着急，你先到医生办公室里坐一会儿，我慢慢与你解释。"封医生把安东医生请进办公室，随手关上门。

事情是这样的，昨天早晨，韩丽霞的一位多年未见的小学同桌来病房探望她，这位男同学姓徐，从小患小儿麻痹，腿脚不好，说话有点儿神神叨叨，说他认识一位盲人算命先生，算得很准。被疾病折磨得忧心忡忡、惴惴不安的韩丽霞急不可待，主动提出要找那个算命先生算上一卦。封医生有点儿不放心，坚持陪她一起去。

他们三人乘坐研究所的汽车来到铁西区铁路线一侧的一片房屋低矮简陋破旧的棚户区。汽车开到马路的尽头停了下来，他们下车后，步行穿过七拐八弯、路面凸凹不平积满了春雨的巷子，最后在一个青砖瓦房的小院前面停了下来。

姓徐的同桌嘱咐韩丽霞："丽霞，你进去后什么话都别说，安静地坐在大师的对面，听听他怎么说。"

"嗯，明白。"

他们推开虚掩的大门来到院子里，轻轻敲打着木板门。屋子里随即传来一声低微颤抖的声音："进来。"

推开屋门，一股百年老屋的隔世气息和陈腐的味道扑面而来，屋内破旧简陋的陈设一目了然。一位头顶稀疏白发、鼻梁架着圆形墨镜、身体枯瘦如柴的老者斜靠在一把藤椅里，他仰起脸孔，鼻孔里发出"嗞嗞"的声音，似乎在嗅着空气中的气味。

"爷爷，我给你带来一位客人。"

"哦，是这位坐在我对面的女士吗?"老者指着韩丽霞说。

"你怎么知道我是位女士呢?"

老者说："你身旁的这位男士应该是医生，医生从来不会找我算命的。"

"您眼睛能看到我吗?"封医生吃惊地问道。他进屋后并没有说话，也没有穿白大衣。

"我的眼睛从幼年就瞎了，老了以后，耳朵又不灵了，现在只有鼻子还能'嗅'得着东西。"

徐同桌说："爷爷，请你帮助这位女士算算命吧。"

老者说："把手伸过来，闺女。"韩丽霞把手伸到他的身前，老者身体向前倾了一下，用自己干瘪的手指轻轻地触摸着她的手掌和上肢，"孩子啊，你的心在战栗，你的身体在颤抖，你正在与病魔拼争呢。你虽然住在医院，但要当心，三日内有一场灾难即将来临。”

韩丽霞的嘴唇变得苍白，嘴巴不由自主地抖动起来：“真——真的吗？什，什么样的灾难——哪？”

老者身体轻轻地向后挪动一下，靠在椅背上，沉默不语。韩丽霞拉着老者的手，几乎要跪在地上，乞求说：“老——爷——爷爷，难道是灭——灭顶之灾吗？我现在还不想死，您告诉我有什么办法可以破解吗？我会感激您——”韩丽霞从口袋里掏出一大把钱放在老者旁边的一张小木桌上。

“我不需要那么多钱。”老人摆摆手，接着手捋着胡须沉思片刻，说，“嗯——回到医院后，把自己关在一个房间里，门窗紧闭，三天之内不开电灯，不开电视，不打电话，头巾遮面，不许说话，不见任何人。三天过后，灾难定会过去，此后，你要听医生的话，住在医院里该怎么治疗就怎么治疗。”

“老爷爷，您怎么知道她正在住院呢？”封医生吃惊地问。

老者微笑不语。

封医生又问：“为什么要这么做呢？”

“她身上阴气太重，会招来土地爷，土地爷找到她，会把她的人和魂一起带走。”老者从袖子里取出一块红绸布，递给韩丽霞，“把它别在衣服上，躲过三天，土地爷就走了。”

“老爷爷，这三天之内，我可以吃饭吗？”韩丽霞的情绪安静下来，面带一丝血色。

“吃饭喝水一切照旧。”

封医生问：“老爷爷，请问您今年贵庚？”

老者摇摇头：“记不清了。”

韩丽霞问：“这个办法真能显灵吗？”

老者闭口不答，摆摆手说：“你们可以走了。”

韩丽霞连鞠三躬，嘴里不住地感谢：“如果真有效，我以后年年来看您老。”

回来的路上，三人默默不语。快下车了，韩丽霞说：“封医生，我打算今天回家闭门三天。”

“你真的相信那个瞎子的话呀？”

“嗯，你瞧，他说的多准。我不得不信。”

“嗯，是有点儿准得出奇。他怎么会知道你正在住院呢？我进屋后话都没说一句，他怎么知道我是医生呢？”封医生用怀疑的眼神看着韩丽霞的同学。

“你不要看我。我什么都没告诉过他。我也是只见过他一次，我没开口，他就说出我是干什么的了。”

封医生问：“你是干什么的？”

“我在银行上班。”

“他怎么能猜得这么准？”

“他的鼻子很灵。据说他年轻那会儿，耳朵更灵。”

“奇怪！他是哪里的人？好像很老了。”

“谁也说不好他的个人情况，他这个人很神秘，听口音像西北人。”

“师傅，先送我回家。封医生，不好意思，我要先回家，按照老人的意见安排，三天后，重新回到病房住院。”韩丽霞突然冲司机喊道。

“丽霞，别相信这些乌七八糟的迷信，没什么科学依据，我看咱们还是回医院吧。”封医生的语气也似乎不大坚决。

韩丽霞坚定地说：“不管他说的准不准，有没有科学依据，小心点儿总没坏处。”

“既然你执意要做，我建议你继续留在病房住院，可以在病房里熬过这三天时间。再说，你万一出现什么意外，有我们医生护士在旁边。”

韩丽霞点点头。

第十八章　黑色三分钟

“迷信！荒唐！可笑！怎么会有这种事情！”安东医生有点儿气愤，“你是医生啊！怎么会同意她这么干呢！”

封医生羞愧地低下头，嘴里嘟囔着：“她这个人很固执，我无法说服她。”

“你可以找研究所的领导啊！”

“我打电话向她的领导李所长汇报，李所长也说服不了她，只好同意让她这么做。”

“她在房间里待了多久了？”

“已经 25 个小时了。还有 47 个小时。”

“你向医院汇报过吗？”

“我对医务处万处长说过。万处长说既然没什么风险，就让她自己签好字试试吧，反正就三天嘛，很快就会过去。万处长嘱咐我与她本人、家属和单位领导交代清楚。”

木已成舟，无可奈何，安东医生只好嘱咐说：“突然中断治疗还是有一定风险的，你一定要当心啊。”

“安东医生，你放心吧，她的病房就在隔壁，办公室里可以看到她的遥控心电监测信号。”

“她现在的情况怎么样？”

“从门缝可以听到她的脚步声和偶尔的咳嗽声。她的烟瘾很重，住院期间已经戒断了，现在又复吸了，不时从门缝飘出香烟的味道。”

唉，女人还吸烟，真没办法！怎么碰到这么怪的人呢！还是高科技工作者，简直是一场迷信的闹剧！

三天后，安东医生以为韩丽霞的辟邪闹剧已经收场了，安心地去邻市参加一场学术会议。然而，还没等轮到他讲课呢，封医生的电话就打过来了。"安东医生，韩丽霞突然心脏骤停了！我正在病房里抢救呢！你快过来！"

"怎么回事？不是三天已经过去了吗？"

"没有！准确地说还差三分钟！"

"啊，我马上赶回去，你先组织心内科人员全力抢救！"

一小时后当安东医生赶回到医院时，医院领导、研究所领导、主管科技干部的齐市长都已经亲临抢救现场。韩丽霞的心跳已经恢复，气管已经连接着呼吸机，深度昏迷，瞳孔已经散大，预后极差。医院的张院长把安东医生悄悄地叫到旁边责备道："你们怎么搞的？怎么干这么蠢的事情呢！算命先生的话也相信！这是医院哪，怎么还搞这种名堂！我刚才已经把封医生批评一通了。你看还有救过来的希望吗？"

"恐怕希望渺茫。"

张院长命令道："只要有万分之一的希望，就要全力抢救。"

"是，张院长。"

李所长内疚地说："唉，真没想到她的病这么危险，否则我绝不同意她这么做。需要什么有效的抢救设备，你们马上去购买，账记在我们研究所，先拨来 100 万。我的意见非常明确，不惜一切代价抢救她，要救活她。她可是两项重大研究的核心骨干哪！"

安东医生把封医生悄悄叫到走廊，问："到底怎么回事？"

连续监护三天的封医生疲惫地说："午饭后，还差 3 分钟就结束了。我与张雅红医生和护士小马打算 72 小时一到就进入病房。忽然，我们听见病房里'啊'的一声尖叫，张医生从办公室冲出来高呼：'韩丽霞室颤了！'我急忙冲进病房，发现她头巾蒙面、四肢抽搐、心脏骤停、呼吸停止，立即进行心脏按压和人工呼吸。现在心脏虽然复跳了，但出现低血压休克、脑水肿、深度昏迷，恐难救过来了。"

小马护士站在张医生旁边，嘟囔着："真遗憾，就差 3 分钟！"

张雅红医生垂头丧气地说："唉，黑色 3 分钟！"

安东医生训斥道："你们以为是中国足球呢！当医生的还相信这种愚昧的迷信！"封医生和张医生没有继续争辩。

虽然经过省内知名专家的会诊，全力抢救，韩丽霞最终还是因多脏器衰竭抢救无效死亡了。一朵曾经色彩艳丽、傲然怒放的鲜花，在焦虑的摧残下，花瓣枯萎，绿叶凋零，最终折腰在她生长出来的泥土地上。

追悼会结束后，安东医生要求封医生带他去见见那个算命先生，他有满腹的疑惑想弄清楚。

当他们来到算命先生家时，意外地发现院门有一把铁将军把门。封医生说："我们等一会儿吧，这把年龄的老人走不远。"

"嗯。"

一个半小时过去了，算命先生还没回来。安东医生等人刚打算离开，这时，有四个身着制服的执法人员出现了，他们也是来找算命先生的。其中一个领导问安东医生："你们是来找他算命的吗？"

安东医生回答："不是。我们只是想找他了解几个问题。"

穿制服的人说："我们接到举报，说这里有人算命治病，有违法行医和欺诈的嫌疑，准备现场调查处理。你们知道他去哪里了吗？"

"不知道。我们一直在等他。"

一个邻居走过来说："你们是来找老郎中算命的吧？他今天早晨搬家了。"

安东医生问："他去哪儿了，您知道吗？"

"好像是回西北了。"

"他姓什么，您知道吗？"

"好像是姓郎。"

"是不是叫郎半仙？"

"不知道。没有人了解他。"

"他是一个人走的吗？"

"不是，是个瘸子男子把他接走了。"

"接他的男子长得什么样？"

"没看清楚。"

封医生问安东医生："谁是郎半仙?"

"很久以前，一个故事里的传奇人物。"安东医生摇摇头，"不可能是他，他要活着至少已经95岁了。"

"什么样的故事?"

"一个真实的故事。"

封医生问他："你认为这个算命先生说得准吗?"

"不准!"

"那为什么韩丽霞在三天之内突然死亡了呢?难道是巧合?"

"她有严重的心脏病和高度的焦虑，一个人关在漆黑的房间里，时刻担心着可能降临的噩运，可想而知，她是在惊慌和恐怖的气氛中度过三天中的每分每秒。紧张、恐惧的情绪使她血液里的肾上腺素水平升高，出现高血压、心动过速、高血糖，不可避免地加重了她的冠状动脉病变，诱发恶性的心律失常。她显然是被吓死的。"

封医生似乎对安东医生的推测不满意，嘟囔着："怎么可能是吓死的呢?"

三天后，封医生神秘兮兮来找安东医生。"安东医生，你认为韩丽霞真是因病猝死的吗?"

"这还用问我吗?你是经治医生，一直守在病房，你应该最清楚啊!"

"嗯，我一直认为她是因病猝死。三天前，他们单位纪检人员找我了解她生前的病情时，我也是这么回答的。但是……"他压低声音，"听说她管理的科研经费有一千多万缺口，不知流向。他们曾经把她的病例资料拿到某医院会诊，有的专家认为她的病情不至于发生猝死。"

安东医生问："你怀疑她自杀吗?"

"我也不能肯定。但是，你说她是被吓死的，我不大相信。"

"呵呵，你还想为自己辩解吧。韩丽霞的这场辟邪闹剧不仅你有责任，我也有责任。院长也批评了我，今后，我们都要接受教训。至于你提到她的经济问题，我想，可能是造成她焦虑，甚至抑郁的一个重要的原因。但不管怎么说，她的冠心病是客观存在的，比较严重，也很危险。"

"能不能由于这两种原因导致她自杀呢?"

"有证据吗？遗书、日记或遗言？"

"没有。她死亡后我曾嘱咐护士长仔细检查过她的遗物，没发现你说的那些东西。"

安东医生说："她要真想死，那就自杀好了，何必搞得这么复杂呢。"

"我也是这么对他们单位调查人员说的。可是他们说或许她想保住自己的荣誉。"

"'或许'只是一种推测。"

十几年来，安东医生一直怀疑韩丽霞的死与一种特殊的冠状动脉病变有关，否则，她的死因真的有点儿扑朔迷离……

无独有偶。最近，安东医生参加苏北心血管病论坛时，发现一位专家报告的一个病例与韩丽霞的病例十分相像，中年女性、胸闷、胸痛、气急，伴有更年期和焦虑症状，冠脉造影显示右冠脉先天性发育细小，左冠没有任何动脉粥样硬化迹象，但前降支血管突然变细，血流速度变缓……冠脉内的血管超声检查发现真正的罪魁祸首冠状动脉血管壁有一个血肿。冠脉造影几乎不能发现冠状动脉血管壁内的血肿，只能看到血管突然变细，如果同时血管有动脉硬化斑块的影像，容易误诊为动脉硬化导致的血管狭窄。多亏冠脉内超声技术呀！

冠脉内超声是一种先进的诊断技术，通过一个很纤细的超声导管可以观察血管内部和血管壁的结构，很容易发现这种病变。这是一种很可怕的冠心病，由于血管内膜破裂导致血管壁出现血肿，血肿增大可以导致血管突然破裂，发生心包填塞；也可以直接阻塞血管发生急性心肌梗死。不幸的是，这位女性居然在精心治疗和严密监护下，因一次情绪剧烈波动而意外发生了猝死。

看来韩丽霞确实是因病猝死的。焦虑竟然如此可怕！"双心病"应该得到高度重视。

医学在进步，少见病也变得少见不怪了，可是许多疾病伴随的故事依然让人捉摸不透……

第十九章　急诊手术

2012年12月中旬的杭州，一天之间气温从七八度陡降至零下一二度，天空飘落着初冬的雪花，道路两旁的梧桐树的树枝随风摆动，多角形的树叶哗哗地散落在地上。半夜十二点半，安东医生骑着红色的公交自行车沿着浣纱路向医院的方向飞奔。好久没有参加夜里的急诊手术了，自从培养出一批技术尖子医生，晔亮、周显华、童建敏、杨国新四位冠脉介入治疗高手后，他就再也不需要半夜里钻出温暖的被窝，穿上冰冷的衣裳急匆匆地从家奔向医院，亲自上台做急诊手术了。然而，今晚的急诊有些特殊，需要他亲自到场处理。这样的情况，一年里难得碰到一次。

十几分钟后，安东医生骑进医院，把自行车停靠在急诊室大门旁。心内科值班医生杨国新正站在急诊室走廊里与一位患者家属谈话，看到安东医生来到，立即向他汇报病情：

"安东医生，这是一个年轻的前壁大面积心肌梗死患者，男性，43岁，建筑工人，姓程，大约三个小时前突然出现剧烈前胸疼痛，持续不缓解，伴有大汗淋漓。半小时前来到我院急诊室，心电图、心肌酶学检查都支持急性心肌梗死诊断。既往有大量吸烟史，但没有其他心血管危险因素。目前血压偏低，90/60毫米汞柱，已注射强效镇痛剂，吗啡一次，仍然有持续胸痛，大汗淋漓。已经给予双联抗血小板药物阿司匹林和氯吡格雷，皮下注射了抗凝血药物，低分子肝素。本来我与童建敏医生打算立即把患者推到心导管室行急诊介入治疗，可是交代病情时发现患者身边没有任何亲属，只有一名送他到医院来的工友，而且患者没有医保，且身无分文。"

安东医生与杨国新医生来到急诊观察室，心内科另一位医生童建敏正在给患者复查心电图。患者面色晦暗，微闭着双眼，口戴氧气面罩半靠在病床上，一位三十几岁工人模样的男人站在病床旁。

安东医生穿上白大衣，戴上听诊器，仔细检查了患者的心脏和肺。患者的心音很微弱，心率快速，呼吸急促，两肺呼吸音有点儿粗糙，有早期左心衰的征象。

“你是他的工友吗?”安东医生把站在床边的男子叫到一旁。

“嗯，”男人点点头，“我姓齐，与他同住一个宿舍里。”

“他从前有什么病吗?”

工友摇摇头:“他刚到我们工地三天，我们前天刚认识。他今晚胸痛厉害，我觉得他挺可怜的，就把他送到医院来了。”

“这里有张病危通知书，需要家属或单位领导签字。你可以代表单位吗?”

“我只是个普通工友，代表不了单位。”

“那怎么办呢?你能否通知一下单位领导?他需要住院，要急诊手术，需要交住院费。你有什么办法吗?”

“我们都是打工的，身上没有钱。他初来乍到，与工友们不熟，没有人会借钱给他。”

“你们工地老板呢?”

“老板下班了，现在联系不上。”

“能不能告诉我，你们老板的姓名和联系方式，我们与他联系。”

“大老板姓牛，叫牛车车，可是我没有他的联系方式。”

“牛车车!”

“是啊，很奇怪的名字。小老板也姓牛，叫牛马车，名字也好奇怪，他们长得很像，可能是哥俩。最近牛马车经理身体不好，经常住院，见不到他。”

安东医生放心了，他认识牛车车，而且很熟。“你们工头呢?”

“工头说程师傅是刚来的，不管。”

姓程的患者可怜兮兮地看着安东医生:“我的病重吗?”

“你的病已经诊断明确，是急性心肌梗死，我们正在研究治疗方案。”

患者可能意识到自己病情危重，身体不自主地抖动，张开紫红色的嘴唇轻声说："救救我吧，我不能死，我上有老父老母，下有一对儿女，全家都靠我打工维持生计。我虽然现在没钱，但以后会还清住院费的。"

"好，你安静休息，尽量别说话，别紧张，全身放松，我们一定尽全力抢救你。"急性心肌梗死发生后，患者会出现情绪上的恐慌、焦虑，甚至恐惧，这种紧张状态会加重病情。最好的办法是放松，必要时要给予镇静药物。医生要尽量安慰患者，向家属交代病情时要避开患者，尽量减少患者的思想负担。

"谢谢!"患者闭上眼睛，表情略微放松一些。

安东医生对童、杨两位医生说："马上通知医院总值班，开通绿色通道，立即做好急诊手术准备。该患者有可能是主要血管完全堵塞，所以发生大面积心肌梗死。"

绿色通道是专为急重症患者设置的急救通道。进入绿色通道的任何患者不需要缴纳住院费，不需要预约病床，即使是家属不在场，如果病情紧急，只要医院总值班签字后，马上可以安排急诊手术或紧急住院抢救。急性心梗的治疗有多种方案可选，药物治疗、介入治疗和外科治疗，其中任何一种方案都是正确的。虽然该患者没钱交住院费，考虑到他是大面积心梗，年龄较轻，医生们还是决定立即行急诊介入治疗，救人要紧。

10 分钟后，患者被送进导管室。导管室是专门做血管造影和血管介入治疗的地方。放射介入治疗技术算是近二十几年来世界医学史上的最大进步之一，介入治疗是一种不开刀的微创手术，其中急性心肌梗死急诊介入治疗成就在医学发展史上最为辉煌，每年全国心内科医生在导管室里救活数以万计急性心肌梗死患者。安东医生所在的这家医院的导管室，每年也要抢救数百名急性心梗患者。自从有了急诊冠脉介入治疗技术，心肌梗死的死亡率明显降低了许多。

冠状动脉堵塞后心肌发生坏死，产生持续胸痛的症状，如果不能在短时间内打通堵塞的血管，心肌坏死的面积会越来越大，心脏会衰竭，出现心律失常，甚至会突然发生心脏破裂，猝死的发生率极高。

冠心病介入治疗是一项高尖端的医疗技术。心内科介入医生把心导管插入患者的动脉内，在 X 线透视下，将导管送入心脏和主动脉里，然后通过血管造影观察血管阻塞的情况。一旦发现冠状动脉急性闭塞，介入医生立即用一根纤细的导丝穿过血栓，然后用一根特殊的导管抽吸血栓，用球囊扩张狭窄的血管，最后采用冠脉支架打通阻塞的血管。

由于常年在有害的X射线下工作，为了防止射线日积月累对身体的损害，介入治疗的医生每次手术都要身穿几十斤重的铅防护衣，长久站立在手术台旁，许多医生因此发生腰间盘突出或骨关节疾病。然而，高度的专注和精细的操作冲淡了他们的疲劳感，成功的喜悦每每让他们忘记自身健康受到的伤害。

每当安东医生坐在导管室的操作台前，隔着铅防护玻璃窗观看医生们在手术室里进行各类高科技手术时，他总会产生一种奇怪的幻想：若干年后，导管、导丝、铅衣、手术刀、钳子、镊子等这些现在正在使用的介入和外科手术器材，都会被统统地送进历史博物馆。随着遥控微创介入技术和微纤维血管外科技术的发展，未来的心内科医生不需要进入导管室，未来的外科医生不需要站手术台旁就可以完成一切精美的介入手术。人们发明了直径只有数微米到数百微米的血管内遥控巡航舰、血管内遥控支架运载艇、组织细胞修复舰、微材料运输舰，可以在血管内协调完成各类高难度的手术。那时，医生们只需穿刺患者的动脉或静脉血管，选个适当的血管内遥控治疗舰送入血液里，然后，就可以通过体外遥控装置指导这些治疗舰只开展手术，从而到达治疗的目的。例如，只有0.1毫米直径的血管内遥控支架运载艇，可以沿着血管自由地遨游全身各处，实时传递回血管内的图像。在钙化病变处，它可以自动发挥旋磨作用，把斑块磨平；在血栓病变处，它可以引导一粒血栓抽吸胶囊及时到位，清除血管壁的血栓。0.1毫米直径的支架就可以支撑起3~5厘米直径的血管……假如血管内遥控巡航舰装有肿瘤细胞识别装置，一旦在身体的某个部位发现早期变异的肿瘤细胞，便立即释放出仅有数微米直径的子舰攻击和清除肿瘤细胞……

一旦科技发展到了如此高精尖端的时代，还有什么奇迹创造不出来呢？保留一张现在医生身穿铅衣做介入手术的照片，若干年以后会很有纪念意义！

不到十分钟，童、杨两位医生就完成了冠脉造影。与安东医生事先判断的一致，患者的左冠状动脉前降支血管完全阻塞了。就在安东医生与童、杨两位医生讨论治疗策略时，患者突然发生严重心律失常，监护仪上显示室性心律失常，血压从90毫米汞柱下降到30毫米汞柱，心跳从每分钟100次减慢到30次，接着，心脏停止跳动，出现室颤，患者意识丧失、抽搐。导管室护士晓云拿起除颤器除颤，护士小山拿起针管推注强心药多巴胺和抗心律失常药物利多卡因。安东医生熟练地站在患者的头顶处双手拉住患者的下颌，打开气道。患者迅速恢复了正常心率和血压，随后意识也恢复正常。患者惊恐地呐喊："快救救我！我胸闷，透不过气来。"晓云开大氧气流量，几分钟后，患者的呼吸平稳了，情绪安静下来。

常年的实战训练，这个团队抢救患者时人人负起责，有条不紊，导管室里抢救的成功率几乎达到100%。

这种急诊手术，安东医生已经不需要上台了。他的两名徒弟手脚麻利，精明能干，用了不到半小时就成功地打通了患者闭塞的血管，将血栓抽吸出来，在血管内安放了两枚最先进的药物涂层支架。患者的冠状动脉血流恢复正常后，胸痛、胸闷、呼吸困难症状立刻消失了，血压恢复正常，心跳强劲有力。程师傅转危为安，于凌晨两点多，被安全地送回病房。

第二十章　不辞而别

第二天一上班，安东医生亲自到病房看望程师傅，他的气色好多了，半倚在床边安静地休息。墙壁上悬挂着的监护仪，心电图、呼吸、血压全都正常。安东医生放心了，如果不出意外，这个患者应该能救活。

程师傅微笑地问："安东医生，我还有危险吗？"

安东医生安慰他说："你的手术很及时，结果很理想，术后病情平稳，再过几天就脱离危险期了。"

金护士长给患者送来一些饭票："程师傅，这些饭票你拿去用吧，不吃饭身体该饿垮了。"

程师傅感激地收下饭票，说："谢谢护士长！"

安东医生把姓齐的工友叫到走廊里问："你向单位领导汇报了吗？请你通知单位领导尽快到医院来缴纳住院费，要保证患者的后续治疗。"

"我上午回工地找下我们工头。"

第三天上班，安东医生来到程师傅的病房里，看到程师傅的病床空着。人呢？他感觉奇怪。

旁边病床的患者说："他三十几分钟前下床去卫生间，从卫生间出来后，他对我说他感觉病好了，想到走廊散散步。我当时劝他听医生的话，好好卧床休息。他没理睬我，穿着病号服出去了。"

走廊里没有程师傅的影子，安东医生把童建敏医生和金护士长喊来，四处分头寻找。两小时后，程师傅仍然毫无踪影。安东医生怀疑：程师傅可能是因为欠费不辞而别。

一直到中午，还没见到程师傅出现。安东医生、童建敏医生和金护士长开始着急了，童建敏既是患者的经治医生又是手术医生，自然更加焦急。

“他还没脱离危险期呢。”金护士长担心地说。

“我担心他刚做的支架，突然离开医院中断药物治疗会发生危险。”童建敏医生忧心忡忡。

童医生的担心是有道理的，支架术后需要强化抗血小板治疗，需要同时服用阿司匹林和氯吡格雷两种药物，如果中断药物，支架内会形成血栓，再次发生急性心梗。

安东医生对金护士长说：“立即向医院领导汇报。”

“嗯，我马上汇报。”

根据医院马院长的指示，童医生和金护士长把患者支架术后的药物治疗处方送到了医院办公室。当天上午，医院的微博发出这样一则消息：亲爱的患者程某，您患急性大面积心梗两天，冠脉支架术后才30小时，突然不辞而别，我们甚为您的健康担心。中断药物治疗您会有支架内血栓的风险，如果您看到这则消息，请您按下列处方就近买药，务必按时服药。处方：阿司匹林每日100毫克，氯吡格雷每日75毫克，他汀类药物……口服一年。联系人童医生，电话……

该微博发出后，几小时之内被转发了二十几万次，在互联网上引起不小的轰动。网友们在赞叹医生仁爱的同时，更关注程某的命运，大家议论他在哪里，怎样能找到他。各大报纸纷纷转载了这条微博，并发表了评论。各媒体记者采访蜂拥而至，童医生成为焦点人物。中央电视台的《焦点》栏目专门派出一个节目组来杭州现场拍摄。

著名节目主持人沈女士采访了医院的黄副院长和童医生：“当你们发现一个患者突然不辞而别后，为什么要发这样一条微博呢？”

黄副院长说：“因为这个患者是急性大面积心梗，病情危重，虽然急诊做了介入治疗手术，但心肌坏死面积大，仍然有一周的危险期，尚需密切监护和治疗。此外，正如我们微博所述，突然中断药物会有危险。作为医生，出于责任，也出于爱心，驱使我们发出这样一个微博，希望他的亲属或认识他的人看到微博后能转告他。”

“这个病人为什么会突然不辞而别呢？”

童医生回答："或许他以为支架安装后病已经治好了吧。"接着，他为难地一笑，补充一句，"或许是由于经济的原因……"

"你说的经济原因是指患者负担不起住院医疗费用吗？"

"该患者是个工人，没有医疗保险，属于自费病人，恐怕是因为负担不起医疗费用而离开医院。"

"这恰恰是我们这次采访的目的，我们正在关注城市外来打工人员的医疗问题。我们想邀请你们与节目组一同到工地采访，好吗？"

黄副院长说："好的，我们也正想到工地找患者单位了解患者的情况，希望能尽早找到他。我们最担心的是患者突然中断治疗会病情恶化。"

工地位于钱塘江对岸萧山区，毗邻奥体中心工地，是一片尚未完工的商品房住宅小区。牛车车总经理和牛马车经理都没有出现在采访现场，只有一位小老板模样的中年人和一位年轻女职员接待了记者。

记者问小老板："怎么称呼您？"

"我姓羊，山羊的羊，叫我羊工长吧。"

"羊工长您好！您工地有位姓程的工人生病住院了，您知道吗？"

"知道。"

"他没有医疗保险，您知道吗？"

"知道。我们公司的老职工都有医疗保险，他是刚来的，所以没办医疗保险。"

"他没钱看病，您知道吗？"

"知道。我当天不在杭州，事后听说医院开了一个绿色通道，不交钱先看病。我们都挺感谢医院的，医院就应该这样，救死扶伤嘛！"

"但是这个患者两天前突然自行离开医院，您知道吗？您最近见过他吗？"

"这不是很正常的吗？病治好了，他回家休养了。"

黄副院长递给羊工长一个纸袋，说："这是我们医院送给程师傅的药，都是他术后必须服用的药物。请您尽快转交他吧。"

"他恐怕不会再回到工地来了，不过我会想办法转交给他。"

记者问："像这种刚入职就生病没有医疗保险的工人，你们怎么负责他们的急病重病医疗救助呢？”

“急病重病当然要管。三天前，我听小齐说程师傅急病住院做了心脏手术，立即让潘钱会计给他送去5万块钱住院费。”

童医生吃惊地问：“我今天在住院处查看了他的住院账，截止到他离开医院那天早晨，他欠款3万5千元。”

“他没有交住院费吗？”羊工长转身问旁边的女职员，“潘钱，5万元钱你交给他了吗？”

“给了。当时住院处下班了，我把钱交给他本人，要求他第二天存到住院处。”潘钱从口袋里抽出一张纸递给记者，“这是收条。”

收条上面写着：收到工地住院费一笔。程功。

“他是哪里人？有家庭住址吗？”

“呶，这是他的家庭住址，这是他的手机，这是家里电话。”羊工长早有准备，递过来一张纸片。

记者拨打他的手机，手机处于关机状态。记者拨打了程功的家里电话，家里人说他在杭州打工，没回来。

程功失踪了。

周末，电视节目如期播出。

周一早晨，安东医生在办公室里与护士长研究奖金分配方案时，电话铃声响了。一个男人的声音：安东医生，我是程师傅的朋友，程师傅现在一切都好，按照你们的处方购买了药品，每天按时服药。他让我代他表达对医院的谢意和歉意。同时他让我转达一下，那天潘钱送来的住院费是3万，不是5万。

这到底是怎么回事？3万还是5万已经不重要了，重要的是患者安然无恙。

“怎么不重要啊，患者欠费我们要被扣奖金了！”金护士长喊起来。

第二十一章　抑郁

时隔四年，牛车车总算露面了。他身穿上下一色的运动衣，一副朴实休闲的背包客装束，在一位身材苗条的年轻女子的陪同下来到安东医生的诊室。那天是安东医生的名医门诊，预约的患者已经全都看完了，诊室里空闲下来。

“安东医生，什么叫抑郁症？”牛车车屁股还没沾到凳子上，就劈头盖脑地抛出这个问题。

“牛总，是你啊！”安东医生惊奇地站起来握着牛车车的手，他的模样没有变化，四方大脸、浓眉大眼，只是精神略显萎靡，“最近身体好吗？”

牛车车全然没有多年不见的热情，面无表情地说：“不好。失眠、头晕、胸闷、气急，吃饭没有胃口，整天无精打采的，干什么都提不起精神来。”

安东医生望着眼前的牛车车，夏天快到了，他还穿着厚实的运动衣，一定又有了什么大毛病，便问：“你现在还吃什么药吗？”安东医生想起他过去因为失眠吃黑药丸发生铅中毒的事情。

“现在什么药都不吃了，我不敢随便乱吃药。”

“最近做过什么检查吗？”

“去过几家医院，做过许多检查，没发现什么问题。医生说我是抑郁症。什么叫抑郁症？”

“哦，你怀疑自己有抑郁吗？”安东医生望着牛车车的眼睛，眼睛是心灵之窗，内心的各种情感，如快乐、惊喜、欣慰、惊叹、奇怪、惶恐、忧虑、急躁、愤恨等，可以在眼神中闪露。与从前那种淡定、愉悦、自信的眼神相比，牛车车现在的眼神明显带有焦虑、挫折和不安。

“我不懂什么是抑郁，所以来找你。我信任你。”

安东医生告诉牛车车抑郁是一种不良的情绪表现，抑郁症是一种心理疾病，它的英文是 depression，也叫抑郁性障碍，是由各种原因引起的以抑郁为主要症状的一组心境障碍或情感障碍。

“这种病有什么危害吗？”

安东医生解释说：“这是一种危害身心健康的心理疾病，轻者常常是一过性的，只影响人的情绪，可以自我调整好；中等程度者影响工作和生活质量，难以自我解脱，需要心理治疗或辅助药物治疗；抑郁比焦虑更可怕，抑郁者的内心拒绝与外界交流，有时，重度抑郁症患者会产生厌世或自杀倾向。”

“抑郁症患者的发病率和自杀率高吗？”

“在世界范围内，抑郁性障碍的发病年龄提早，发病率增加。终身患病率在不同国家中不尽相同，中国的患病率约为 6%，而日本的患病率则高达 20%。抑郁症中大约有 10%~15%面临自杀的危险。”

“啊？发病率这么高啊！我恐怕真有抑郁症了。”

“好吧，我们也算是老朋友了，既然你信任我，那我们就随便聊聊。”安东摘下脖子上的听诊器，身体轻松地靠在椅背上，“最近你公司的生意好吗？”

牛车车没有回答安东医生的问题，反问道：“你说抑郁症能治好吗？”

安东医生说：“牛总，医生通过聊天可以了解你的情绪、情感和心理健康情况，你应该回答我的问题。如果有什么问题不便回答，可以回避，但最好告诉我你的理由，或者你直接告诉我不想回答。”

“哦，原来是这样啊。好吧，你问吧。”

安东医生试探问：“你工作上或者事业方面，今后有何打算呢？”

“没啥打算了，原来美好的憧憬破灭了。”

安东医生在测试牛车车的抑郁情绪：“没有任何希望了吗？失败了还可以反败为胜嘛！”

“不可能了。本来我的奶制品主业做得不错，但自从 2009 年跨入房地产行业后，生不逢时，正赶上这几年国际金融危机，加上房地产调控，股市连续七年熊市，公司的业务状况一落千丈。看来我真的不会有什么大的出息，跨界彻底失败了！每当想起早年在家乡艰苦地创业，心如刀割，情如网破。”

看来牛老板有抑郁的理由，安东继续测试他的抑郁程度：“在你的家庭生活和工作中，难道没有让你感觉到快乐、满意的事情吗？”

他摇摇头：“我厌倦了！唉，婚姻、家庭、生意全都一团糟。”

“你生意上不是一直兴隆吗？”

“那是前些年。我刚才不是说过了吗，近几年，房地产不景气，盖了房子卖不出去，欠银行的利息也还不上，唉……”

坐在牛车车身旁的年轻女子侧身面朝窗户，淡漠地凝视着窗外，她的眼球和睫毛长久地保持着纹丝不动。她身材苗条，披着一头被理发师一丝丝拉直的长发，高耸的鼻尖略微有点儿上翘，两片淡红色的嘴唇微微张开，露着一排整齐洁白的牙齿。她不比潘清漂亮，但形体秀美、气质高雅，女人的味道更加浓厚。安东医生猜测她就是潘清提到的小四，潘钱。

看到安东医生在注意她，牛总歉意地说：“安东医生，忘记介绍了，这位是我的家人，小妻。”牛车车的神情和语调缺乏男人平素介绍自己年轻漂亮妻子时不经意流露出的得意、骄傲和自豪。

“哦。”安东礼貌地点点头，“您好！您一定是潘钱吧。”

女人温柔的表情突然被撕碎了，双眸喷出两股火光：“你怎么知道潘钱？哼，潘钱早被我赶跑了！我姓藏，名叫小妻。牛妻退位后，我是唯一明媒正娶的。”小妻的口音带有甘肃或青海的西北人的鼻音。

“Sorry.”安东医生意识到自己犯了错误，原来是个小——竟然还有叫这种名字的！她的爹妈当初起名时脑子是怎么想的？安东医生慌忙改口说：“牛总啊，看来你的身边并不缺乏爱和阳光呀！”

牛车车并没有在意藏小妻的妒忌和愤恨，接着安东医生的话茬儿继续说下去：“是啊，恐怕这正是我失败的原因吧。我感觉自己做了很多错事，伤害了那些曾经爱我的人，干了许多不可饶恕的蠢事。”

“能具体说给我听听吗？”

牛车车摆摆手：“算了，都过去了，说了也没用，只会增加我的心里纠结。”

“你心里有哪些纠结呢？”

“唉，我对不起一个叫牛丫丫的，那个过去一直深爱我的女人。我也对不起一个我过去一直深爱的女人——算了，我不想再说什么了，我死不足惜……”他的眼圈里已经飘满了泪花。

“哼——”藏小妻气哼哼地扭头继续凝视着窗外，像一尊塑像，一动不动。房间里的空气仿佛凝固了。

在一个温暖的家庭里，亲情、爱情，甚至包括责任，可以融化焦虑和抑郁，让人在挫折面前重新树立起希望和信心，而争吵、争斗或对抗，只能加重抑郁。安东医生想了解下牛车车的家庭关系，试探地问道：“牛总，你几个孩子？”

“只有一个女儿。老婆娶了一串，谁也没给我生下一个儿子。老女人不行，年轻的也不中。真是老天的报应啊！”

牛车车看来确实不知道潘清几年前为他生过一个儿子这件事儿。安东不知该不该向他透漏点儿消息，如果知道自己有了儿子，或许他的心情能好些，多一份快乐就少一点儿抑郁。然而，安东不可能说，也没有权利说，特别是当着这个女人的面。

藏小妻转过头，抱怨地说：“你怎么不说你自己有问题呢！我这么年轻，能不想生孩子嘛，可是你一到关键时刻就不行，你又从来不肯到医院里检查治疗。我有什么办法呢！我每天夜里在床上搂着一根大木头，辗转反侧，夜不得眠。这滋味好过吗！四十几岁的男子汉还不如个六十几岁有心没力的老头儿——自从与你结婚后，我连姓名都改了，我本名叫藏小琼，你嫌‘琼’太穷，怕冲了你的财气，我就改叫藏小妻，甘愿做小。还会有哪个女人像我这样对你百依百顺呢？”

这个女人怎么一点儿面子都不给男人留呢！西北人，琼，难道是牛车车驴友野史里的那个女友？安东诧异地瞥了她一眼，感觉有点儿好奇但不便询问。藏小妻的话听起来有点儿不对味道，一个二十几岁的女孩，六十几岁的老头儿怎么样你怎么知道的？有这么对比的吗？安东不由自主地浮想联翩，难道旅友中还有六十几岁的老男人吗？

安东医生再次偷偷打量藏小妻，细眉高挑，杏眼圆鼓，嘴角撇向一边，怎么也看不出她是个百依百顺的女人。听过牛车车驴友野史后，那个叫琼的神秘的女人曾在安东心里留下深刻的印象。可是他对眼前这个女人，没有什么好印象。生活在牛车车的身边的人能被折腾成鬼，离开牛车车的鬼能变成人，好女人到他身边也都变了模样。

反过来说，有这种女人在身边，牛车车能不抑郁吗？牛车车低头不语，一点儿脾气都没有。抑郁的人往往丧失斗志，好斗的人反而不会发生抑郁。老牛啊，你是自找苦吃！

安东不需要再问什么了，一切都清楚了，牛车车确实患上了抑郁症，而且病得不轻。安东建议他立即住院诊治，牛车车爽快地答应了。

一周以后，安东医生到心理科病房看望住院治疗的牛车车。在走廊里，正巧碰见负责牛车车治疗的谢医生。谢医生是位中年男性，微胖，在心理疾病诊治方面有些权威。

谢医生主动与安东打个招呼："安东医生，什么风把您吹来了？"

"我来探望一个叫牛车车的住院患者。"

"哦，牛车车呀，住在最里面的病房。"

"他的病情怎样？"

"诊断抑郁症，病情比较严重，悲观、消极，有自杀倾向。不过治疗及时，药物治疗一周后症状明显好转，过几天可以出院了。出院后如果他坚持长期服药，有痊愈的可能性。"

藏小妻没在病房里，牛车车倚靠在床头，手捧一本黑红色封皮的小说，全神贯注地阅读着，丝毫没有察觉到安东医生走进病房。

"牛总好兴致嘛！读得这么认真哪！"

牛车车抬头看见安东，把书合上放在床头桌上，微笑地说："我正在读一部小说，正巧读到结尾精彩入迷之处。"

"哦？什么小说能够这么引人入胜，让你如此兴致高昂？"

牛车车把那本书递给安东医生，说："这是我最喜欢的一类，读到后头猜测不到结局的侦探推理小说。故事发生在我的家乡，刚巧里面的主人公安丰法医又是我多年的故交。这本书就是他推荐我看的。"

安东医生看了一眼书的封皮："哦，还是侦探推理小说呢！"

"安东医生，你读过这本书吗？"

"听说过但没读过。"安东医生随手翻到目录浏览着，"嗯，应该是部很好看的小说。"

一个人如果能在做一件事时着迷，或者能集中精力做一件事，并从这件事里得到乐趣，他就没有抑郁，至少不是抑郁症。牛车车迷上了这本小说，说明他的抑郁症真的已经治好了。

"安东医生，看了这部小说之后，我有很多疑问：医学上真有T肽吗？书中说T肽又称为恐怖肽，人在极度恐惧时血液里的T肽水平会剧烈升高。"

"应该会有的。人在极度恐惧时至少肾上腺素水平会剧烈升高。"

"利用狼吃人达到金蝉脱壳的目的，真有点儿登峰造极。你说现实中可能吗？还有没有其他更绝妙的方法呢？"

安东医生无奈地摊开双手，说："我没读过这部小说，回答不了你的问题。你既然认识书中的主人公安丰法医，何不去问问他呢。"

"嗯。已经好久没见到他了。你说得对，下次见面与他好好聊聊这个故事。"

"你们是怎么认识的？"

"驴友，曾经住过一顶帐篷。后来，他出差到杂木古小镇办案还专门来看过我，那时，我的奶牛场刚有一些规模，他鼓励我到内地学习深造拿个学历，还是他帮助我联系去上海参加EMBA学习班的呢。"

"他在哪里工作？"

"他博士毕业后没有回到北方，来到杭州，在一家大学里任教。你们的年龄应该相仿，有机会我安排你们认识一下吧。"

"好哇！那我先去买本书，先看书后看人。"安东医生把手里的书还给牛车车。

牛车车捧着那本书介绍说："这是一起利用狼制造意外死亡而得以金蝉脱壳的经济大案，犯罪设计得精密，实施得完美，侦破与反侦破完全处于一种智慧、意志、情感上的较量。这也正是此书最成功的创意之处。三个迷局设计得犬牙交错，险象环生，层层谜云，步步谜雾。故事情节环环相扣，跌宕起伏，简直是不可思议。太绝妙了！谜中谜、案中案，我还要再仔细琢磨琢磨。”牛车车陷入沉思中……

片刻，他抬起头看着安东医生说：“你说我患的真是抑郁症吗？我是不是该到庙里烧香拜佛了？”

安东解释说：“抑郁症通常表现情绪消沉、情感淡漠、思维单一、沉默不语，你除了思维活跃、言语流畅不符合抑郁之外，其他条件都符合。我觉得你有抑郁，但以焦虑为主。不过别大意，焦虑也会伤害身体。曾经有个女患者，因为过度焦虑，诱发心脏病发作……”

安东医生简单地讲述了韩丽霞焦虑的故事。牛车车听得特别认真，当听到韩丽霞“啊”地一声尖叫，接着心脏骤停时，他浑身颤抖起来。“啊——大哥，我可不想被吓死！我想健康地活着。”牛车车的语音变得沉重和深沉，他的表情变得凝重。

安东医生连忙安慰他说：“别担心，谢医生对我说过，只要你出院后坚持服药，你的病会治愈的。事永远做不完，钱永远赚不够。春暖花开了，多出去走走，健康才是真正的财富。”

牛车车像作出一个重大决策似的，很有信心地点点头。安东没有在意牛车车的表情变化，他相信牛车车的病已经好转了，一切都会好起来。

牛车车问：“抑郁的药不吃行吗？”

安东医生再次强调：“药一定要坚持吃。身体好了，你才能精力充沛地工作。”

“唉，自从娶了琼，我的生意就不景气。算命的说我命中多木缺水，容易老朽，希望我找个年轻水灵灵的女孩冲冲邪，可是我娶了个 1991 年出生的，还是没有用处。”

“迷信你也信？她就是驴友野史里你提到那个叫琼的女生吧？”

“嗯，第二次与她在青藏相遇时，她已经大学毕业了，在西北工作干得不理想，2012 年底，她投奔到千岛市，当了我的秘书。”

“你怎么专门找秘书做小三哪？”

牛车车回答：“你错了。我不是找秘书做小三，而是找到小三后安排做秘书。哈哈，这不算窝边草吧。”

“哦……”安东医生还想说些什么，突然门外一阵嘈杂声打断他。

“不好了，安东医生，你们心内科有患者跳楼了！”楼廊里传来心理科护士长呼喊声。窗外传来一片嘈杂的声音。

“几床？”安东医生从病房里冲出来。

“心内科 105 床。”护士长站在护士站，手里握着电话机，“保卫科打来的电话。”

“什么人跳楼？”牛车车也跑出病房问道。

“啊——”安东医生顾不上回答牛车车的问题，急忙向楼下跑去。怎么又有患者跳楼啦！

第二十二章　跳楼

2014 年秋季，一连数日，杭州的天空飘落着凉爽的细雨。难得下午空闲，安东医生坐在办公室里翻阅着近几天积攒在一起没时间阅读的报纸。忽然，他在新闻板块的角落里看到一篇豆腐块大小的文章，标题是：又一个抑郁者跳楼。唉，最近抑郁者跳楼自杀的真不少，不用看文章内容就能猜到这个跳楼者属于哪一类人，普通的老百姓跳楼死了默默无闻，而老板或官员如果跳楼就会成为报纸上或者网络上的新闻。

这篇文章的标题勾起安东医生的思绪，他随手把报纸放到一边，专心地思考着抑郁与自杀这个严肃的问题。他关心的是抑郁，抑郁到了什么程度人才会自杀，抑郁者自杀前会有哪些蛛丝马迹，怎样预防。

最近几个月，心内科的心脏病患者接二连三发生跳楼事件，让他焦头烂额，感到难以招架。三位跳楼者两男一女，从表面上看，心脏病经过治疗病情都已经稳定，情感也没有明显的反常，虽然情绪低落、沉默寡言，但从未流露出自杀的念头，甚至没有留下遗书。

三个多月前，心内科 105 床的那位老者，自杀的勇气和决心大得可怕。有人看见他身穿干净整洁的灰色服装登上楼顶，以为他在楼上观光。有患者在对面一栋住院大楼上目击，他在楼顶奋力奔跑，没等目击者反应过来，他在楼板的边缘纵身一跳，身体腾空而起，像一只银燕一样飞翔在蓝色的天空中，然后缓缓地坠落下来。

“啊，有人跳楼了！”目击者大声呼喊。

一位六十几岁的大妈拎着菜筐走在医院的院墙外临街的人行道上，忽然感觉头顶有一道黑影在空中划过，接着耳边响起“呼呼”的一阵风声，没等她反应过来是怎么回事，“嘭”的一声巨响，一个物体摔落在她前方一米多远的地方。她感觉像是一个皮球从空中飞下来，落在地上，“嘭”的一声爆炸了，里面的液体溅射到她的脸上。她下意识地双手捂住面孔，通过手指缝隙，看到一个人倒在血泊里，血肉模糊，吓得她一屁股坐在地上。她刚张口喊出一句话：“不好啦！”定眼一看，自己双手全是血印，散发着刺鼻的血腥味道，“啊！”她大叫一声，当场昏死过去。

心内科105床跳楼啦！一名保安第一时间跑到死者身边，看着死者手腕部的手牌高声叫喊。

因抑郁正在住院的牛车车紧随安东医生来到现场，看到这种残酷的场景，吓得面色苍白。“他——他为什么跳楼呢？”

安东医生说：“抑郁症。”

牛车车嘴里不停地念叨：“抑郁太可怕啦！我一定要好好吃药。”当天，他就收拾东西出院了。

为什么想跳楼的心脏病患者都选择我们医院呢？安东医生有些迷惑不解。有人对他说：你们医院与西湖毗邻，登上楼顶可以一览西湖美景，让人心如泉涌、思绪波澜、情发感慨。对于健康的人，触景生情愉悦心灵，而对于抑郁者则触景生情刺痛心灵。安东觉得这段话讲得有点儿道理。

105床患者的跳楼对安东医生触动很大，近几个月，他多次组织科室医护人员学习医学心理学，提高对双心病的认识，加强对抑郁患者的治疗和护理，防范住院患者自杀现象的发生。但是，还是有医生对双心病的重要性认识不足，重视心脏，轻视心理。也许是他的课讲得不深刻？也许是课件太空洞？此刻，安东医生打开电脑整理着抑郁与心脏病的课件，打算加入几个生动典型的案例。

多事之秋！

“咚咚咚”，一阵急促的敲门声。安东医生抬头一看，心内科一位叫杨国新的年轻副主任医师面色苍白气喘吁吁地站在办公室的门口：“不好了，89床跳楼了！”

怎么搞的，又有患者跳楼了！安东医生顾不上关闭电脑，跟在杨医生后面匆忙向楼下跑去。89床怎么会跳楼呢？不可能啊！他是一个严重的冠心病患者，经历过九死一生的考验哪。他虽然已经71岁，多次急病大病缠身，两次急性心肌梗死、一次脑出血、一次脑梗死，都被救活了。他做过两次介入治疗、三次冠脉造影、一次脑出血开颅手术，由于抢救治疗及时，他的身体恢复得很好，基本没有遗留任何残疾。他今天不是出院吗？不应该出现这种事情呀！再说，最近科里也安排几次讲座，学习预防抑郁患者自杀的知识呀。

当安东医生和杨医生来到楼下时，现场已经围了很多人。医院保卫科人员在保护现场，几个警察在拍照和取证。死者虽然是头部着地，但脸部容貌尚清晰，身份容易确认。原本来医院接他出院的亲属，都被突然的噩耗和凄惨的场景惊呆了，蹲在地上抱头痛哭。

警察详细地询问了目击者的证词和记录了家属的笔录。死者的陪护是个四十几岁的女性，89 床住院后一直由她照料。据她介绍说，死者入院后情绪虽然低沉，少言寡语，但从没流露出厌世的念头，相反，还询问医生出院后如何继续服药。科室的一个护士葛红娟也证实，她听到患者询问过医生出院后继续治疗的事项。

患者的跳楼举动发生得很意外。首先，他让前来接他出院的儿子到住院处查账单；接着，又让女陪护员到住院处叫他儿子回来，很显然，他有意支走了儿子和女陪护员。当他攀越窗台一只腿跨出窗户时，同病房的两位卧床不起的患者惊慌地喊叫起来："89 床，你想干什么？"

"不好了，有人要跳楼了！"同病室的患者喊叫起来。

"护士，89 床要跳楼！"

正巧这时，女陪护和他儿子回来了。女陪护员看到 89 床两条腿都已经跨出窗户，身体悬空，只有双手抓着窗框。她惊慌失措，尖叫着跑到窗边："你想干吗？危险，快上来！"老人突然松开双手，在身体下坠的瞬间，微笑着仰着头，冲她摆摆手。

患者的儿子呆若木鸡，惊叫一声："天哪，我爸爸跳楼了！"

当葛护士听到病房里的呼喊声跑进来时，患者已经坠落在楼下的树丛里。葛护士急得语无伦次："怎么会这样呢？他的病都稳定了，不应该自杀呀！他中午还对我说出院后还会再来看我呢！他是不是不小心掉下去的呢？"

女陪护急了，反驳道："这么高的窗台怎么可能是不小心掉下去的呢！"

接着，扭头对死者儿子和病房里的两位卧床患者说，“你们几位也亲眼目睹，他不听我的劝阻，自己松开手跳下去，而且还冲我笑笑，摆摆手。”

89床老者的右手腕还带着住院患者的腕部标识，两个警察在认真地核对患者腕部的标识。

杨医生是患者的经治医生，围在安东医生身边急得团团转，不知如何是好，还没张口说话，白净的面孔就已憋成紫红色，自言自语：“不应该是自杀呀！他会不会是一过性脑缺血发作把窗户当成门，不小心掉下去了呢？”

患者儿子站在杨医生身旁，诧异地看着他说：“不会吧！病房的窗台离地至少有一米三高，我父亲怎么可能把窗户当成门翻过去呢！”

杨国新医生身材瘦小，白净净的，鼻梁上架着黑边眼镜，显得柔弱、年少和斯文，平时说话经常脸红，但他人小机警、腿勤眼明，平时值夜班时观察病情认真、细致，经常能提前察觉到危重患者的病情变化，及时通报上级医生，抓住宝贵的抢救时机。他富有想象力和观察力，遇事喜欢动脑筋，科研工作做得也不错。可能是由于他从小喜欢钻黄岩洞躲猫猫的缘故，遇事喜欢凭空猜测。

女陪护着急地对警察说：“他是自杀，不是意外！他有意支开我和他儿子。我亲眼看到他跳下去的，病房里的患者可以作证。”

此时的杨医生，像个做了错事但执迷不悟的孩子，脸红到脖颈，鼓足勇气在警察面前辩解：“我不相信这个患者会跳楼。他曾答应过我出院一周后回来复查，怎么可能自杀呢？一定是不慎坠楼的。”

葛护士也对死者儿子说：“你爸爸不会是自杀，他一定是视力不好，误把窗户当成门了。”

“我爸爸视力挺好呀！”他儿子眼含泪水沉痛地说，“恐怕是由于孤独和抑郁的缘故吧？自从我母亲去世后，他情绪悲观、消沉、少言寡语。也怪我们子女工作忙，关心他少，很少来探望他。”

警察点点头：“好吧，按照坠楼处理吧。”

连患者的儿子都看明白他爸爸存在着抑郁，是由于抑郁而自杀，安东医生再也无法忍受杨医生和葛护士的无知和幼稚，当场狠狠地讥讽道：“你俩是神仙吗？患者生前脑子里怎么想的你们全都知道？是不是平时光吃鱼不吃肉!”接着，他又狠狠地教训他俩几句，“意外坠楼和自杀跳楼是截然不同的两回事儿。自杀的责任是在自杀者本人，懂吗？意外坠楼可能存在管理上的责任！有你们这么思考问题和推理的吗？糊涂！荒谬！榆木脑袋不转弯!”

通过这个事件，安东医生深刻地意识到，心理学这堂课他必须要讲，不仅要让大家都掌握抑郁的诊断和治疗技术，而且要人人懂得如何预防抑郁患者的自杀行为。

处理好这起跳楼事件后，安东医生回到办公室继续准备课件。他把这几个病例做了认真细致的剖析，分析了一些细微的症状问题，发现焦虑和抑郁有显著的区别。抑郁是情绪低落，焦虑是恐惧不安。抑郁症是一种常见的心境障碍，可由各种原因引起，以显著而持久的心境低落为主要临床特征，且心境低落与其处境不相称，严重者可出现自杀念头和行为。而焦虑是指一种缺乏明显客观原因的内心不安、担忧或无根据的惊慌、恐惧。焦虑也是人们遇到某些事情如疾病、挑战、困难或危险时出现的一种一过性的正常的情绪反应。具有强烈自杀念头的抑郁症者，有时会巧妙地掩饰自己的自杀念头，甚至骗过医护人员和家属。

通常情况下，焦虑与精神打击以及即将来临的威胁或危险相联系，主观上表现出紧张、不愉快、担忧、恐惧，甚至痛苦以至于难以自制，严重时会伴有植物性神经系统功能的变化或失调。心脏病的患者合并焦虑或抑郁者就是双心病患者，就应该按照双心病治疗。

课件做好了，安东医生有点儿头晕脑涨。他打算放松一下，合上笔记本电脑，闭上眼睛，靠在椅子里，打算尽量忘却刚才发生的坠楼事件。可是他心情烦乱，情绪一时无法平静。他需要分散注意力，必须做些其他事情。

他睁开眼睛，随手拿起桌子上那张读了一半的报纸，重新阅读起来：又一个抑郁者跳楼。这个标题再次映入眼帘。突然，他吃惊地睁大眼睛注视着这篇文章的内容，一下子从椅子上蹦起来。“不会吧？重名重姓？意外巧合？”

安东医生揉揉眼睛，再次注视着文章标题，一字一句读下去：经警方证实，前天从千岛市平海大厦10楼坠楼身亡的男子是平海集团股份公司董事长兼总经理牛车车，生前患有严重的抑郁症，曾住院治疗但无明显好转。据其身边工作人员反映，他近半个月在办公室里表现心境低落、情绪消沉、沉默不语、显著消瘦。前天，他行为反常，从外面反锁住阳台大门，独自一人站在阳台上吸烟，两位身边工作人员发现他有跳楼迹象，急忙报警和劝阻，然而，多人劝阻无效，目睹他翻越阳台坠楼。据传，死者生前大量抛售股票套现10亿元，目前公司经营状态恶化，资不抵债，处于破产边缘。

老牛真的跳楼了？安东医生还是不敢相信，他再次读了一遍这段新闻，跳楼者确实是牛车车。牛车车为什么自杀呢？怎么会是这样呢？他瘫倒在椅子里。唉，可惜！遗憾！他感觉悲伤。

牛车车出院三个月了，安东医生曾经认为牛车车的抑郁症状并不严重，主要是焦虑。焦虑的人可能会被吓病，甚至吓死，但不会轻易自杀。他忽视了牛车车疾病的严重性，心里内疚，产生一种负罪感。老牛啊，你的一生坚韧不拔，如此成功辉煌，怎么会用这种简单草率的方式结束自己的生命呢？黑夜再长总要天明，暴雨再大总会天晴，天无绝人之路，坚持总有希望。熊市已经摇摇欲坠，牛市就要来临。“唉，晚了，我失去了一位好朋友！”他叹息着。

参加牛车车的追悼会后，安东医生心中残存着苦涩和惆怅。追悼会上，牛车车的亲属奇怪地排列成一排，打头的是他曾见过一次面的牛妻，第二位是最近陪他来看病的藏小妻，第三位是怀里抱着孩子的潘清，第四位他猜测是潘钱。连潘平村长和他老婆杨桂芬，以及老钱的老婆杨桂菲也站在亲属的行列中。杨桂菲的哭声竟然十分悲切，有点儿不可思议。

牛车车走了，带走了所有的嫉怨、争吵和角斗，他的几个女人相互和解了。她们的表情并没有想象中那么悲伤、哀戚，在低沉凝重的哀乐声中，她们平静的脸孔甚至衬托出一丝难以察觉的轻松和平静。来自内蒙古老家的亲属们，牛车车的父亲和两个弟弟，倒是捶胸顿足、悲痛欲绝。

老牛啊，你吃的是草，挤出来的是奶呀！安东医生走到遗体旁最后望着牛车车的遗容，心中不免感慨万千……

如果这件事情真的如此简单，故事早就结束了。可惜，事情并不简单……

第二十三章　非法行医

牛车车去世大半个月后，有一天上午，潘清突然出现在安东医生的办公室。从她简单的梳妆打扮和红肿的面孔，安东医生察觉出她一定有什么急事，便放下手头儿的事情，接待她。“有什么急事吗，小潘？”

小潘坐在办公室的椅子里没开口说话，头伏在桌案上呜呜地哭泣起来。难道她还在为牛车车的死而伤心吗？看来这个女人还挺有情有义的，勤、善、美。安东医生有点儿感动，安慰她说：“别伤心了！月有阴晴圆缺，人有旦夕祸福，熬过连绵阴雨，世界总会出现阳光。”

“我能不伤心嘛！不幸和忧愁总是围绕着我——呜呜——”小潘继续呜咽着。

“坚强些，都会过去的。”

“真的吗？安东医生，你能帮帮我吗？”她抬起头，擦把泪水，说，“我真的不好意思，总来麻烦你。”

“没关系，老牛不在了，我们还是朋友。有需要帮助的事，尽管说。”

“昨天夜里，我老公被警察抓走了。”

嘿！她现在心里装的全是小钱哪，根本没有老牛！可怜的老牛早已被她遗忘了。安东医生感觉有点儿失望，漫不经心地问：“警察因为什么抓他呢？小钱犯什么罪了吗？”

“警察说是非法行医罪。”

“他没有医生资格吗？”

“嗯，没有。”

“他爸爸老钱有医生资格吗？”

“有。他爸爸开的中医诊所，他跟他爸爸学徒。平时只是在诊所里帮助干些杂活，比如采购药材、煮药等。他没有非法行医呀。”

“他一定是非法行医了，否则警察不会抓他。”想起小钱制作毒药丸迫害牛车车那件事，安东医生的内心无法表示同情。

小潘犹豫了一下，支吾着说：“他从不给人看病，除非——有时小病也看看。有一天下午，他爸爸不在，他给一个中年妇女看病，结果出事了。老牛不在了，我身边没有其他朋友，只好求你帮忙了。”

“到底怎么回事？你最好讲得详细一些。”

“唉，医学上的事情，我说不清楚。哦，对了，我带来一份病例和医疗损害鉴定，你帮我看看小钱有什么错，帮我提供一些建议，告诉我该怎么办。”

安东医生耐着性子接过那份病例，仔细翻阅着。

病例上的记载是这样的：千岛市平海镇有一位50岁患失忆症的中年女人，吴某，有一天突然离家出走，失踪了。她的女儿马丽十分焦急，连续一周在市区里四处寻找，没有发现她妈妈的踪迹。报纸、电台循环播出寻人启事三天，没有任何消息。

给她妈妈看病的神经内科蒋医生从报纸上看到她妈妈走失的消息后，主动打来电话。蒋医生分析她妈妈是由于脑血栓导致部分记忆缺失，发生顺行性遗忘，即近期事情遗忘而远期记忆存在。从病历本记载上看，最近十五年的记忆全部丧失。倒退十五年，他们家住在衢州衢化一个山区的石化系统的家属院，蒋医生建议患者家属到老房子那里去找找看。马丽听从蒋医生的建议，果然在衢州老房子附近的一个小煤棚里找到了她妈妈。

马丽把妈妈领回家的第二天，发现妈妈发烧、咳嗽，便带着她到老钱诊所就诊。那天下午，老钱中医不在，老钱的儿子小钱（简称钱某）接待了患者。钱某看到患者面色苍白、口唇紫绀，脉搏细速，心跳加快，120次/分，血压测不到，感觉病情严重，没敢继续接诊，建议其到附近医院就诊。

患者在女儿陪同下来到当地一家卫生院就诊。当时测体温发烧，38℃，口唇紫绀，贫血，脉搏细弱，血压测不出。草率的基层卫生院值班医生未行其他检查，看见她面色苍白，诊断严重贫血，给予补血药治疗，嘱咐患者回家休息。

患者15时回到家中，休息一小时后自觉呼吸困难，咳嗽症状加重，马丽再次来到老钱的个体诊所要求输液治疗，钱某跟随马丽来到患者家中。钱某测量患者体温，38.6℃，未测血压，也未做体格检查和相应的辅助检查，告诉马丽患者诊断上呼吸道感染，给予处置：250ml葡萄糖注射液加地塞米松10mg，维生素C 1.5mg，林可霉素1.2g静滴。固定好静脉穿刺针后，钱某调节好输液速度，观察数分钟看到患者没有不适反应，就离开了。

两小时后，马丽来诊所告知患者输液手背肿胀，液体不滴了，钱某第二次来到患者家，重新行静脉穿刺，建立静脉输液通道。此时，患者出现恶心、呕吐、头昏、脉搏细弱，精神萎靡，钱某未予处理，离开患者家。

18时30分，患者呼吸困难、抽搐，病情加重，立即送往当地医院，到达市医院时患者已死亡。

“只有这些资料吗？”安东医生问道。

小潘犹豫一下，说：“嗯。你觉得小钱有问题吗？”

“嗯，非法行医罪责难逃。”安东医生点点头，“虽然他的用药没有问题，但他的诊疗不规范，缺乏最基本的检查和救治措施。”

“奇怪，感冒怎么也会死人呢？小钱不能理解的地方是专业书和教科书明确指出心肌炎应该是在感染一周后出现，而这个患者才刚发烧一天哪。”

安东医生说：“我觉得一点儿都不奇怪，感冒发烧一两天之内发生重症心肌炎导致猝死的现象并非罕见。近年来，常有一些散在的、不典型的重症心肌炎猝死的病例发生。这些病例的特点是起病早、发病急、全身症状重，在诊疗感冒的过程中，多半在输液中或输液后突然猝死。我的研究生刘笑琼曾经做过此类的研究，总结出一些临床特点，所谓心肌炎有一周以上的前驱感染病史，对于普通的心肌炎来说是正确的，但对于暴发型心肌炎则属于误区。这个病例完全符合这些特点。”

“你能肯定这个患者是死于急性重症心肌炎吗？”

安东医生自信地说：“因为缺乏必要的体格检查和辅助检查结果，我不能完全肯定，但可能性很大。尸体解剖可以发现患者到底死于哪种疾病，让我看看尸检结果吧。”

小潘吃惊地看着安东医生，惊奇地叫喊：“大哥，你太神了！你怎么知道我有尸体解剖结果呢？”

安东医生笑笑：“医疗伤害事故鉴定一般是由公安机关委托第三方医疗鉴定机构完成的案件，其中医院以外的非正常死亡案例多数都有尸体解剖结果。”

“你说得没错，患者女儿是把我们告到了公安局。”潘清从手提包里取出一张纸，“这是尸体解剖结果。请你过目。”

“你在考我呀，小潘。”

小潘尴尬一笑：“不好意思，大哥，我有点儿不相信医疗伤害鉴定意见，所以想先听听你的意见。你知道，我相信你。”

法医尸检报告：死者尸体解剖病理检查发现左右心室及室间隔广泛心肌细胞间弥漫性淋巴细胞等炎症细胞浸润，急性心肌炎诊断明确。心肌炎原因从浸润的炎症细胞以及淋巴细胞为主，认为病毒所致可能性较大——急性弥漫性心肌炎导致肺水肿、左心腔扩张、急性心力衰竭。尸解结论：上呼吸道感染、重症病毒性心肌炎、心源性休克、心脏性猝死。

安东医生看过尸检报告后说：“结果与我预料的基本一致。但有一点儿令我费解，尸检报告说在患者的左心室前侧壁有心肌出血，发现有鸡蛋般大小的血肿。这是个我不大熟悉的少见现象。”

“看了尸检报告后，你还觉得小钱对于患者的死亡有责任吗？”

安东医生肯定地说：“患者的死因是暴发型病毒性心肌炎、心源性休克、心脏性猝死，这是毫无异议的。但是，小钱第二次接诊时，仅给患者测量了体温，而未行血压、脉搏等生命体征的检查，也未做心电图等一些必要的辅助检查。由于检查不全，导致漏诊，延误了患者的抢救时机。从某种角度来看，作为接诊医生，他的失误与患者的死亡有一定的因果关系，至少负有轻微的责任。这是我个人的意见。”

“有没有这样一种可能，即使是诊断清楚了，由于病情危重的缘故，猝死依然不可避免。比如，心肌出血，可能与脑出血一样凶险。”

“应该有这种可能。即使患者死亡的直接原因是疾病，依然有四种不同的情况：一是诊断明确，抢救及时，急救措施到位，无责；二是诊断不清，但诊疗规范，无责；三是诊疗不规范……”

“大哥呀，我明白了，你说我该怎么办呢？我想私了，可是……”小潘打断安东医生。

“‘私了’这条路是‘医闹’的病原体，既然闹可以得到医疗部门赔钱，谁不闹？目前卫生系统实行的第三方调节，你可以试试。”

“唉，马丽在牛车车奶牛场办公室工作，本来她与我是从前同事的关系，我可以与她沟通私了。可是偏偏牛妻从中作梗，鼓动马丽一定要以非法行医罪把小钱告到公安局。”

“你说的牛妻是牛车车的前妻吗？”

“是的。牛车车死后，他的房地产股份公司破产了，但他的奶牛场没有被并入股份制公司里，在这之前他就把奶牛场过户给牛妻了，所以没受任何影响。”

“看来牛车车对牛妻还是蛮有感情的。牛妻年轻时一定也很貌美动人吧？”

“有一件事说出来你会难以相信。牛车车有一次酒醉后对我吐露，他与牛妻有亲情，但没有爱情，牛妻年轻时整过容，据说整容前的她，看一眼会吓得你三天三夜睡不好觉。

“太夸张了吧。”

“毫不夸张。你听说过牛车车娶亲的故事吗？其实牛妻人不坏，就是脾气暴躁、任性，她嫉恨我的过去，一心打算通过这件事报复我。你说我该怎么办？”

“事已至此，只好走法律程序了。”

“法医和法律上的问题我向谁咨询呢？”

“法医上的事情我不大熟悉，法院里的程序我也不了解。对了，牛车车不是有个老友是法医，叫安丰吗？你可以找他咨询一下。”

“哦，我记得有这么一个人，我陪牛车车与他见过一次面，但是多年没见了，不知去哪里找他。”

“我听说他现在在宁波一所大学的医学院里工作。”

“大哥，你能陪我去见见他吗？”

“这个——”小潘一口一个大哥，让安东医生感到为难。他很忙，最近被下派到农村支援基层医疗，社区门诊、镇卫生院会诊、查房、讲座，忙得他陀螺般地团团转，真的没有时间哪！

“安东医生，求你了！”小潘的黑眸像月光下的清泉，清澈见底，闪烁着期待的目光。

“好吧，看在你的面子，明天下午我抽空陪你去趟宁波。”

“你太好了，谢谢你！”小潘的脸蛋闪现出欢快的笑容，突然扑到安东的怀里，紧紧地拥抱他。

“别，别，别这样！这可万万使不得！”安东医生感觉一股炙热的火焰烘烤着他的脸颊，他轻轻地推开小潘。

“怕什么？你是长辈呀！我愿意当你的干女儿。”小潘嗲言嗲语，像一支箭穿透他的心。小潘再次倚在他的怀里。

“唉，这年头干爹名声不好，当不得！我虽然老点儿，还是叫我大哥吧。”安东医生向后退步，慌慌张张地拿起听诊器，落荒而逃。

安东医生并非固执死板，他是个有色心没色胆的男人，见到漂亮姑娘喜欢多说几句话，愿意多看几眼，也会悄悄动动心眼儿，但是，要想让他干出点儿什么风流事，除非你借给他两个胆！

第二十四章　安丰法医

安东医生的研究生刘笑琼毕业后分配在宁波工作，她打听到安丰法医现任宁波科技大学法医学院的院长。当安东医生与小潘赶到宁波找他时，正巧他在一间阶梯教室里给医学院的大学生上医患沟通的理论课。安东医生与小潘悄悄坐在阶梯教室最后排，听着安丰教授授课。

年近60岁的安丰教授丝毫不显老相，朝气蓬勃，神采奕奕地站在讲台后面，一对明眸透过金丝眼镜投射出智者的目光，他不急不慢地说着开场白：

同学们，医患沟通是临床医学的实践学，它涵盖了医学专业学、心理学、社会学和人文学，医患沟通技巧是保证临床医务人员顺利完成医疗工作的重要手段。

我本人常年担任医院的法律咨询顾问，对医患沟通的重要性有着深刻的理解。我今天要讲的是一个真实的故事，名字叫“支架带来生命，康复带来新生”，希望你们能够从这个故事中认识到医患沟通的重要性，学习到医患沟通的技巧。

前些天，在与一位姓晔的杭州心内科医生聊天时，他问我：“不吃药也能治疗心脏病你信吗？”

“不可能。”我坚决地否定。

晔医生个头儿不高，憨厚朴实。他的嘴唇抽动了几下，似乎显得激动，说：“我从前也不同意这种观点，一直带头批评那种有病拒不就医、不服药的愚昧做法。但是，今天我所讲的‘不吃药也能治病’却是另外一个含义。有些患者、有些疾病、有些症状经过反复药物治疗没效，而换一种其他办法治疗却会立即奏效，这种现象在临床上时而发生，这是怎么回事呢?”

我明白他的意思了。

他继续说:“现代的心血管治疗涵盖三个领域，外科或内科介入治疗领域、药物治疗领域和心血管康复治疗领域。三个领域相互融合、贯通、协作，构成一个完整的预防和治疗体系。在大多数医生和患者眼里，前两个领域的重大意义是不容置疑的，关键是对最后一个领域，人们的认识理念有待于提高。这种不吃药也能治病的办法就是心脏康复治疗。近一段时间，我对心血管康复工作产生浓厚的兴趣，我在临床实践中曾经遇见过许多奇妙的深刻的令人疑惑或醒悟的病例，一些有价值的康复治疗病例本身就是一个个生动的故事，令人深思……”

下面就是晔医生给我讲的故事:

那是2004年的春天，一位姓杨的75岁高龄女患者因为剧烈胸痛、胸闷、活动后呼吸困难来医院就诊。因为心电图发现有心肌缺血动态改变，按照“冠心病”收入医院。入院后第三天，晔医生亲自为她做了冠脉造影，造影发现她的三支冠状动脉血管均有严重动脉硬化伴90%以上的严重狭窄。按照医学原则，一般冠状动脉只要管腔狭窄程度大于70%就可以植入支架。

杨大妈现场观看自己的造影结果后，对晔医生说:“需要怎么治疗你就怎么治疗，我相信你。”

晔医生在最狭窄的地方分别植入了三枚支架，手术过程十分顺利，结果也很理想。杨大妈是个爽朗活泼的老太太，手术成功了自然高兴，回到病房又说又笑，十分开心。三天后，她痊愈出院了。

两周后，杨大妈在儿女的搀扶下愁眉不展地来到晔医生的诊室。“晔医生啊……”她气喘吁吁地坐在诊桌旁，大吸口气，说，“我怎么装了支架还是胸闷、气短呢?”她显得紧张、郁闷、心情不爽。

“哦，坐下来，让我检查一下。”晔医生详细全面地为杨大妈做了体格检查，没有心律失常和心力衰竭的迹象。晔医生让她复查心电图和心脏超声，一切都与从前一样。可是杨大妈自我感觉很不好，甚至不如支架治疗之前。她疑惑地看着他晔医生:“会不会是支架堵了呀?”

晔医生一时不知该如何回答。他告诉杨大妈确实有百分之一的患者介入治疗术后支架可能会发生亚急性闭塞或再狭窄。根据心电图情况来看，杨大妈的支架发生闭塞的可能性不大，但是否出现支架内狭窄就不好说了，需要复查冠脉造影。

"那我住院复查一下造影吧。"杨大妈坚决地表示。晔医生不得不同意她的要求。心脏病发作常常是不可预料的，既然患者支架术后感觉不适，也应该复查一下。

冠脉造影复查没发现任何问题。当晔医生把这个结果告诉杨大妈时，她开心地笑了："谢天谢地，我的支架没堵。那我明天可以出院了吧。"

"只要你好好吃药，支架是不会堵塞的。"晔医生安慰道。

五个月后的一天，晔医生与李蕾博士从导管室回来，在病房走廊里遇见杨大妈。她穿着一身病号服有气无力地靠在走廊的墙边。

"你怎么又住院了？"晔医生问。

"你还问我，我正要问你呢！我还是胸闷气短，走路都困难，一活动就气急。我担心支架又堵了，就来住院了。可是昨天冠脉造影后，医生告诉我支架没问题，你说，支架没问题为什么我还是不舒服呢？是不是支架装坏了你们不告诉我。"杨大妈有些恼火，对治疗有些意见。

晔医生问李蕾："唉，她怎么又造影了呢！"

李蕾博士解释说："自从装上支架以后，她已经造影四次了，她总是担心支架会堵塞，每次住院都主动要求做冠脉造影。"

"我也不愿意造影啊，可是不造影我不放心哪！好在你们技术高超，造影时没什么疼痛的感觉。但是，我还是有意见，支架术后我的病肯定是重了。"

"您老放心，造影已经证实支架是好的，你不能多虑，忧虑对心脏不利。我们会进一步帮你找出疾病的原因。"

晔医生翻阅杨大妈的病历，她果然在半年时间里反复住院五次，而且每次住院都主动要求造影检查。晔医生再次劝诫说："杨大妈，你的支架不会有问题了，以后复查不需要做冠脉造影了，只需要做一些像心电图、心超这样简单便宜的检查。"

“晔医生，你不是以为我贫穷治不起病吧？”杨大妈从口袋里掏出一本存折，“我虽然是个退休工人，但是前几年房价飙升时我卖了一套房子，卖房款一共240万，给了儿女一半，留了一半我看病用。我不想这样赖活着，有什么好药物或者治疗办法可以提高生活质量，你尽管给我用。”

“不是钱的问题，是不必要重复检查。”晔医生转身对李博士说，“以后她再要求造影，不能随意答应她。”

李博士说：“可是她确实一运动就出现呼吸困难，日常活动严重受限。这怎么解释呢？”

晔医生沉思片刻，对李蕾博士说：“安排她做心肺运动试验检查吧。这项检查可以帮助我们来判断患者的呼吸困难是来自于心脏还是肺，或者是心肺以外的原因。”

晔医生读研究生期间研究的课题就是关于心肺功能方面的内容，因此，他对心肺运动试验检查技术十分熟悉。心肺运动试验与心电图运动试验方法相似，患者身上连接心电的导线在活动平板上快走或慢跑。心肺运动试验与心电图运动试验不同之处是，做心肺运动试验时患者的头部要戴上一个氧气面罩，在运动时不仅记录心电图变化，而且还随时记录肺的呼吸功能，分析吸气和呼气中氧气和二氧化碳浓度的变化，直接计算出运动时氧耗量的变化。

杨大妈害怕运动，迟迟不敢踏上运动平板。“晔医生，我平路走几步都喘，你还让我在机器上跑步啊！”

“没关系，有我和李博士两个人一边一个保护你，你就大胆地走吧。你先试着慢慢走。”

“大妈，别担心。你头上戴的面罩是氧气罩，走路时吸的是纯氧。”

在晔医生和李博士的鼓励下，杨大妈踏上运动平板缓慢地随着平板的速度步行。平板的运动速度在不知不觉中加快……

杨大妈顺利地完成心肺运动试验。实验结果显示她的心脏功能正常、肺功能正常，运动耐量下降的原因是运动不耐受。晔医生分析，杨大妈由于冠心病和肥胖的缘故，长期不运动造成了四肢肌肉萎缩、肌力下降，对运动不耐受，运动时肌肉迅速疲劳，产生大量乳酸，导致反射性呼吸困难和胸闷。久而久之，产生心理和行为的条件反射，每当活动时就会发生呼吸困难或者主观上感觉气急。

原因找到了，晔医生安排李博士和一位护士搀扶杨大妈在走廊里行走锻炼。两天后，强制搀扶她上下楼锻炼。杨大妈冤屈地喊叫：“你们这不是虐待我这个老太太吗！我平路都走不动，你们还逼着我爬楼梯。”

“大妈，冠脉支架治疗之后，你的冠心病明显好转了，为你的康复锻炼提供了机会。康复锻炼要依靠你的主观能动性，你要坚持下去才会取得疗效。”

杨大妈虽然嘴里不停地叨叨着，可是心里却自觉服从医生和护士的要求，每天爬楼梯三次，从一楼到二楼，休息片刻后再从二楼到三楼。一周后，她的运动耐力提高了，可以一口气从一楼爬到三楼，走平路不再感觉气急了。

“欸？我的病就这么治好了吗？”杨大妈感到惊奇和不可思议。

晔医生告诉她这叫心血管康复疗法，不吃药也能治好病，而且能够提高生活质量。

“嗯，我可以上街买菜了，可以送孙子上学了。”杨大妈开心地笑了，“我出院回家后还要继续锻炼，我家住在玉皇山脚下，我可以每天爬山锻炼哟。”

晔医生叮嘱她：“不可以做剧烈锻炼，要做缓和的有氧运动，如散步、快走、体操等等。”

杨大妈这次出院后再也没回来住院，甚至门诊都不见她的影子。杨大妈做心肺运动试验的照片和病例资料出现在晔医生的讲稿上，他多次在讲课时用这个病例说明心脏康复治疗的重要性。

十年过去了，晔医生怎么也不会想到他会再次遇见杨大妈。那天，晔医生下班从医院正门出来，正巧看见杨大妈手里拎着菜筐迎面走过来。杨大妈没有看见晔医生，与他擦肩而过，急匆匆朝急诊室方向走去。晔医生猜测杨大妈可能有什么不舒服要去看急诊，处于责任感和好奇心，他转身朝急诊室走去。

十年了，老人有 85 岁了，因为她留给晔医生的印象太深了。然而，老人并没有进急诊室，而是从急诊门前穿过径直向医院后门走去。

原来老人从菜市场买菜回来，抄近路穿过医院到西湖边，然后沿着西湖走回家。从老人的步伐和速度看出来，她的身体比从前更健康了。晔医生站在医院后门望着杨大妈远去的背影，感慨地说：心脏康复治疗真的很灵啊！

其实，医患沟通更灵！

同学们，以上就是我今天的讲座。总之，医患沟通学强调医务人员既要加强专业素养培训，又要提高心理咨询能力和应急事件的处理能力。

安丰教授的课讲得很精彩，深受学生们的喜欢，讲课结束时，博得长久的掌声。

第二十五章　偏方

下课了，安东医生走上讲台递上自己的名片，自我介绍：“安丰教授，您好，我是杭州的安东医生，专程从杭州来拜访您。”

“哦，你是安东医生，我知道你。很高兴认识你。前些天，浙江健康俱乐部网站一直在连载医学故事《安东医生诊室》，讲的就是你的故事吧。很不错，我一直在阅读。”

“您读过《安东医生诊室》的连载？”安东医生感觉有点儿意外和惊喜。

“是啊，都是同宗嘛，你我有缘相识。”

安东医生感到惭愧，他还没去购买牛车车所说的那本书。安东医生急忙岔开话题：“嗯。很高兴认识您，安丰教授。您刚才讲的课太实用了，我受益匪浅。”安东医生比安丰教授只年少七八岁，但在安东医生的眼睛里，安丰教授更像个长者，让他肃然起敬。

“我是道听途说，做个传声筒，你才是临床一线最有发言权的人。”安丰教授不仅是个博学多才的专业学者，还是个谦虚随和、平易近人的社会学家，经常参加医学法律界的公益活动，助人为乐。利用业余时间开设医学生医患沟通课程就是他公益活动计划中的一部分内容。“你找我有事吗？”

“这位女士是牛车车的好朋友，她有急事想向您咨询。我也是牛车车的朋友，牛老板生前多次向我提起您。”

“可怜的家伙！我怎么也想不到他会发生这种事情，我感到十分遗憾和惋惜。”安丰教授转身与潘清握握手，“我们好像见过吧？”

“安丰教授记忆力真好！我多年前曾见过您一次。牛总请您在梅家坞一家茶馆喝茶。”

“哦，我记得，是梅家坞，一个漂亮的村庄。牛车车也是我多年的好友。好吧，到我办公室坐坐吧，正好下午我空闲，我们聊聊。”

离开医学院的教学楼，他们穿过一片花园，绕了两个弯，来到法医系大楼下面。安丰教授的腿脚好像有点儿问题，走路时一瘸一拐，每次右脚落地时，他额头的皱纹都拧成一团，嘴角咧向一边。上楼梯时，他的右脚一滑险些摔倒，小潘在旁边扶着他的胳膊。安东医生不能确定安丰教授是腿部有残疾还是脚有什么毛病，或许受过外伤，也没好意思询问。

安丰教授自言自语：“我的大拇脚趾发炎了，有点儿肿痛。带得脚踝都有些疼痛，好像还有点儿发烧。”

“您应该去大医院看看。”

“大大小小的医院，包括专科医院，看过不知多少次了，都没治好。三十年的顽疾了，找过许多名医、专家，口服的、外用的，所有药全都试过。后来，连专家们自己都没有信心了。”

“诊断弄清楚了吗？”

“诊断很简单，灰指甲。”

“哦，灰指甲呀，回到办公室里您坐下来，让我瞧瞧。我会治！”

“你是心内科医生，怎么皮肤病也会看吗？”

“这是一种不当医生也能医治的小毛病。”

“小毛病？哈哈，痛起来也要命啊！”

安东医生和小潘搀扶着安丰教授回到办公室。安丰教授坐在椅子上，安东医生蹲下来帮助他脱鞋袜。“算了，安东医生。这种顽疾治不好哟，你就别看了。我又不是女孩子，要穿凉鞋和裙子，要美观，不治不行。”

安东医生神秘地笑笑：“我有一个治疗灰指甲的特效偏方，经济、安全、简便，一治就灵。”

“真的？”安丰教授摇摇头，“你开玩笑吧，我不大相信。”

安东医生认真地说：“我没开玩笑。这个偏方还是我母亲传给我的呢。”

“哈哈，还是祖传秘方啊！”安丰教授把鞋和袜子脱下来，他的大拇脚趾红肿，灰褐色的指甲又厚又硬，甲床挛缩变小，脚趾甲的边缘扎进肉里，脚趾甲四周组织有些化脓。第二趾的趾甲受到传染也已经变成黄褐色了。

“安丰教授，您别大意，小毛病会酿成大祸。这种甲沟炎如果不及时治疗和控制会引起败血症，甚至发生感染性心内膜炎啊！”

“真有那么严重吗？”

“我见过一个老年患者，甲沟炎导致败血症，后来由于免疫功能低下，发生感染性心内膜炎，合并顽固性心衰。抗生素治疗一点儿都没效。后来，died”

“哦——这种病也能死人哪！”安丰教授脸色煞白，似乎有点儿担心，“这么说我还真要去看看医生了。你真的有偏方吗？”

“我先帮助您把指甲四周的脓汁排出来吧。您办公室里有消毒水吗？”

“有，上次趾甲发炎，我买了一瓶碘伏。”

安东医生用碘伏棉球消毒脚趾甲，把趾甲周围的脓汁清理出来，然后再重新消毒一遍。安丰教授说：“碘伏消毒对灰指甲没有丝毫治疗作用。”

“我知道。灰指甲是一种真菌感染，非常顽固。过几天甲沟炎好转后，您可以按照我的偏方治疗，保证有效。”

小潘好奇地看着安东医生熟练地消毒清创。“真的像你说的那么有效吗？确实能这么简单就根治灰指甲吗？”

安东医生抬头反问：“小潘，你也有灰指甲吗？”

“嗯，两只脚各有一个。不痛不痒，就是难看，不美观，夏天不敢穿裙子和凉鞋。”小潘伸出两只手，“还好，我手指甲没有。我有个闺蜜，手指甲变灰了，很自卑，不敢和人握手。”

“你可以按照我的偏方治疗，一定有效。”

“你的偏方是什么？”安丰教授问道。

安东医生在一张白纸上写着：9度食用米醋一瓶、消毒棉签若干根、保鲜膜两三块。先用浸泡米醋的棉签涂患甲，让米醋浸入甲缝里，然后将浸泡米醋的棉花敷在指甲上，再用保鲜膜将指甲包严实，轻轻用细绳系牢。白天包扎，夜里打开保鲜膜透气，连续治疗一到四周。指甲软化后及时刮掉，然后再治疗效果更好。

小潘拿出手机拍了一张照片，收藏起来。“太好了，我回去就试试。”

安丰教授拿起这张纸，半信半疑地读着安东医生写的内容：“9 度米醋？有这么大疗效吗？醋的度数再高点儿可不可以呢？”

“度数高的，疗效好些，但容易烧伤周围皮肤，9 度米醋最好。千万不能用醋精！”

安东医生记得三年前，他妈妈就是这么对他说的，他试了试，果然率先医好了自己多年的顽疾。

安东医生突然想到陪小潘来找安丰教授的事情，提醒她说：“小潘，你不是有急事要咨询安丰教授吗？”

“哦，是的，我都把正事忘了。”她从包里拿出那份关于非法行医的病例和医疗伤害鉴定材料，递给安丰教授。“安丰教授，这是一个医疗案件，请您分析一下，当事人钱某是否有责任，会承担什么刑事处罚，下一步走法律程序会是什么样的结果。”

安丰教授接过她递过来的材料，认真浏览一遍，问小潘：“钱某是你什么人？”

“我的丈夫。”

“根据我国法律，非法行医致人于死，无论行医者有无过失都要承担法律责任。但对于非法行医者的刑事处罚程度，既取决于非法行医行为本身，也取决于医疗伤害责任的有无或大小。鉴定专家会根据行医者有无过失，以及存在的过失与患者死因有无因果关系来判断责任的大小。如果死亡的主要原因是疾病，而非法行医的医生由于诊治过程不规范或失误，应该负有次要责任或轻微责任，可能会被判缓刑。如果医疗伤害鉴定负有主要责任，会被判有期徒刑入狱。这个患者的死亡原因基本上是疾病本身，小钱的不规范诊疗有一定延误救治的责任，其责任程度判定取决于疾病的类型和性质，如果是那种及时诊治可以救过来的疾病，责任会大些，如果是那种不可逆转的急重症，责任会小些，如果诊治规范，甚至不承担医疗伤害责任，只承担非法行医罪责。该患者是因心肌出血或心肌血肿而死亡，由于心肌血肿属于一种很隐蔽、难发现、难以预料、难逆转的疾病，小钱虽然属于非法行医，诊治不规范，延误诊治，但责任会更小一些。”

安东医生对心肌出血或心肌血肿更感兴趣，问：“您觉得这个患者的死亡与心肌血肿有关吗?”

“可能性很大。心肌血肿可以压迫心腔，造成梗阻，诱发严重低血压、休克、心衰。”

“心肌出血在法医病理上见到的多吗？都有哪些原因呢?”

“自发性心肌出血常见于心肌梗死、心肌炎或冠状动脉血管夹层、血管瘤破裂等等。酒精心肌病脂肪浸润或心脏肿瘤都可以引起心肌出血。继发的原因就更多了，如外伤、介入治疗、手术等等。”

小潘听不大懂安丰教授讲的这些医学术语，她睁着大眼睛询问安东医生:“这些情况对小钱的案件有帮助吗?”

安丰教授回答:“小钱非法行医罪责难逃，但弄清楚患者死因，有利于正确公正评定他的医疗伤害责任。”

“明白了，谢谢安丰教授!”

告别安丰教授，天色已晚。他们当天住在宁波科技大学招待所，第二天一早返回杭州。

两周后，安丰教授周末回到杭州休假，主动约安东医生在平海大街边的一家咖啡馆小聚。

11月的杭州，蓝天白云，秋高气爽，阳光明媚，气候宜人，十里桂花，百里飘香。平海大街两旁绿油油的梧桐树像一把把张开的太阳伞，遮住了“秋老虎”的酷热。东西走向的大街上，过往的人们大多是西湖观光的游客，身着奇装异服，身披星星点点的彩光，脸上带着悠闲和逍遥。

“安东医生，谢谢你的偏方，根除了我多年的顽疾。新长出来的趾甲又红又亮。”安丰教授很开心，不用再担心灰指甲对他身心造成的骚扰。

“前几天，小潘告诉我她的灰指甲也治好了。她很开心，她说再也不用为夏天不能穿凉鞋而苦恼了。”

“是啊，治好这种病，对女孩子更重要。真是个特效方法，但愿患者们都知道！大家都会感谢你。”

“应该的。当医生的，为患者解除疾病和痛苦既是一种责任，也是一种快乐。我希望大家都知道和学会这个偏方。”

“希望医生们都会这么想，达到像你一样高的思想境界。”

“我认为正规医院里的医生都会达到这种思想境界。”

“唉，医生的行业越来越难干了，社会不理解，医患关系复杂。我算是半个医生，很同情你们，所以，我主动承担了医学生的医患沟通课程，期望通过我们自身的努力改变现在医疗界冰冷的现状。”

望着安丰教授那认真、执著的面孔，安东医生不忍心在他火热的心肠上浇盆冷水，点点头，敷衍了一句：“医患沟通学还是非常重要的。”

“你真的这么认为吗？”安丰教授的眼睛显露出喜悦，“你愿意不愿意与我一起承担起这个教学项目？”

安东医生一怔，没有立即回答，他相信医患沟通学的教学对医学生是积极的，有用的，但不相信单靠医患沟通会改变现实中医患关系的消极局面和负性元素。他搪塞：“我很愿意做，但是工作忙实在抽不出时间去宁波讲课。”

“不要紧。只要你愿意，我可以安排电视教学。”

看来安丰教授认真了，安东医生不得不答应下来。安丰教授立刻拨通大学电化教研室的电话，把电视教学时间、地点、转播事项全都落实到位。“你可以讲些成功的医患沟通经验，也可以讲些失败的教训。你来自临床一线，可以多讲些精彩的病例。”

“我试试吧。”安东医生想到了多年前的一个病例，“如果你不介意，我先讲给你听听，你看可以不。”

“好哇，正好今天空闲，就算试讲吧。你讲吧。”安丰教授把手机调到录音模式放在桌子上，“我录音，你不介意吧。”

“没关系。我先想一想，从哪里开始说起呢？”

时间倒退了二十年，安东医生回忆着那个已经被遗忘的故事。

第三篇/一箭双雕

多年以后，许多往事早已遗忘，可是一个患者的名字，汪道喧，却一直清晰地刻录在安东医生的脑海里，因为这个名字与一些奇异的事件和难以磨灭的记忆联系在一起。那时，他还在北方一家大学附属医院工作，负责心血管和放射介入专业，因为他是当时医院里唯一的医学博士，所以大家都称他安东博士。

那个故事发生在20世纪90年代中期……

第二十六章　怜悯患者

那是1994年阴雨绵绵的秋冬季节，太阳悄然消失了一个星期，冰凉的西伯利亚北风刮个不停；那是那年北方的最后一场秋雨，撑着雨伞也难挡星星点点的雪花夹杂着冰雹的袭击；那是一个好似扣上黑锅盖的天空，混混沌沌、烟雾弥漫的鬼天气，让人张着嘴巴都透不过气来。

此刻，蹊跷的噩运，正在悄声来临……

下午4点多钟，安东医生在诊室里忙碌了两个多小时，送走了最后一位患者，诊室和走廊里安静下来。他摘下听诊器放在诊桌上，站起来走到窗前，伸个懒腰，漫无目的地望着户外凌乱、空闲的马路。枯黄的树枝随风摆动，树叶散落一地，呼啸的寒风卷起尘土和树叶"啪啪"地拍打着诊室的玻璃窗。此时，透过窗缝钻进来一股寒流，他不禁打了个寒战，下意识地倒退一步。

"大夫，还看病吗？"从门口传来一个低沉、浑厚的男人声音。

安东医生扭头一看，是一位40岁左右的中年男子，中等身高，萎黄的脸廓细长，下颌略尖，两道浓黑的剑眉下面倒挂着一对略显凹陷、炯炯有神的单眼皮小眼睛，头戴一顶蓝色大檐帽子，身着干净整洁的天蓝色工作服，一副技术工人的打扮。

"看病，请进来吧！"安东医生把听诊器重新挂在脖子上，坐在诊桌的后面。

"你是安东博士吧？"

"是我。"

"哦，这么年轻啊，我以为是多老的专家呢。"

"你哪里不舒服？"

“我叫汪道喧，铁西医院内科的杨敬先主任介绍我来找你看病，他说你看病仔细、认真，你们是心血管病医院，介入手术做得好，所以我专程从铁西区过来。”他没有急于说病情，眯着一对纤细的眼睛，微笑着自我介绍道，“博士，太棒了！能找到博士看病太荣幸了。”

“哦，坐下吧。”安东医生没有沾沾自喜，在那个分不清博士和教授哪个更有分量的年代，持这种态度的患者并不少见。其实博士只是一种学位头衔，与看病的好坏没有什么关系。

“我来自铁西区，我是下岗工人。”他继续自我介绍说。

铁西区是这座城市过去几十年引以为骄傲的超大型老工业区，曾经为共和国的建设立下汗马功劳。从高空看下去，一条条横竖分隔的马路像是一个完整的象棋盘，各种类型的国营工厂坐落在各自相对应的空格子里。早年，每天上下班的高峰期，车水马龙的工厂班车、数十万计的自行车和数百万的步行人流，像是自豪、骄傲、有组织的游行队伍，协调有序、拥挤而不堵不乱地从四面八方汇集而来，在忙碌一天后，又从这里有条不紊地散去。

90年代中期，这一繁荣兴旺的景象早已不复存在。钻过铁路桥洞进入铁西区，仿佛进入一个荒漠、萧条、被遗弃的世界。一根根曾经令这个城市自豪的现代化高耸入云的烟囱、一座座高大明亮的厂房和一条条四通八达的铁路，正在被一点点儿地拆除，宽敞辽阔的厂区被一块块的商品房无情地吞噬掉。像舍不得脱下绿军装的退伍老兵们一样，早已下岗还整天套着蓝色工作服的工人们，也只是把它当作一种怀旧或象征。它虽然象征着工人阶级过去的荣誉和骄傲，却也喻示着今日的衰退和贫寒。

安东医生再次问道：“请问你哪里不舒服？”

“我的腿浮肿。”汪道喧撸起裤腿露出两条肿得像大萝卜似的小腿。

“腿痛吗？”

“腿不痛，就是腹胀。”

“多久了？”

“一个月。”

“从前做过什么检查吗？”

“没做过——看过，但没发现什么。我不放心——”他有些支支吾吾。

“从前都生过什么病？”

“多年以前诊断过胃溃疡，住院治疗过。现在有时还会胃痛。”

安东医生撩开他的上衣，看到一个饱满隆起的肚子。“请你躺到诊查床上，我给你做个系统的体格检查。”

汪道喧遵从安东医生的意见躺在诊查床上。安东医生一边做检查一边询问他既往的病史。安东医生发现他的肝脏肿大，边界凸凹不平，边缘锐硬，触痛阳性，脾脏略大。腹腔有腹水，腹壁上可见静脉迂曲，静脉血自下而上流动。安东医生心里有数了，汪道喧的病很严重，有可能是肝硬化并发肝癌，应该到消化内科就诊，做肝脏 B 超、腹部 CT 和各项血液化验。

汪道喧看到安东医生拿出一沓辅助检查申请单，从诊查床上爬起来阻止道：“安东博士，你别急着开检查单，先告诉我，我得的是啥病。”

从他那焦虑、恐慌不安的眼神，安东医生猜测到他之前在其他医院已经做过检查，但是由于不相信检查结果和诊断意见，所以又跑到这里就诊。其实，这种情况并不奇怪，在日常工作中经常能够碰到这样的患者，由于不相信自己得病，四处就医。

安东医生肯定地说：“你的病初步诊断是慢性肝炎、肝硬化、肝功能失代偿、腹水及胃十二指肠溃疡。”

“还有别的病吗？”汪道喧追问道。

安东医生犹豫了一下，毕竟是没有家属陪同的患者，他思考该如何答复。他回避了“肿瘤、癌症”这些特殊的字眼，婉转地说：“高度怀疑肝脏占位性病变，需要进一步做检查。”

在临床工作中，为了避免引起患者不必要恐慌或加重患者的精神负担，“占位性病变”这个词常常被医生们用作替代肿瘤或癌症。

“你也怀疑我患肿瘤吗？”看来汪道喧已经明白了“占位”是什么意思。

安东医生谨慎地强调说：“需要做一些检查才能明确诊断。”

“哦，”汪道喧把手伸进上衣口袋里，犹豫了片刻，从口袋里掏出一沓检查报告单，“你看看，这是我刚做的检查。”

安东医生接过报告单一张一张翻阅，这是汪道喧半个多月前在铁西医院做的肝脏B超报告：肝内实质性占位，直径16cm，边缘不清，诊断考虑肝硬化伴原发性肝癌。

“你从前生过什么病吗？”

“除了胃病，没有其他毛病。”

“得过肝炎吗？比如乙型肝炎？”

汪道喧摇摇头：“我也奇怪，半年前我体检过一次，没发现什么大问题呀。怎么这次检查又是肝硬化又是肝……”他停顿了一下，似乎不愿意说出那个词，“……不会是检查有误吧。”

既然患者已经知道了自己的病情，安东医生就不需要再隐瞒什么了，直截了当地说：“检查有误差的可能性很小，根据你在其他医院所做的检查，你的病已经诊断明确了，应该尽早治疗。”

“现在治疗还有用吗？”

“当然有用。目前还没有发现转移病灶。”

“没有转移为什么我会出现腹水和双下肢浮肿呢？”

“可能是由于肝脏肿瘤过大压迫了附近的大静脉，导致下半身静脉血回流受阻，所以出现腹水和下肢浮肿，医学上称为下腔静脉梗阻。”

“怎么治疗呢？外科手术吗？”

“恐怕暂时不能进行外科手术，但是可以采用介入治疗的方法，栓塞肿瘤血管，再配合局部化疗使肿瘤坏死。”

“哦，杨主任对我说过这种治疗方法。”接着他关切地问道，“如果治疗有效，我还能活多久？”

“乐观地说，如果治疗效果好，寿命可以延长，三年、四年或许五年以上。我们有一个患者治疗效果特别理想，已经活了十多年了。当然，这是很少见的病例。”

“如果不乐观呢？比如治疗无效或者不治疗呢？”

“三个月、半年或者一年。”

“需要花多少钱？”他问到实质问题。

“如果没有医疗保险，每个疗程大约要自付2万元，四至五个疗程大约需要10多万元。”

“天哪！我哪来那么多钱啊！”他把手伸进口袋里，掏出一个灰皮证件递给安东医生，“看来我只有等死了。”

这是一本普通的特困证明书，在当时，凭借这本证明可以每月在街道办事处领取生活救济金。来自铁西区的患者大多口袋里都揣着这种证明。

汪道喧的脸色变得灰暗，嘴角绷得像琴弦一样紧，木讷的眼神直勾勾地盯着窗外，自言自语地说：“算了，不治了。我是个钳工，18岁开始学徒，自学成才，曾经身强体壮，有技术，有手艺，当过行业劳模，多次评过先进。在工厂辉煌时期，我带过几十个徒弟，最多同时带过九个徒弟，我老婆，不，我前妻就是那九个徒弟之一。她小我7岁，非常漂亮……”说到这里，他有些激动，眼圈红润，停顿片刻后继续说，“安东博士，既然不找你看病了，我就改个称呼叫你老弟吧。唉，哥哥我活得很失败呀。五年前下岗，生活陷入贫困危机，加上我脾气暴躁，性情变异，吸烟酗酒。三年前，我前妻不堪忍辱，领着10岁的儿子与我的大徒弟汪海洋私奔了。办理离婚后，我闲置在家里无所事事，感觉被社会抛弃了，我开始自暴自弃，以酒为伴，因为酗酒过度呕血三次，险些丧命。唉，生命啊，就是一台戏，该结束了。”他站起来，收起桌子上的检查报告单和特困证明，无奈地摆摆手，“如果真的还有三个月好活，我还有些私事要抓紧处理。谢谢你，安东老弟，我走了。”

“等等，你是特困户，或许可以享受政府特殊的惠民政策，减免或减少医疗费用。我现在就帮你问问我们医院的医保办。”

汪道喧的眼睛猛然闪亮：“真有这种惠民政策吗？看来我有救了！”

汪道喧虽然是个工人，学历不高，文化不多，但从他的眼神和表情足可以看出来，他属于那种天生机灵、心灵手巧的人。安东医生立刻给医院的医保办拨了电话。医保办任主任告诉安东医生，特困户可以减免大约全额费用的80%。

当安东医生告诉汪道喧这个标准后，他眼珠子转动了一圈，皱着眉头失望地说：“你刚才说每个疗程要2万块钱，特困户减免80%，我算计了一下，自己还是要交4000元。恐怕我还是交不起，还是先回去筹筹钱吧。”

既然如此，安东医生也无能为力，无奈地对他说："看病总是要花钱的，除非你到慈善医院去看病。"

"慈善医院在哪里？"

"中国现在恐怕还没有慈善医院呢！也许正在筹建中。"

"哈哈，等慈善医院建好了，我早就见阎王了。"他转身向门外走去。

安东医生在他身后追问道："汪道喧，你难道没有兄弟姊妹吗？"

他转过身回答："有个哥哥和妹妹。妹妹也下岗了，比我还穷，我是一人吃饱全家不饿，他们还要养家糊口。我有个哥哥，大我六岁，就在你们医院附近的广州菜市场里卖馒头，他尽了自己最大能力借给我3000块钱让我来你们医院看病。唉，我曾经做过一件对不起我哥哥的事情，心里一直感觉愧疚……我不忍心再向他借钱。我的前妻虽然背叛了我，据说她现在的日子过得也并不如意，照样一贫如洗，整天因为钱的事情吵吵闹闹，可惜，世界上没有后悔药！汪海洋这个人也比我好不到哪里，吃喝嫖赌样样齐全，穷得叮当乱响，还在外面养女人。"

面对这个素不相识的患者，安东医生内心产生强烈的同情和怜悯。救人是医生的职责，如果没有办法医治，那只好听天由命了，可是，如果有办法医治但因为没钱而放弃，无论对患者还是对医生，都是一种心灵上的摧残。

从实习医生到专家，安东医生曾见过无数个濒临死亡的患者，无数次被这种无助的表情和乞求活命的眼神打动，这是他非常熟悉的一种医患内心交流的情感和感受，患者把所有的希望都寄托在医生的身上。"这样吧，你先交3000元住院费，我动员同事们帮你募捐1000元。你今天住院，明天就能治疗了。"

"太谢谢你啦！"汪道喧干瘪的眼睛湿润了。

第二十七章　意外

放射介入科共有六个医护人员，三个医生、一个技师、一个护士长、一个护士，每台手术都需要这六个人娴熟地协作才能顺利完成，这就是团队。三个医生学历都不高，但属于实干型人才，个个称得上胆大心细、心灵手巧、经验丰富的放射介入高手。放射介入科没有病房，住院的患者都交给内科病房托管。

在这个快乐的团队里，负责人是个中年女性，姓侯，性格特点鲜明，为人正直爽快、火热心肠、工作麻利，只是正值更年期，有点儿急性子、猴脾气、喜怒无常；另一位女医生姓牛，务实好学、踏实肯干，但有着牛一般的慢性子、倔脾气；一位中年男医生姓杨，平时性情比绵羊还随和温顺，举止仪表温文尔雅，但是，固执起来能钻进羊角尖；有一位技师姓熊，知识渊博、思维敏捷、与世无争，只要有书有报纸，闷熊三天可以不说话；导管室的护士长姓鲍，性格开朗阳光，工作热情，腿勤、手勤、嘴巴勤，喜爱助人为乐；唯一的一位护士老胡，为人真诚、工作认真、精力充沛，闲余时间坐在导管室里东家长西家短聊个没完，老虎也有打盹时，可是这位老胡精力充沛，整天叽叽喳喳说个不停。医院同事们戏称搭个舞台，介入科可以演出一台快乐的马戏。

第二天，在全科医护人员通力配合下，牛大夫和杨大夫为汪道暄做了超选择肿瘤血管栓塞术。这是一种不开刀的微创手术，医生在X线透视下把一根又细又软的微导管送入肿瘤的滋养血管里，然后通过微导管注入微量的栓塞剂和化疗药物，把肿瘤的血管栓塞住，使肿瘤缺血坏死。手术十分顺利，术中没有任何不良反应，效果很理想。虽然患者是第一次介入治疗，但是从血管造影上看，至少99%的肿瘤供血动脉被栓塞住了。

当安东医生术后第二天把这个喜讯转告汪道喧时，本以为会喜笑颜开的他却变得愁眉不展，眉毛与眼睛几乎拧成一团，问道："为什么不 100% 地栓塞掉肿瘤的血管呢？"

"不可能，根本做不到。有的肿瘤供血动脉很隐蔽，几乎发现不了，因此，需要多次介入治疗。"安东医生把一个信封放到他的枕边，"这是我们科同事为你捐助的钱，1000 元已经存入你的住院押金，剩下的 800 元都放在这个信封里，留着你出院后补充营养吧。"

"不，我不需要了。看不起病那是政府和医院的事，我不想麻烦你们，谢谢你和你的同事。"他把信封塞回到安东医生的手里，坚决地拒绝了安东医生的好意。

汪道喧的床头桌上放着两个干瘪的馒头、一碟咸菜和一碗像水一般的米汤。安东医生劝诫他："介入治疗后，肿瘤将陆续坏死，不再吸取你身体里的养分，你要抓紧机会加强营养，增强体力，准备迎接下一次介入治疗的挑战。"

"唉，下次介入治疗？哪有钱呢！"汪道喧眨巴着眼睛，用祈盼的目光望着他，似乎在问：你还有什么好办法吗？

特困户可以得到优惠和减免部分医药费用，可是想一分钱不花就看病，那是不大可能。别说安东医生只是个医生，就是院长也没有这个权力。医护人员每月赚的一脚踢不倒的三吊钱，谁能无休止地为他捐助呢！

90 年代中期，公立医院刚刚"断奶"不久，医疗被推向市场，医院一时陷入体制不清、市场混乱、生存危机、发展滞缓。"在市场里寻找出路，在市场里寻找效益，在市场里寻找发展"这种时髦的经济体制改革口号被堂而皇之地用在医疗行业。若干年后，医疗市场的目的达到了，各类社会矛盾也日趋尖锐，医疗行业内部滋生出无休止、无序的恶性竞争，小医院纷纷倒闭，大医院则恶性膨胀，甚至达到医疗市场垄断的状况。医生虽然没有像小商小贩那样赤裸裸地利用市场赚钱，但是救死扶伤早已不是他们服务的唯一目的，不收费哪来的工资，更别提奖金了。治病救人这块金字牌坊掩饰不住白衣人的伤悲。建国后已经实践多年的最大社会福利，免费医疗，忽然像梦一样地消失了。企业甩下包袱轻装前进，医疗行业为社会的发展付出了巨大代价，做出了牺牲。

安东医生默默地把信封重新塞进汪道喧的枕头下，转身走了。

术后第三天，汪道喧高热，伴有上腹疼痛，恶心呕吐，给予胃制酸药和解痉药未见好转。按道理说，术后发热是介入治疗后肿瘤坏死引发的正常反应，恶心呕吐这些症状属于化疗药物反应，三四天内就会缓解，一周后基本消失。内科病房主任，一位名叫锦春的中年女专家看到汪道喧腹痛明显，担心他出现胃穿孔，出于慎重考虑，急请外科医生会诊。年轻的外科会诊医生李晓义对介入治疗术后的这种胃肠道反应认识不足，也怀疑他出现胃穿孔并发腹膜炎，提出转外科观察，必要时急诊手术探查。可能由于病情解释不当，立即引起患者家属不必要的误解和争吵。

当安东医生赶到医院时，汪道喧已经从内科转到外科，他与放射介入科的侯大夫和牛大夫立即来到外科病房。

“安东博士，我哥哥怎么突然胃穿孔了呢？是不是你们的导管把他的胃给捅破了？”一个三十七八岁的妇女，满脸横肉，瞪着三角眼摆出吵架的姿势，在外科病房门前拦住安东医生，口无遮拦、蛮横无理地叫喊着，“告诉你，我哥哥可是专门找你看病的，如果他出了什么问题你可要负责！”

“你是谁？”牛大夫不愧女中豪杰，毫无畏惧地站在安东医生前面拦住妇女。

“我是汪道喧的妹妹。你别拦我，我要跟安东博士谈谈。”汪道喧的妹妹用力推搡牛大夫，牛大夫个头儿不高但身宽体壮，站在她面前像一堵墙似的，纹丝不动。

有女医生保镖还怕啥！安东医生镇静地说：“你哥哥是不是胃穿孔，我要先检查一下再说。但是，我可以明确告诉你，导管非常柔软，不可能把胃捅穿孔！你的猜测没有任何道理！至于负责，所有我看过的患者，我都会对他们认真负责。”

一个矮胖的厨师打扮的中年男子走过来，拉了汪道喧的妹妹胳膊一下，说：“妹子，别吵，让安东博士先进病房看看道喧。”接着，他扭头对安东说，“安东博士，看到我弟弟病情突然加重，我妹妹说话有点儿急躁，你别介意。你先进去看看患者吧。”

不用介绍，一看相貌就知道他是汪道喧的哥哥，是个看起来有点儿修养和文化的人。安东医生听汪道喧说过，他哥哥在医院旁边的广州菜市场里卖馒头。

汪道喧平卧在病床上，双手捂着上腹不停地呻吟着：“哎哟，肚子痛死了。安东博士，他们都说是导管把我的胃捅破了。我宁肯死也坚决不做开腹探查手术。”

“不可能。”

安东医生和侯大夫在外科李大夫陪同下仔细检查了他的腹部，上腹部有些压痛，但腹部柔软，没有胃穿孔那种腹肌紧张、反跳痛和移动性浊音的体征。

侯大夫绷着脸说：“我虽然不是外科医生，但我敢肯定这个患者目前没有胃穿孔，可能是胃十二指肠溃疡复发了。”

“你根据什么怀疑胃穿孔呢？”安东医生迷惑不解地望着李大夫，心里有点儿不满，本来就不是胃穿孔，为什么这么大惊小怪弄得人心惶惶。

李大夫脸色有些涨红，诧异说：“刚才在内科会诊时感觉是胃穿孔，怎么现在看来又不像了呢？对不起。”

李晓义，30岁出头，是个才华横溢、优秀的外科医生，急腹症的诊断是外科最基本的技能，他不应该犯这种低级错误呀。马失蹄、人出错，在所难免，或许他是好意，怕患者万一出现意外。

安东医生对汪道喧说：“别紧张。目前你的胃没有发生穿孔，还是你的老毛病，胃十二指肠溃疡复发了。放心吧，药物治疗几天后就会好转的。”

汪道喧似信非信地说：“安东博士，你来了我就放心了。可是我有一个疑问，为什么给我留了1%呢？”

安东医生明白，他是指肿瘤血管栓塞了99%，剩下1%的血管没拴住。安东医生耐心地解释：“这个问题我已经回答你几次了。医学技术有限，任何一项手术或治疗，它的疗效或安全性都不可能达到100%。”

侯大夫不满地说：“你为什么会得这种病？如果这个问题能够回答清楚，世界上的癌症患者都有救了，我们可以申请诺贝尔医学奖了。”

汪道喧叹了口气："既然如此，还治疗它干什么！花钱遭罪！"

安东医生安慰他："道喧，你放心，我们一定全力为你治疗。"汪道喧翻个身，面向墙壁不再言语了。

侯大夫问安东医生："患者转回内科吗？"

"留在外科观察一天也好，明天再转回到内科病房吧。"安东医生扭头对身边的李晓义大夫说，"李大夫，假如……"可是他发现，李晓义大夫不知什么时间离开了病房。

在医护人员的精心治疗呵护下，汪道喧的病情迅速好转，下肢浮肿完全消退了，腹水全部吸收了，没有腹痛和恶心呕吐，饮食恢复正常，一顿饭能吃两个馒头，体重也增加了几斤，脸上还飘逸着红润，像个健康人似的在病房走廊里行走自如。

术后的肝脏B超检查，肿瘤直径缩小到4cm，真是意外的效果。侯大夫和牛大夫为汪道喧制定了下一步治疗方案：出院回家休息，一个月后再住院做第二次介入治疗。

安东医生和医保办同事来到汪道喧所住的街道办事处，例行调查了他的家庭状况，打算帮助他申请特困医疗救济。他确实是下岗工人，属于生活在贫困线以下的人。汪道喧的哥哥带着安东医生一行人来到汪道喧家里现场查看。他的住房是一间不带煤气、不带暖气、不带卫生间的破旧平房，窗户的玻璃残缺不齐，家里没有像样的家具和值钱的电器，一张木桌上摆放着一台9寸的黑白电视机，完全符合特困家庭。

安东医生向他哥哥要了两张汪道喧的两寸照片，填写了申请医疗救济表格。医院领导看到调查报告后，决定帮助汪道喧申请免费治疗，但是，因为没有成功的先例，要求暂时不对患者本人和家属讲。安东医生把特困医疗救济表交到区医保办，区医保办的办事员验收申请单后认为符合条件，但获批需要时间。

安东医生决定让汪道喧先出院，一个月后再住院，免费治疗。

然而，事与愿违，汪道喧拒绝了他们的好意。

第二十八章　噩运逼临

汪道喧拒绝了侯大夫为他制定的治疗方案，术后第三周仍迟迟不肯出院，4000元住院费早已花光，还欠了很多费用。侯大夫几次找安东医生，让他到病房劝劝患者，因为她看出来汪道喧比较尊重安东医生。

安东医生问侯大夫："他为什么不肯出院?"

"他这些天很抑郁，闷闷不乐。他说外科李晓义大夫对他说介入治疗时导管把他的胃捅破了，他一定要把这件事情弄个水落石出。"

"李晓义大夫绝不会这么说。"

"我也认为李大夫不会这么说，但是，会诊那天，李大夫确实当着锦主任和患者的面说过这样的话。"

安东医生满腹疑惑，李大夫为什么要这么说呢?这根本不是事实。他是医生，他不会不懂这个道理，导管是在动脉血管里，并不是在胃里，导管如果捅破血管，用不了几分钟患者就因大出血没命了。再说，像他这么优秀的外科医生不会连是不是急腹症都判断不出来吧。

"听锦主任的意思，李大夫似乎对放射介入治疗技术不满，他认为你是医院引进的人才，张院长太器重你了，你既管心脏介入又管外周介入，特别是外周介入抢了普外科的患者。"

"不会吧。别乱猜疑。"

"安东博士，你总夸李大夫优秀，你瞧，他的情商有多高!心胸竟如此宽阔!"侯大夫显然对李大夫不满。

原来是内部出了问题!不管怎么说，先向患者和家属解释清楚，解除误会，至于内部的问题，以后再沟通。

安东医生满怀信心地来到汪道喧的病房与他沟通，耐心地讲解他的病情、治疗效果和下一步治疗方案，希望打消他的误解，解除他的抑郁。可是，他一句话顶得安东医生哑口无言。“安东博士，我不怕死，就怕遭罪。你别再劝我出院了，你再劝我出院，我就从这扇窗户跳下去。”

看到他那直勾勾的倔强的眼神，安东医生让步了。算了，愿意住就继续住吧。如果特困免费医疗申请能够批下来，正好下周做第二次介入治疗。

一周后的一个下午，安东医生在院外开会时接到医保办任尹主任的电话，她说汪道喧的免费医疗申请很快就能批下来了。听到这个消息安东医生很高兴，打算回单位后立即安排汪道喧下周做第二次介入治疗。

第二天早晨刚上班，安东医生在放射线科的走廊里看见锦主任和外科李晓义大夫推着一辆担架车，急匆匆地向他这边走来。车上的患者蜷曲着身体侧卧着。“锦主任，什么重患者？”话音刚落，他吃惊地发现汪道喧的哥哥和妹妹跟在担架车的后面，表情沉痛、严肃。那种凝重的表情绝对是装不出来的，一定是出什么事了。安东医生惊讶地问：“汪道喧怎么了？”

“一小时前，他突然出现剧烈腹痛、呕吐、大呕血，血压下降。经过紧急补液和抗休克治疗，现在血压稳定了。外科的意见马上拍个腹部平片，排除胃穿孔的可能。”

又是胃穿孔！就不会有其他原因吗？

汪道喧半侧身躺在担架车上，看见安东医生走过来，他无力地抬起头，眼角挂着泪水，握着安东的手，说：“安东博士，我要不行了，这回真是胃穿孔，我感觉到元气丧尽。我也不想走，可是没办法——没钱医治，你们就让我平静地走吧。”汪道喧半睁着一对暗淡无光的小眼睛，可怜巴巴地望着安东，“我的儿子还小，这是我唯一的牵挂。唉，求你啦，安东兄弟！”

“别着急，如果真是胃穿孔，我们有办法治疗，没钱也会救你。”安东医生注意到他的牙齿和口腔里有鲜红色的血迹，“下周，你的免费医疗补助就批下来了……”当汪道喧听到这个消息时，他惊喜地张开嘴巴说：“真的？快救我——”突然，汪道喧又呕吐起来，鲜红的血液喷射在安东的白大衣上。他张开嘴巴还想说什么……

“别说话了，快走。”李大夫迅速把汪道喧推进放射线科的拍片室。此时，汪道喧已经瘫倒在担架车上，奄奄一息。

胃里的血吐出来后，他的腹痛很快缓解了一些，做CT期间也没有继续呕血。外科李晓义大夫看过腹部CT片后认为患者没有胃穿孔，只是上消化道大出血、失血性休克，建议内科保守治疗。

拍完腹部X片和CT后，安东医生护送汪道喧回到内科病房。安东医生把听诊器放在汪道喧的胸壁上，他的心音像急速奔腾的马蹄声，心脏每分钟跳动140次，两肺下部布满湿啰音。这不是心力衰竭的体征吗？他怎么会出现急性左心衰呢？他的心脏没毛病，血压已经平稳了，不可能发生心衰呀。他的病情已经在好转中，怎么会突然出现胃出血呢？为什么胃里的东西吐出来病情反而缓解了呢？

看着自己白大衣上鲜红的血迹，安东医生开始疑惑：难道是中毒吗？他特别观察了患者的瞳孔。假如是有机磷中毒，瞳孔会明显缩小，甚至像针孔大小。但是，汪道喧的瞳孔，两侧等大，虽然直径略小些，但似乎说明不了什么问题。

安东医生注意到汪道喧枕头旁边放着一个黑色笔记本和一支钢笔，难道他还写日记吗？安东医生不放心，悄悄对锦主任说：“了解一下他早晨都吃什么东西了。”

锦主任中年发福，脾气温和，对人和蔼，工作任劳任怨，放射介入科的医生愿意把介入后的患者放在她的病房里托管。她反问安东医生：“你怀疑他服毒吗？不可能吧。我详细问过他的哥哥和妹妹，他俩今天早晨一直在护理他。他昨晚病情平稳，今天早晨吃了一点儿在病号食堂预订的早餐，没吃其他东西。”

下午，按照心衰进行强心、利尿治疗后，汪道喧的心衰症状迅速缓解，生命体征恢复正常。安东医生不再怀疑他服毒，真要是中毒的话，抗心衰治疗也不会奏效。但是，汪道喧的急性心衰来得蹊跷，安东医生心里有一种说不出的感觉，担心患者还会发生意外。他对护士长说：“今晚要密切观察病情，加强护理。”

护士长说：“嗯，今晚我安排一个特护。”

锦主任说："心衰纠正了，只要胃不再出血，不会再有什么问题。安东医生放心吧，你该下班回家休息了。"

在医院门诊大厅门口，安东医生迎面碰见汪道喧的哥哥和一个陌生的中年男子走过来，手里提着一个饭盒和两个带红点的馒头。

"你是给汪道喧送晚饭吗？"安东医生问道。他注意到那个陌生男子手里提着两盒鲜牛奶。

"嗯，下午看到他转危为安，我回家给他做了点儿晚饭拿来。他想喝牛奶、吃馒头。所以我带来两个馒头，他买了两盒鲜奶。"汪道喧的哥哥指着陌生男子手里拎着的鲜奶说道。

"他胃出血刚停止，现在还不能进食，更不能喝牛奶。"安东医生劝阻说，"另外，你们要鼓励他，帮助他树立战胜疾病的信心。我们正在帮助他争取免费医疗政策。"

"哦？真的？免费医疗！唉，我再劝劝他吧。我弟弟太坚强了！安东博士，你难以想象我弟弟有多么坚强啊——坚强得让人感动——唉——有机会你看看他的日记吧。"汪道喧的哥哥无可奈何地摇摇头走了。

汪道喧的哥哥的眼神有点儿古怪，游离不定，似乎带着伤感、胆怯、疑虑和无奈，嘴里想说的话，吞吞吐吐说不出口。安东医生当时只顾与汪道喧的哥哥说话，没注意那个陌生男子的相貌。

回家的路上，安东反复思考着汪道喧的哥哥刚才说的话，他为什么让我看看汪道喧的日记呢？日记里有什么？他反复强调他弟弟坚强，似乎在向我暗示着什么，难道……安东医生不敢相信会发生那种事情，可是他有一种噩运缠身的感觉，他的潜意识在担心……

第二十九章　蹊跷的死亡

安东医生第二天一上班就听到一个爆炸性消息，汪道喧半夜里死了。他马上来到内科病房了解情况。当晚的值班护士告诉安东医生，大约凌晨2点15分时，汪道喧的妹妹跑到护士站呼喊她："护士，快来，我哥哥不行了！"护士急忙跑到病房，看见汪道喧身体半靠在床头，一手握着钢笔，一手拿着一个黑皮笔记本，脸色灰白，口唇青紫，张着大口费力地喘气，他的肺似乎只有出气没有进气，鼻子里不停地喷出红色泡沫，嘴巴动了几下，说不出话。心电监护显示他的心跳每分钟有160次，血压量不到。护士立即跑去呼唤值班医生，等到她返回病房时发现汪道喧心跳、呼吸已经停止，平卧在床上，他的妹妹趴在他的床头号啕大哭。

值班医生是张雅红，她说："事件发生得非常突然，紧急，根本来不及抢救。"

安东医生问她："你感觉他呼吸、心跳骤停是什么原因？"

"心脏按压时气道里有大量血性泡沫溢出，眼睑结膜充血水肿，恐怕是急性左心衰。"

"他吃什么东西了吗？"

"不知道。"

"他心脏骤停之前出现恶心、呕吐没有？"

"护士说吐了一些牛奶。"

"身体皮肤青紫吗？"

"没有。"

"瞳孔是否变小？"

"等我到场时心脏骤停，瞳孔已经散大了。"

“你怎么向家属告知病情的？”

“抢救时，只有他妹妹在场，后来他哥哥也来了，接着一个姓汪的大徒弟也到场了。我告知他们患者因为突发严重的肺水肿、急性左心衰而猝死。他们没说什么，默默地帮助死者穿好衣裳，协助看太平间的老周把尸体拉走了。”

“那个笔记本呢？”

“患者的物品家属全拿回去了。”

如果事情到此为止，安东医生会相信汪道喧死于急性左心衰，因为肿瘤晚期发生猝死很正常；他也不会有噩运缠身的感觉，因为在医院里，各种不明原因的医患纠纷时有发生，毫不奇怪。可是偏偏这件事情并没有结束……

下午，医务处处长老千打电话让安东医生立即到医务处会议室去。安东医生猜测一定是汪道喧的家属去医院投诉了。还没走到会议室，走廊的另一端就传来激烈的争吵声、野蛮的叫骂声、震天动地的哭喊声和拍桌子、砸椅子的嘈杂声音。

医务处会议室的大门敞开着，里面足足挤了五六十人，老千被围在一个角落里，放射介入科侯大夫、牛大夫和杨大夫紧挨在他身旁。老千处长外科医生出身，身材魁梧，黑长脸，仪表威严，久经锻炼的他，不愧见多识广，昂头挺胸、面无惧色地听着四周七嘴八舌、杂乱无章的声讨，而侯大夫、牛大夫和杨大夫则面色苍白低头坐在角落里，声不敢出，气不敢喘，任凭他人的谩骂和数落。

看见安东医生出现在会议室的门口，老千招呼他：“安东博士，到我这儿来。”

安东医生的四周呼啦一声围上来十几个工人打扮的男人，有人抓住他的胳膊，有人在扯他的衣领，还有人用鞋尖暗地里踢他的小腿。他们想给安东医生来个下马威。“你们还想打人吗？”安东医生被激怒了，狂吼一声。

“打你怎么了！”安东医生的肩背部“嘭嘭”重重地挨了两拳。

“住手！”这时，一个三十七八岁、四方脸膛、浓眉大眼、身材高大魁梧的陌生男子大喝一声，拨开众人走到安东医生面前，“弟兄们，师傅生前有话，这位安东博士是师傅的朋友。我们虽然野蛮鲁莽，但对师傅的朋友不能无理。安东博士，你就坐在我身边，放心吧，有我在他们绝不会再刁难你。”

“你是谁？”安东感觉他有点儿面熟，似乎见过，但想不起来在哪里见过，问道。

“我昨晚在门诊大厅见过你。”

“哦，你是那个送牛奶的人。”

“我姓汪，是汪道喧的大徒弟。这屋子里的人几乎都是他的徒弟。”接着，他指着旁边一位中年女性和一个十几岁的男孩说，“这对母子是我师傅的前妻和儿子。”

汪道喧的前妻用敌视的目光与安东医生对视一下，然后把头转向另一侧。这个女人早已过了用漂亮来评价容貌的年龄，但是，贫穷、素装、生活的磨难，甚至连愤怒的目光和嘴巴，都难以掩盖她少妇的风韵和魅力。她的容貌犹如寒风中的茉莉花，绚丽而不娇柔，飘香而不细嫩，丰润而不惊艳。她憔悴的面孔不时流露出一种能勾起男人怜悯的无助；她曲线分明的眼角不时闪烁着一颗说不清是兴奋还是伤感的泪滴；她高耸起伏的前胸不时发出一种人们在庆幸、遗憾和挫折时都可能会吐露出的叹息声。汪道喧的儿子坐在她的身旁，纤细的双手紧捧着父亲的遗像，双眼静静地发呆。

“哦，你就是汪海洋吧。”

“你怎么知道我的名字？”

安东医生忽然想起汪道喧第一次看病时曾经提到过他，便不自觉脱口说：“这位女士应该是你的妻子吧。”

“管你屁事！”汪道喧的前妻狠狠地瞪了安东医生一眼。

“这事你也知道？”汪海洋脸色惨白，显露着惊讶、尴尬和窘迫不安。

“你师傅对我说过。”

“我过去对不起师傅，所以今天一定要完成师傅的嘱托，为他讨个公道。”他“噌”地跳起来，原本端正和稳重的面孔突然变得扭曲，恼羞成怒地“啪啪”连续用力拍打着桌子，声嘶力竭吼道，“老千，今天你们医院不赔100万，你别想下班回家。我们哥们儿都是下岗的，正好没处吃饭，活不下去了！”

“好好的一个人，走着进来的，躺着出去了，呜呜！”忽然，汪道喧的前妻号啕大哭起来。

“为什么手术后第二天你们给我师傅送去800块钱？没做亏心事你们干吗要送钱？”

听到这句话，安东医生心里冰凉，有点儿哭笑不得！

“你们介入治疗把我爸爸胃捅破了，这是责任事故。”连汪道喧的儿子都开口叫喊起来。

“你们这是杀人！”

“对，老千，要么你答应赔钱，要么我们今后天天到你家吃饭。”

“来吧，我老千虽然不富，粗茶淡饭供得起。”

“想得美！我们今后就吃住在你们医院里。”

“你们太猖狂了吧！”安东医生实在气愤不过，拍案而起。

“安东博士，你坐下！我们今天是冲医院来的，与你没关系。你不要说话！”两个男子按住安东医生的肩膀把他固定在椅子上。安东医生环视四周，没发现汪道喧的哥哥和妹妹的身影，奇怪，平时经常与医生沟通，最熟悉病情的人都躲起来了，一群不了解病情诊治过程的陌生面孔却群情激愤，争吵不休。在患者还活着最需要你们的时候，你们都在哪里呢？安东沙哑的声音被此起彼伏的声浪吞没——

医闹的四板斧：哭情、吵闹、恐吓、干扰，已经开始了。

哭泣、叫骂、无理的要求和无休止的吵闹一直延续到后半夜，精疲力竭的徒弟们看到再闹下去也是徒劳一场，不得不找个台阶散去。

汪海洋与他老婆低声商量一阵后，说：“老千，给你们医院三天时间，讨论后给我们个说法。”

老千爽快地答应：“没问题。”

“撤！”汪海洋一声令下，群徒七扭八歪地离开了会议室，“兄弟们喝酒去，我请客，老地方。”

离开会议室，安东医生向医院后门走去，他的座驾停在医院的后院，是一辆说不清是三手还是四手的黑色的苏制拉达。汪海洋在医院后大门的黑暗处突然冒出来，从后面追上来，说："安东博士，我师傅生前告诫我要善待你，说你是个仗义之人。"

"既然如此，为何还闹？"

"我们有理呀！人给治死了当然要闹了。"

"你知道他得的是什么病吗？"

汪海洋一怔，想想说："是胃病吧。"

"胡说！他是肝癌晚期。"

"你别哄我了，我懂，医院现在有钱，死了人，闹闹就能赔钱。闹你一天，少赚的钱要比赔的钱不知多几倍。既然你是我师傅的朋友，我想问一下，我们要求赔多少钱你们医院能答应。"

"赔钱？凭什么赔钱？"

"我师傅不是被你们用导管把胃捅破而死的吗？"

"根本不存在的事。明天你到导管室里我给你看看导管有多软，你要是用导管把一张纸捅破，算我输了，我个人赔你钱。"

"安东兄弟，实话对你说吧，你们内部有人告诉我们，我师傅的胃是被导管捅穿孔的。"

"哪个人说的？"

"嘿嘿，这可不能告诉你。我师傅临终前也是这样对我说的。"

"既然这样，那就尸体解剖吧，如果尸体解剖真有胃穿孔，我们认赔。"

"如果需要的话，可以。不过，我可以告诉你，你们医院那个老千真不是个东西，总想'抽老千'。"

"抽老千？啥意思？"

"我们一提赔偿的事，他就说：'如果医生把胃捅破了导致患者死亡，医院肯定要赔钱，但是，赔多赔少都是医院的钱，和我有什么关系？'你说他的意思是不是想'抽老千'？"

"我觉得他说的没错呀。该赔就赔，都是医院的钱，又不是他自己掏腰包。他的意思是你们跟他吵架没用，关键是该不该赔！"

“我理解的是他暗示我们，假如医院多赔些，他要得到些好处。这不就是‘抽老千’吗！”

老千从医院后墙外的车棚里推着自行车出来，看到安东和汪道喧的大徒弟站在后大门旁说话，喊了一嗓子：“安东博士，你还不回家！”

“这就走！”安东医生趁机脱身。汪海洋似乎还想说些什么，安东医生没有理睬他，拐个弯钻进拉达车里。

第二天，医院在医务科会议室召开病例讨论会，一位姓刘的资深脑外科专家，副院长主持会议，老千、安东医生、普外科浦主任、内科锦主任，还有放射介入科侯大夫、牛大夫和杨大夫参加了讨论。锦主任认为患者死于晚期肿瘤心脏转移，死因是急性循环衰竭；普外科浦主任坚持认为患者可能有胃溃疡合并不全性穿孔，可能与化疗药刺激有关，但与导管无关；放射介入科认为手术本身没有任何纰漏，诊治过程科学、严谨、规范，符合流程。

安东医生一直没发言，他心里在想，汪道喧死因十分蹊跷，用疾病无法解释，是否会有其他原因，可是他没有证据。

老千见安东没发言，面色不悦，黑着脸说：“有的人‘吃里爬外’，与患者家属称兄道弟，有损医院的利益。”

安东医生愣了一下，半天才反应过来老千是在说他。他气愤地质问：“千处长，谁‘吃里爬外’？谁损害医院利益？请你说清楚。”

“昨晚，汪道喧的大徒弟是不是与你称兄道弟？”

“没错，嘴长在他的脸上，他愿意称呼我什么是他的权利，我并没称呼他什么啊。”

“我问你，他是不是问过你向医院索赔多少钱合适？”

安东医生明白了，昨晚他与汪海洋的对话，老千在隔壁的自行车棚里全听到了，难怪他产生误解。

“他是问过我，想从我这里套出医院的处理意见，但是，遭到我的训斥。不过，我倒是听他说，你总在暗示他，想‘抽老千’。”安东毫不客气地反击。

“我要‘抽老千’？笑话！这种钱好拿呀！我宁肯收红包也不会收这种

缺德的钱。实话告诉你，我就是有这个心也没这个胆，有些纠纷家属获得医院赔偿后送包香烟给我，我都不敢收。”

老道的刘副院长笑眯眯地调和道：“好了，你们不要吵了，不要胡乱猜疑。自己家人要团结，相互信任。安东博士，说说你的意见吧。”

“我的意见是患者住院期间诊断明确，治疗没有任何问题，死因蹊跷，强烈建议尸体解剖和医疗鉴定。”

“你以为患者家属真会同意尸体解剖吗？如果尸体解剖发现死者真有胃穿孔怎么解释？这种老胃溃疡病患者很有可能会合并不全性胃穿孔。”老千不大信任地看着安东，仍怀疑安东“吃里爬外”，“刘副院长，我觉得尸检不妥，万一尸检发现与我们诊断不符的疾病或死因，会节外生枝，难以解释。”

安东医生郑重表示：尸体解剖的目的是查明死因。即使尸体解剖发现患者生前有不全性胃穿孔，也并非坏事。一、通过尸体解剖可以查明胃穿孔的原因；二、能证明它与患者的死因无关；三、了解患者真正的死因。

刘院长说：“对，安东博士说得有道理。这也是医院的意见，明天就这么反馈给患者家属。”

“我保留意见。”老千黑着面孔说。

汪道喧的家属能同意尸体解剖吗？安东心里没底。说心里话，他高度怀疑汪道喧是服毒自杀。如果他们拒绝尸体解剖，他想亲自到太平间里从尸体上取证，最简单的办法是通过胃管吸出胃里的食物。但是，这个念头只是一闪而过，很快被他否决掉了。

第三十章　死因之谜

出乎意料，汪道喧的家属当天就爽快地同意了尸体解剖，而且在第二天按时到医院太平间把尸体搬上车，护送到医科大学法医病理的尸体解剖室。老千对这种处理方法持保留意见，所以他没有亲自参加尸体解剖，刘副院长委托安东医生全权代表医院参加。

法医解剖室的张建国教授接待了医患双方，正式宣布了法医解剖尸体的程序和规定，并安排双方签署法律文件。安东代表医院签署了尸体解剖申请书，在尸体解剖申请理由一栏里写着：患者死因蹊跷，无法用疾病解释，不排除自杀或他杀；在尸体解剖内容一栏里写着：明确疾病诊断与死因，胃里残留食物，血液的各项生物、化学、毒理检查（强酸、强碱、农药、杀鼠药）。

张建国教授走过来看看安东填写的申请表，说："申请理由不能有自杀或他杀，如果怀疑自杀或他杀，应该由公安机关法医处理。"

"你怀疑我师傅喝农药自杀吗？笑话！我师傅这么乐观坚强的人怎么会自杀呢！"汪海洋不知什么时候站在安东医生的身后，"如果病理尸检证明不是自杀，你敢承担法律责任吗？"

安东毫不犹豫回答："当然敢！"

汪道喧的妹妹坐在另一张办公桌旁边，斗志昂扬地摆出一副决战的姿态，手握钢笔正准备填写另一张表格，听到安东医生和汪海洋的对话，吃惊地看着安东医生，然后看看她大哥。安东医生注意到汪道喧的大哥的眼神闪动一下，似乎迸出一个"撤"字。汪道喧的妹妹随即把桌子上的表格揉成一团扔进旁边的纸篓里，高声叫喊："我们不同意尸体解剖，把人拉回去。全体撤退，回医院！"他们的突然反悔，印证了安东之前的怀疑，他更加坚信他们心里有鬼。

从医科大学回来，安东医生没有直接回医院上班，他来到医院旁边的那条马路农贸市场。上午十点多，灰蒙蒙的天空飘落着雪花，市场里仍然熙熙攘攘。老千一连给安东医生打了十几个电话，他都没接。老千这家伙不知道从哪里听说他正在逛农贸市场，最后发来一条短信：这边都火上房了，你还有心逛农贸市场，赶快回来收拾乱摊子！

安东医生没有理睬老千的短信，继续沿着马路市场走下去。路边一个卖驱虫药的招牌吸引了他的注意力，他站在摊床旁边看着一袋袋五花八门的驱虫药，随口问道："老板，哪种药物好用？"

"这要看你想干什么用。"

安东医生抬头看看卖货的老板，三十几岁，矮胖胖的，慈眉善目，微笑地看着他。他对女老板说："杀老鼠，要最有效的。"

女老板神秘地从摊床下面一个纸箱子里抽出来一包黄袋子的鼠药，说："这种鼠药神经毒，剧毒，最有效。嘿嘿，我一般不敢轻易卖，怕被坏人买走害人。不过，你嘛，安东医生，另当别论。"

"你认识我？"

"你不记得我了？几年前，我患心肌炎还是你帮助我治好的。"

"哦，怪不得我看你眼熟。最近身体还好吗？"安东趁机与她套近乎。

"好了，全好了。"

"最近有人买过这种药吗？"

女老板脸色警惕起来："没有。我一直都卖那种吃不死人的药，这种剧毒药我可不敢卖，弄不好会害人的。"

"这个人你见过吗？"安东拿出一张汪道暄的照片递给她。她摇摇头："没见过。怎么他服毒自杀了？"

"你怎么知道他服毒自杀了？"

"我是猜测的，医生找人肯定是找中毒的患者。经常有警察拿着照片来找我辨认下毒的罪犯。"

看来这个女人很精明，在她这里问不出什么东西，安东转身离开，向市场里面走去。

女老板在安东身后喊道:“市场里面还有一家卖杀虫药的，啥都敢卖。你可以到他家问问。”

“哦，谢谢!”

这家卖杀虫药的摊铺老板是个三十几岁的男子，外地口音，见安东站在摊位前，满脸堆笑地问:“大哥，买点儿啥?”

安东一眼就看到摊床上有一包黄色的强效灭鼠药，拿起那包鼠药，说:“我的朋友前几天买的这种药，觉得很有效，特别推荐我到你家买，说你家没有假药。”

“那是。我家从来不卖假药。这种药效果最好，别说老鼠，连牛都能药死。你想买几包?”

“先买一包吧，如果有效回头再多买几包。”

“放心，保证有效，我这儿都是回头客。”

“多少钱一包?”

“黄袋 10 块，蓝袋 8 块。”

安东拿出 10 块钱，同时把汪道暄的照片递给他，“这是我的朋友，前几天刚在你这里买过药，对吧。”

老板看了一眼照片，摇摇头说:“没见过。”

“你再仔细看看。”

“有点儿面熟，一时又想不起来。但我敢肯定他没到我这里买过东西。”

“他哥哥在那边市场里卖馒头。”

“哦，广州菜市场那个馒头老汪啊，认识！怪不得我看他有点儿眼熟，嗯，与他哥哥有点儿像。五天前，馒头老汪来我这儿买了一包蓝色的灭鼠药，后来告诉我说效果不好。我当时就告诉他黄袋的是强效神经毒，效果最好，他嫌贵，买了蓝袋的有机磷毒。”

“黄袋的卖得好吗?”

“好。三天前，我还卖过一包黄袋的灭鼠药呢。”老板把安东手里的 10 块钱拿走，把老鼠药塞进他手里，“大哥，用好再来。”

汪道暄的哥哥这小子真够穷酸的了，帮他弟弟买老鼠药还挑便宜的。

唉，也够可怜的了！或许他不忍心买剧毒的药物。安东医生问：“你认识后来买药的那个人吗？”

“不认识，一个男的。”

“那人多大岁数？”

“你是警察吗？”

“不是，我是医生。”

“三十七八岁吧。我只认识馒头汪。我老婆当时还悄悄劝我别卖给他这么强效的鼠药，万一他掺和到馒头里呢，据说鼠药掺和在馒头里吃不出怪味道，容易害人。我说不会的，都是熟人。我老婆说不管怎么说，她以后绝不买他家馒头了。”

“后来买杀鼠药的男人长得啥样？”

“这个——这个——唉，我记不清了。”老板突然支支吾吾不肯说出实情来。

一切真相大白了——安东离开市场直接来到刘副院长的办公室。刘副院长见到安东医生的第一句话是：“哎呀，安东啊，你跑到哪里去了？老千处长与汪道喧家属谈了一下午，刚才已经达成初步协议，医院给予汪道喧家属困难补贴10万元，含住院费，患方不再追究医院的医疗责任。你的意见如何？”

安东斩钉截铁地说：“不同意！”

“为啥？”

安东医生从口袋里掏出那包鼠药，说：“因为汪道喧他是……”

他的下半句话还没说出口，恰巧这时老千走进来。“安东啊，安东！你跑哪里躲起来了？就把我一个人推到前线了。他们家属有人看见你离开医科大学后没回医院，去逛马路市场买杀鼠药。你在搞什么鬼名堂？我说过，他们家不会同意尸体解剖的，怎么样？他们家里人果然杀了一个回马枪。不过，我早有准备，一直在医院等着他们呢。他们家属先是提出要25万元赔偿，后来减到10万。我没联系上你，继续僵持着。最后，他们家突然妥协了，提出只要5万块钱补偿。就这样迅速搞定了。”

“5万块？”安东医生惊叫起来。

老千瞪了安东医生一眼。“怎么？你还嫌多吗？”

“不——协议签了吗？”

“不签好协议我能离开医务处吗！”

“咳——辛苦了，老千！”安东医生自己也不知道赔5万块是多还是少，或许一分都不该赔，应该按照非正常死亡到派出所报案。可是他理解老千工作的苦衷，汪道暄的那帮徒弟闹得实在太厉害，他又没找到患者自杀的确凿证据。老千毕竟没有功劳也有苦劳！安东医生悄悄地把那包鼠药重新放进自己的口袋里。

“老千，晚上我请你吃饭。”

老千黑长憔悴的脸庞多出几道皱纹，深深地打了一个哈欠，说：“算了，有你这句话我就满意了。自家人，不用客气。我现在就想回家好好睡一觉。”

刘副院长望着老千离去的背影评价道：“老千是个好人哪，除了爱好抽烟、喝酒，偶尔泡个妞，没有别的坏毛病。”刘副院长回头看见安东还站在办公室里，说：“你怎么还不走？你早点回去休息吧。”

“刘副院长，我感觉这钱陪得冤。”安东医生的手里握着那袋杀鼠药，心里犹豫着是不是把汪道暄自杀的嫌疑说出来。

“唉，要我说呀，也冤也不冤。以后多接受教训吧，治不好的病不要多做承诺，增加患者和家属不现实的期望值。你看过有几个癌症能活到十年以上？”

安东确实对汪道暄说过“治疗效果好可以活十年以上”这样的话，可是原话并不是这么说的，断章取义就变味道了。算了，他不想争辩了。安东医生把那袋鼠药放回进自己口袋里，无声地走开。

安东医生不在意别人对他的曲解，他心里百思不解的问题是，汪道暄为什么要自杀呢？自杀后万一得不到医院的赔偿不是白死了吗？

第三十一章　谜中谜

一周后，在一次学术会议上，安东医生见到了铁西医院内科杨敬先主任。一阵寒暄之后，杨主任突然问起汪道喧的病情，令安东医生感到尴尬，好事不出门，坏事传千里。安东医生刚要问杨主任怎么知道这件事的，突然想起来了，对呀，是杨主任介绍汪道喧找他看病的。安东医生含糊地搪塞："介入手术做得很好。至于预后嘛，你也知道，这种病治不好的。"

"那是，那是，这个我知道。还是你们大医院技术好，庙大压得住人哪！像汪道喧这样的患者，铁西这里有很多，我们拿他们真没办法，我们没能力医治，他们不愿交钱，治疗效果越来越差，最后还欠了一大堆住院费。'我为社会主义建设呕心沥血一生，老了生病凭什么要自己掏腰包治病？'这些工人都把这种怨气发泄到医院和我们医生身上了。"

从杨主任的谈吐中看出来他并不知道上周发生的汪道喧事件。安东医生平静下来，问："汪道喧在你们医院住院欠钱了吗？"

"住院一个月，欠款4000元不交，说我们用药把他的胃弄穿孔了。后来，我们百般安抚，全科为他捐了3000元，推荐他找你看病，总算……"

"总算甩掉个包袱，是吧？他随身带来的3000元钱是你们捐的呀！看来这家伙并不诚实。"

"是啊，多谢了。这种患者到了大医院，相信你们的技术，收多少钱都肯交。以后再有这样患者我还转给你吧。"

"拜托，老杨，以后再有这种患者你千万别再转给我了，你还是转医科大学附属医院吧，他们的庙更大。"

杨主任愣住了……

汪道喧的事件过去一个多月了，蹊跷的噩运早已悄然离去，安东的工作恢复正常。一天下午临近下班时，汪道喧的哥哥、妹妹和前妻三人突然出现在安东医生的诊室。安东医生以为他们又来找麻烦，冷冷地问："你们有事吗？"

"安东博士，没什么事。我们刚给我弟弟烧过'五七'，特意过来看看你，表达点儿谢意。"汪道喧的哥哥把一纸袋子馒头放在安东医生的办公桌上。

"不，不，别这样，请拿走。"安东把馒头袋子塞回到他的手里。安东医生心里感觉奇怪：闹纠纷时打得不可开交，事后怎么还来感谢我呢？

汪道喧的前妻说："我们不是客气。我前夫生前有话，他很感激你帮助他筹钱看病，让我们善待你。"

"遗憾的是，我没帮助他看好病。"

汪道喧的前妻说："其实不怪你们。即使没有胃穿孔，他的癌症也是治不好的。"

汪道喧的妹妹说："是啊，你们也是好意，发生胃穿孔这种事也是意想不到的。我们也理解。我当初有做得不当的地方，现在给你道个歉。"

"什么，你们还认为是胃穿孔？"安东医生越听越觉得味道不对，恼火得一下子跳了起来，"你们别以为我傻。他的死是服毒自杀！你们可以骗过单纯善良的夜里值班医生和锦主任，甚至外科李大夫和老千，但你们骗不过我。我从一开始就怀疑他是自杀。"

汪道喧的前妻也变了脸色，漂亮的脸蛋上冒出一丝凶相，理直气壮地顶撞道："安东医生，汪道喧生前一直把你当朋友，你可不能胡说。"

汪道喧的妹妹冲到前面质问安东医生："既然你说他是服毒自杀，他服的什么毒？你有证据吗？"

安东医生从办公桌的抽屉里找出那包黄色的鼠药，放在桌子上。"你问问你大哥，我是胡说吗？是谁在市场里帮助汪道喧买的这种鼠药？中国现在还没有安乐死的法律，协助他人自杀是违法的。当初，我真应该报案。"安东医生想到了那两个带红点的馒头。

汪道喧的大哥脸色青一块白一块，表情极不自然，拉了他妹妹胳膊一下，说："妹子，别争论了，安东博士是个好人。我们走吧。"

汪道喧的前妻哭泣着说："狡辩！捏造！他绝不会自杀。当初真不应该这么轻易地放过你们，就赔5万块钱，让我今后怎么抚养儿子呀！呜呜——道喧，我对不起你啊，你去世前几次派人传话，让我带儿子来看你，可是我心里怄气，没来见你……"

汪道喧的大哥劝解说："走吧，弟妹，今后我们兄妹会帮你的。安东老弟，道喧儿子还小，拜托你了。"

汪道喧的大哥领着妹妹和汪道喧的前妻灰溜溜地走了。安东医生呆呆地站在屋子中央足足有十分钟，一动未动。他在想汪道喧为什么要选择自杀呢？难道就是为了闹些医院赔偿吗？他的前妻真的不知道真相吗？或许汪道喧本人真的认为导管把他的胃捅穿孔了，但是这绝不是自杀的理由。或许由于疾病和生活、感情上的挫折，他选择了死。生命难道就值这5万块钱吗？太愚昧了，太不珍惜生命了！

这场噩运悄声来临又悄然离去。噩运缠身的人，犹如魂入黄沙铺盖的鄯善谜都，潜入黑白倒错的幻梦，随后悄然回到了平凡的世界。安东的耳边响起汪道喧的声音：我的儿子还小，这是我唯一的牵挂。唉，求你啦，安东兄弟！

这年头儿，社会问题、家庭问题、个人问题，全都转嫁到医院和医务人员身上了，这到底是怎么一回事？幸运的是，汪道喧生前没有选择做丧心病狂的事情，他把疯狂留在身后。

安东茫然了——汪道喧的大哥刚才那句话，"安东老弟，道喧儿子还小，拜托你了。"到底是啥意思？难道他们都在托付自己什么事情吗？

时间突然凝固了，四周安静下来。

"安东博士，你在想什么呢？"放射介入科的杨大夫领着一位陌生的女青年走进来。

"哦，我正在想汪道喧事件呢。"

"不是结束了吗？"

安东医生感慨地说："这件事留下这么多的阴影和痛楚，哪能一下子结束呢！"

“是啊，以后这种‘好事’你还会再做吗？”

“我还会做。”

“为啥？”

“因为我不是东郭先生，我是医生。”

“不懂！这两者有什么关系？”

“正因为两者风马牛毫不相干，我们才不应该一朝被蛇咬十年怕井绳。像汪道喧这样的人虽然带有一定的历史性和社会性，但属于极其罕见的特殊例子，这种愚昧和疯狂毁灭不了医患关系，恰恰让我感觉到医生责任的重大，应该给予患者更多的关爱。”

“嗯，有道理。世界上没有任何一种职业比医生更崇高，我们的天空虽然不总是阳光灿烂，但也不会永久阴雨绵绵。”杨大夫是个具有小资情调、天真爽朗的理想主义者，他忽然看到桌子上有一袋子馒头，“欸，你买了这么多馒头呀！请客吗？”杨大夫走过去拿起一个馒头狠狠地咬了一大口。

“别吃！有毒！”

“哈哈，安东！”杨大夫连咬两大口，吞下大半个馒头，“小气了吧！”

“这袋馒头不是我的，是刚才有人忘在桌子上的。不怕中毒你就吃吧。”

“不好意思，安东，我以为是你买的馒头呢。哦，忘记给你介绍一下，这位是我妹妹的同学菊花，做保险生意的。”

“哦，请坐吧。找我看病吗？”

“不是，我是推销保险的。”菊花穿一件印满了天堂保险公司 logo 的羽绒服，二十四五岁的样子，眉眼口鼻没有什么诱人之处，最大优点是年轻、靓丽、活泼大方，一看眼神就知道属于那种自来熟的女孩，屁股还没沾到凳子上，嘴巴就开始滔滔不绝讲起来。“我们天堂保险公司前些年特别推出一款康顺小额人寿保险计划，一次性存入 15 000 元，五年后受益。如果五年后患大病，比如急性心梗支架治疗、患肿瘤开刀，可以享受一次性住院费和医疗费全额赔付。如果身故，可以一次性获得 25 万元现金补偿。现在我们正在实施第二期计划，条件更加优惠……”

“对不起，我不感兴趣。”

“我知道你不感兴趣，但或许你的患者会感兴趣。”

“我不会向患者推销保险的，我只对治病感兴趣。”

“哦，那好吧。这是我的名片，有事请与我联系。”她站起来礼貌地递给安东医生一张名片，“顺便说一下，这个小额人寿保险计划对一些贫穷下岗工人很有益处。上周，我们刚刚赔付了一个在你们医院意外死亡的患者。”

“你等等。什么样的患者？”

“一个下岗工人，因为是厂劳模，五年前下岗时工厂为他办了康顺小额人寿保险。三个月前，他被发现患有肝癌，不知为什么，他住院时没有启动这份保险，术后因并发症意外死亡后家属才来报案。我们按照合约赔偿家属人民币25万。”

“啊！竟然有这等事！”安东医生大吃一惊。

“是啊，保险就是如此，小额投保巨额回报！”

“如果要是自杀呢？”

菊花肯定地说：“根据保险合约，自杀不属于赔偿范畴。”

“如果是自然病故呢？”

“自然病故的只报销医药费。只有意外死亡才属于赔偿范畴，医疗意外死亡属于……”

“我的天哪，看来这人寿保险里还真有学问。”安东突然感觉肚子叽里咕噜直叫，抓起一个馒头塞进嘴里。杨大夫幽默地叫起来：“安东，馒头有毒！”

“妈的，顾不上那么多了，我中午没吃饭。不吃白不吃！”安东医生抓起一个馒头扔给菊花，“你也吃一个，吃饱了好好给我讲讲人寿保险。”

“你要害我呀，毒馒头！”菊花一屁股坐在凳子上咯咯地笑了。

吃过馒头后，菊花讲了很多人寿保险的知识，包括各类意外身故。安东医生终于明白了，为什么蹊跷的噩运悄声来临，又悄然离去……

原来是一箭双雕！一切看似真实可信，其实，并非如此简单……

第三十二章　案中案

本该结束的故事没有结束，本不该发生的事情却发生了……而且，更加离奇。

装傻也不犯法，安东医生下定决心为汪道喧保守秘密。他决定装傻的理由多多，一则他似乎明白了汪道喧死前对他的嘱托；二则是出于对汪道喧的怜悯；三则医疗纠纷已经解决了，不愿再重新折腾了；四则安东医生所掌握关于汪道喧自杀的线索不足为据。因此，他暗暗发誓，除了汪道喧的哥哥、妹妹和前妻以外，他不会再对任何人吐露汪道喧和他哥哥买灭鼠药的事情，更不会提及汪道喧自杀的嫌疑。

安东医生做到了，然而，天机还是泄露了。

一天，刘副院长打电话让安东到他的办公室去一趟。安东医生放下手里的工作，立即来到刘副院长的办公室。一进办公室，安东医生就看见身穿那件带保险公司 logo 羽绒服的菊花忐忑不安地坐在沙发上，她旁边还坐着一位身穿制服、表情凝重的中年男子。

刘副院长严肃地说："安东，这两位是保险公司的，丁处长和小菊，是来调查汪道喧及其家属骗保的事情。"

"汪道喧家属骗保？"安东医生故装糊涂。

那位中年男子站起来与安东医生握握手，自我介绍说："安东博士，我叫丁志健，在保险公司稽查处工作。今天专门为汪道喧出保的事情找你了解情况。"

"找我了解什么情况啊？"

菊花站起来焦急地说："安东博士，你还记得一个月前，我在你办公室推销保险时说过你们有个患者意外身故赔保的事吗？"

“记得，你说他小额投保巨额回报！你们赔了他25万。不过你没提那个人的名字。”

“是的，我当时没提名字。实际上，我也不可能提客户的名字，这是保密原则。现在可以告诉你，那个人就是汪道喧。”

“啊！”他故装惊讶。

刘副院长说：“别急，各位坐下慢慢说。”

丁处长坐在安东医生对面，开门见山地说：“我们收到实名举报，汪道喧有自杀骗保的嫌疑。接到举报后我们开始调查，我们在医科大学病理尸体解剖室找到一张你当时填写的尸检申请表，你在尸体解剖申请理由一栏里写着：患者死因蹊跷，无法用疾病解释，不排除自杀或他杀；在尸体解剖内容一栏里写着：明确疾病诊断与死因，胃里残留食物，血液的各项毒理检查（强酸、强碱、农药、杀鼠药）。”

“是的，我是这么填写的，可是后来，他们家属反悔了，不同意尸体解剖，把尸体又拉回到医院的太平间。”

丁处长问：“你当时怀疑他自杀有什么线索吗？”

安东违心地摇摇头：“我只是觉得死因蹊跷，有点儿怀疑，但没有任何线索或证据。”

丁处长说：“不好意思，我忘记告诉你了，举报信里提到了一包黄色的灭鼠药，据我们调查，你在从医科大学尸体解剖室回来路上，在医院对过的马路市场上买过一包黄色的灭鼠药。”

安东是个并不善于说谎的人，他的脸火辣辣地烧起来，尴尬、羞愧、不安令他感到烦躁。他气急败坏地说：“既然你们都调查清楚了，还来找我干吗！”

菊花坐在旁边，向安东医生身边挪挪身子，靠近他，丰满的前胸几乎贴在他的胳膊上，小声说：“安东大哥，求求你啦，帮帮我吧，你知道这是我亲手办的案子，如果钱追不回来，我要自己赔呀。”

她那柔软有弹性的胸压在安东医生的胳膊，让他的表情不自在，可是心里却暖乎乎的。“你可以报案嘛。”

“报案是必须的，可是我一年的奖金全泡汤了。看在杨大夫的面子，你帮帮我吧。你既然亲自到市场买灭鼠药，说明你一定发现什么疑点或掌握了重要的线索。”

“这么说你们去过市场找过卖杀鼠药的老板了？”

“嗯，与他交谈过。”丁处长点点头。

“其实，我了解的情况与你们已经掌握的情况差不多。我几乎可以肯定汪道喧不属于自然死亡，但没有他自杀的直接证据。他住院后，在我们精心地治疗下，肿瘤的直径从16cm缩小到4cm，他的胃病和肝功也明显好转，体质改善。在没有其他疾病的情况下突然猝死，非常令人意外。他第一次意外发病后我在现场，他的症状表面看像急性左心衰肺水肿，然而，我无法找到他发生左心衰的诱因和病因。相反，我怀疑是有机磷中毒，因为有机磷中毒也会出现肺水肿、心动过速，以及酷似左心衰的表现。但是，有些症状很不典型，有机磷中毒瞳孔缩小呈针尖样，他的瞳孔缩小些，但不十分明显，而且也没有面部潮红表现。我推测他第一次服的蓝色的灭鼠药有机磷毒性不够大，所以症状不典型，经过强心、利尿抢救，他又活了过来。第二次意外发病死亡，我不在现场，不了解情况。估计半夜里他服用了富含神经毒的黄色的灭鼠药，很快暴毙。我了解的就这些。”

丁处长显然对安东医生谈到的情况感到失望，叹口气说：“根据你叙述的情况，汪道喧自杀的嫌疑很大。但是，怀疑和推测已经没有任何价值了，因为尸体已经火化了。当务之急是要找到他自杀的证据。”

“你们找过家属吗？”

丁处长说：“找过，家属拒绝配合。”

安东医生说：“汪道喧住院后期虽然身体恢复很好，但没有离开过医院，如果他要自杀，需要其他人协助。他哥哥和妹妹嫌疑最大，但是他们绝不会承认，因为协助自杀也是违法的。”

丁处长问：“除了他哥哥和妹妹外，是否还可能有其他人参与呢？”

“还有一个人，可能了解内情。”

“谁？”

“后来买黄色灭鼠药的那个男人，我怀疑他是汪道喧的哥哥的朋友。”

“你了解那个人的情况吗？”

“我问过，但老板不肯透漏。”

丁处长说：“嗯，可以试试这条线索。如果实在没办法，我们只能报案了，让警察去侦破吧。”

菊花焦急地说：“安东大哥，你还有什么办法吗？比如证明他是病故的，不属于赔偿范畴，至少属于当初赔付错误，可以减少我们的损失。”

“我无能为力。”安东医生看着刘副院长，“如果是正常病故或自杀，我们医院也不会赔偿他。”

刘副院长说：“我看也只能这样了。没有任何直接证据证明汪道喧是自杀，如果能证明他是自杀，我们医院也要讨回曾经误赔的5万块钱。”

安东后悔当初没到太平间里取一些汪道喧胃里的内容物检验一下，取得他自杀的直接证据。

刘院长埋怨安东医生说：“这么大的事情你早不汇报，吞吞吐吐的，我早就怀疑你有问题。如果你早点儿向我汇报，我们可以商量一下怎么办。如果真能证明他是自杀，或许医院就不需要赔钱了。”

“领导，我也是有苦难言哪！”

“有什么苦衷？”

“如果报案，警方参与进来，万一他不是自杀呢？后果更难收拾了。”

“好吧，就到此为止吧。什么乱七八糟的，搞得我直上火，血压可能升高了，有点儿头痛。”刘副院长轻轻地拍打着自己的脑门，“如果是自杀，他们家属要退钱，而且还要受到法律的惩罚，与我们医院没关系。”

丁处长和菊花告辞了。安东给刘副院长测量血压，180/100毫米汞柱。刘副院长吃了一片降压药，躺在沙发上休息，安东悄悄地离开院长室。

第三十三章　喋喋不休

第二天，杨大夫领着菊花哭哭啼啼来到安东医生的办公室。“安东博士，有什么办法帮帮她呢？刚工作不久的年轻人，挺可怜的，钱没赚到还要赔钱。昨天，在我家哭了半天，哄都哄不好。”

安东说：“菊花，我也想帮你，可是帮不了哇！昨天刘副院长也说过假如能证明他是自杀，我们医院赔的钱也可以讨回来了。可惜，现在全都晚了。”

“你知道自杀是不应该赔偿的，看来我只好认赔了。”菊花擦着泪水嘟囔着。

安东突然感觉不对，证明不了自杀说明那封举报信举报不实，不是恰恰说明当初赔保是正确的嘛！

“安东博士，哪像你想的那么简单哪。证明不了自杀同样也否认不了不是自杀，公司罚款在所难免。”

这是什么逻辑呢！

“安东博士，你的包裹通知单。”鲍护士长手里拿着一张邮局的包裹单和护士老胡从走廊里走进来，“你要请客了。这张包裹单因为地址不详在路上延误了两个多月，先后邮寄到几个地方被退回，最后被送到医大二院，幸好老胡的一位同学认识你，打电话给她，我才托人把它转过来。”

“呵呵，谢谢！”安东医生接过邮寄单一看，包裹通知单上已涂改得乱七八糟，收信人是安东，收信地址是铁西医院（医大二院），被画掉后改为医科大学第一医院，再次被画掉。三处注明：查无此人。寄信地址是铁西区艳粉街工人村 78 号，寄信人是汪道喧。在包裹单的下角有一处注明：寄信地址不详。这是一个邮、寄地址都不准确的包裹。

“真见鬼！这是汪道喧发给我的邮包！”安东吃惊地喊道。

“是吗？”菊花伸手把包裹通知单拿过去，“日期是——是两个半月前寄出的，怎么才邮到呢？”

鲍护士长问：“赶快取回来看看是什么东西。”

安东说：“包裹单上的字迹看不大清楚，好像是书信。”

菊花脸上泛出红光，惊喜地说：“安东博士，你在包裹单背面签上名字，我帮你去取吧，我正好没事。”

安东在包裹单背面签上自己的名字。“好，菊花，你去取吧，谢谢！”

菊花拿着包裹通知单风一般地跑出去了。奇怪，汪道喧怎么会给我寄包裹呢？书信里会是什么内容呢？安东感觉好奇。

杨大夫说：“是遗书吧，哈哈！”

“遗书怎么会邮寄到我这儿呢。”

护士老胡说：“是感谢信吧，哈哈，你对他已经仁至义尽了。”

“不可能！”

杨大夫说：“肯定不是什么好东西。”

鲍护士长说：“别瞎猜了，一会儿包裹取回来就清楚了。”

邮局离医院步行半小时，来回一个半小时足够了。可是快下班了，菊花还没回来。这个菊花怎么取个包裹还能走失呢？安东拨打她的电话，她的手机关机。

鲍护士长调侃安东医生说：“哈哈，上当了吧。男人最愚蠢的地方就是容易同情女人，轻易相信女人，被女人的脸蛋欺骗。”安东开始还能辩解几句，可是这个菊花一连七天失去了联系，让他无法继续辩解了，他真的被这个女人给骗了。好在包裹里不会有什么贵重物品。

半个月以后的一天下午，安东医生正在与侯大夫、杨大夫和牛大夫讨论一个病例，菊花突然出现了。她手里提着一个水果篮，喜气洋洋地说：“安东博士，我来看你了。”

“菊花，我的包裹呢？”

“嘻嘻，安东博士，不好意思，今天我是专程来向你赔罪的。”

“何罪之有？”

“那天离开医院帮你取包裹，从邮局回来的路上，一股难以压抑的好奇心驱使我给丁志健处长打了个电话，他听我说了邮包事情后，命令我必须把邮包直接送回到公司。我只好遵从他的命令。回到公司我把邮包交给他，他手里捧着邮包仔细端量半天，感到极其好奇和冲动，几次想动手打开邮包，但都停下来。‘菊花，这是私人物品，我们没权利拆开。但是这个邮包确实非常重要，也十分可疑，我们还是把它交给公安局吧。’”

“啊？你们把我的邮包交到公安局了？”

菊花理直气壮地说：“是啊，当天就交上去了，同时也正式报了案。其实，这种东西即使你收到了也要上交的。”

安东不得不承认她说的有道理。“邮包里都有什么东西？”

“警察用X线检查过那个包裹后，当着我和丁处长的面打开了包裹。里面有一个黑色的笔记本和一个用塑料袋包着的鲜奶包装盒。”

“你看到笔记本里的内容了吗？”

“没有。警察翻过笔记本后决定立即立案侦破。我和丁处长在警察立案后离开了公安局。”

安东催促她：“你别像挤牙膏似的。后来有结果吗？”

“昨天，负责办案的警察正式通知我们初步侦查结果：汪道喧的死亡是他杀。”

“他杀？有证据吗？他被谁杀的？怎么被杀的？”

“警察说证据全在邮包里。汪海洋自述他受师傅所托在市场买过一包强效杀鼠药，他辩解他没有故意下毒。但是，在证据面前，他无法证实自己的清白。”

“邮包里都有什么证据吗？”

“含有神经毒的残奶、汪海洋的指纹，以及汪道喧的供述等。汪道喧的笔记本里有四篇日记，其中三篇日记让汪海洋无路可逃。在第二篇日记中他写道，他曾有自杀念头，曾经委托他哥哥帮他买杀鼠药掺入到馒头里。但由于那包蓝色杀鼠药毒效不够大，他服药当天白白遭受一通折磨，最后被救了回来。在随后的第三篇日记明确记载道：那天在走廊里，偶然听安东医生说我的免费医疗补助即将批下来，打消了我再次自杀的念头，鼓起我重生的希望。警察说，汪道暄的哥哥承认他曾经协助弟弟自杀，但没成功，但他否认他弟弟有再次自杀的可能。至少，听说免费医疗批下来后，他绝不会同意弟弟再干那种蠢事。汪道暄的哥哥也否认他邮寄过邮包。警察根据最后的日记分析，高度怀疑他杀。那天半夜，喝了汪海洋送来的牛奶后不久，汪道暄突然意识到自己中毒了，他拿出笔记本只写了半句话：‘我刚喝了一些牛奶，我怀疑我中毒了，凶手是汪海……’就撒手归天了。这就是第四篇日记。”

“不可能。他为什么不呼叫他的陪护或护士?”侯大夫抢先发问。

杨大夫说：“完全有可能，他住的抢救室单人病房，或许恰值陪护不在，或者半夜里陪护睡着了，或许他没想到会这么快……”

“第一篇日记呢?”安东医生问道。

菊花回答：“第一篇日记是关于感谢你的话。”

侯大夫说：“我猜测他一定另有企图，感觉更像一场自编自导的闹剧。汪道暄当晚就猝死了，谁帮他发的邮包呢?”

杨大夫说：“肯定是他的亲属代寄的。至于他的家属为什么不直接交给警察，而是有意辗转周折邮给安东博士，这里大有文章。”

菊花说：“汪道暄的亲属在法庭上将要解释这个问题，审判汪海洋时我通知你们，我们一起去旁听。不管怎么说，现在的结果正中我意，他杀，我的赔付正确。今天中午，我请你们大家吃饭吧。”

安东说：“谢谢你，我有些倒胃口。”

送走菊花，安东医生立即来到刘副院长的办公室，正巧老千在汇报工作，安东医生汇报了这个重大消息。城府老练的刘副院长听到这个消息后没有立即表态。老千十分诧异，说：“怎么会是他杀呢?你说他是自杀我倒相信。谁会去杀一个穷得一无所有、土埋大半身的癌症患者呢?一定是搞错了。”

安东医生说：“如果汪道暄的死亡结论真是他杀，我们没有责任。既然不是医疗纠纷，钱不是白赔了吗?”

刘副院长说：“住院患者在病房里被杀，医院能没责任吗?钱白赔就白赔吧。这个案子什么时候开庭审判?到时通知我一下，我想去旁听学习。

患者在医院里自杀反诬医院赔钱虽然少见，但至少我从前还听说过。患者在医院里被杀，被误当医疗纠纷处理，还真是头一遭碰到，今后我们要引以为戒啊。”

开庭审判那天，安东医生没去旁听。之前，通过几次与办案警察的接触，他大概明白这到底是怎么回事了。汪道喧早已指定他哥哥馒头汪是保险受益人，馒头汪拿到保险公司的钱后，没分给汪道喧的前妻，后者一怒之下告到保险公司。保险公司决不会允许出现自杀骗保这种行为，必然要大动干戈，调查汪道喧死亡的原因，而这或许正恰恰是汪道喧期望的。但是，无论他杀或自杀，从哪个角度，这个案子都很难判。法官几次休庭，反复要求补充证据。

一连数天，菊花天天往医院跑，与放射介入科的同事们喋喋不休地争论着汪道喧到底是他杀还是自杀。

菊花嘟囔说：“这个汪道喧啊，真是机关算尽，连法官都头痛，不知到底该怎么判。”

杨大夫坚定不移地说：“他想自杀时没死成，不想自杀时却死了，这里一定有阴谋，所以家属才把日记本公布出来。我敢打赌，是他杀！”

菊花开心地笑了：“哈哈，杨哥，借你吉言，我该平安无事了。”

侯大夫是个抓住牛角尖就不放手的人，杨大夫是个看见羊角尖就要钻的人，碰到一起，从来都是针尖对麦芒。

“哼！”侯大夫一脸不屑，对于杨大夫的意见，她一百个不信，一千个不服，“傻子才会相信，一个理智的人会去杀一个病入膏肓的癌症患者，笑话！如果说汪道喧与他的前妻策划和导演了这场阴谋，我倒觉得符合逻辑。”

杨大夫反对说：“你这是信口胡说，没有一点儿根据。这么猜测不是更复杂、更乱套了吗！”

牛大夫身宽体胖，笑嘻嘻地说：“操那份心呢！爱什么什么呗！”

“自从汪道喧得知自己患癌症后，他开始策划一系列精美的阴谋。他没有动用保险看病，目的是要吞取保险公司意外身故的赔偿。他与大徒弟重归于好，为的是抓住这个无知的替罪羔羊，先感动他，再操纵他。他嘱咐在他死后把邮包邮寄给安东，通过邮寄地址不明，成功地操控了邮包邮递的速度，赢得时间率先获得医院的赔偿。他蓄意制造医疗纠纷获得医院赔偿，实际上是为他的‘意外身故’创造出既定事实，从而获得保险公司的全额赔偿。他的最佳设计是，当保险公司怀疑他自杀骗保时，找不到任何自杀的证据，反而会牵出汪海洋他杀的嫌疑，因为邮包里有他杀的证据。换句话说，即使医院赔偿不成，最终的他杀结论仍然属于意外身故……一切全在他的掌控之中，临死都不放过他的仇人。”熊技师终于慢条斯理地开口了，“我认为他的阴谋有可能会成功，虽然这个过程充满了纰漏和破绽。绝妙之处在于，他永久地闭上自己的嘴巴，让他的仇人有口难辩。即使警察怀疑到他的这些阴谋和动机，也无法推翻邮包里那些他杀的证据。医疗伤害、意外身故、他杀，这小子何止一箭双雕呢！可怜他那今后独自抚养儿子的前妻啊，一无所获！还一纸告倒了自己的夫君，这不是摆起石头砸自己的脚吗！”

杨大夫认为熊技师的分析符合逻辑但不符合事实，自己的分析逻辑上虽然有纰漏，但符合事实。事实上，汪道喧这种病重得离不开病房的人，要想自杀一定要有同谋协助他，但现在还没发现谁是他的同谋。因此，目前至少证实不了自杀。

菊花灿烂地笑了，如果证明不了自杀，那就属于意外身故。“杨哥，我太爱你了！”她突然搂着杨大夫的脖子“啪啪”连亲几口。杨大夫紫红色的脸颊上出现一串鲜红的唇印。“杨哥的话我最爱听！”

“哟，这叫什么事呀！大庭广众的。”护士老胡一只手蒙上自己的眼睛。

鲍护士长说：“菊花，当心点儿！撩牛角尖这种已婚男人，小心你没法收场啊。”护士长的话一点儿都没错，杨大夫这个人干什么事情都很认真。

“别高兴太早了，菊花！”侯大夫不服地说，“没发现同谋不等于没有同谋，这件事谁最终获益，谁就是同谋。”

喋喋不休的争论毫无意义，大家只能拭目以待……

第三十四章　情中情

诡异的汪道喧案件过去整整20年了，合情合理的解释找不到任何依据，不合情理的结果却仍然铁证如山。虽然大家对事件的记忆早已经淡漠，对继续议论这个话题也失去了兴趣，可是每当安东医生想起他的名字时，心里依然迷雾茫茫。

汪道喧事件发生后不久，张院长因工作变动开了医院。这位既有实力又有魄力的女院长是个地道的女强人，是安东医生的伯乐和靠山，安东医生随后也离开医院去南方工作了。

2014年夏天，安东医生趁去北方参加一个心血管疑难病例专家峰会期间，利用半天的空闲回访了离别多年的母院。其实，安东医生真正的母院应该是同在这座城市里的一家部队医院，但是，除了混沌的时代、模糊的青春和看手相惹的祸水，这家部队医院没在他的工作和事业上留下更深刻的感受，所以，他一直把后来的这家大学附属医院当作自己的母院。

经历了多年的冰雪侵蚀和风雨洗涤，曾经崭新的住院一部大楼早已变得满目沧桑、陈旧不堪。几部摇摇欲坠的电梯既古老又迟钝，吱吱嘎嘎、晃晃悠悠地悬吊在电梯井里，在专职电梯工的操作下“咣当咣当”地上下穿行着，仿佛随时都会停止在半空中或者坠入井底。老住院部病房大楼一楼通往食堂的一扇木门，天蓝色的油漆残缺不全，露出狗啃过一般一碰就会掉渣的朽木。放射线科的走廊，坑坑洼洼的水泥地面积满了污水，两侧的墙皮像是被水浸泡过的牛皮纸，看上去凸凹不平、污迹斑斑。

站在这条熟悉的走廊里，安东医生仿佛看见内科锦主任推着一辆担架车，飞驰在平坦的地面上。担架车上的患者是汪道喧，那天他是第一次服毒，被送到放射科拍片。往事浮现在安东医生的眼前。

医院里老一点儿的同事，面孔虽然显得陌生了一些，但重逢后更加亲切。大家还记得安东医生，记得当年介入科创业的艰难，记得在张院长带领下全院曾经创造的辉煌。然而，医院里几乎所有当事人都忘记了汪道喧这个名噪一时的人物。刘副院长和锦主任都退休了，偶尔出出专家门诊；医务处处长老千也退休了，在一家私人医院里打工，仍然干着老本行，负责解决医疗纠纷；当年与韩丽霞一起去算命的封医生也调到其他医院当院长了。

介入科的“马戏团”解散了。马跑得最快，当属安东自己，因为他属马；介入科的杨大夫与小三私奔了，据说小三就是那个叫菊花的保险公司业务员，可是谁也没再看见过他们，一切都是传说；侯大夫和熊技师相继调走了，侯大夫自从进入更年期，整天胸闷，气不够喘，快乐似乎与她无缘，她的手里仿佛握着一根扔不掉的魔幻棒，只要她想到什么病，就会感觉到什么病的症状，闷熊技师的城府修炼得更深了，据说他可以一个月不说话，但是哑巴吃饺子心里有数；鲍护士长改行了，当上了营养科科长，比原来至少胖了两圈，整天忙忙碌碌；护士老胡退休在家里照看外孙，生活过得很滋润；只有那个有心没肺的牛大夫独自一人多年坚守在导管室里，成了介入技术全能手，在众星捧月般的环境下快乐地工作着。

医院对面的广州菜市场早已拆迁了，由于甲方缺乏资金，长久闲置的原址变成了杂草丛生的空地。广州菜市场门前的马路市场还在，似乎生意比从前更加兴旺。

离开医院，安东医生沿着马路市场由北向南走去，他并不打算买什么东西，只想重温旧日的时光，唤醒早已封存的陈旧记忆。

在市场中心一个十字路口的西南角，有一个涂着绿颜色的简易木板房吸引了他的注意力，一扇半开的橱窗冒出热腾腾的蒸汽，木板房的顶端竖立着一块木牌，上面写着：汪记馒头。木板房的前面排着一条有二十几个人的长队。

看着汪记馒头的招牌，安东医生想起了在广州菜市场里卖馒头的汪道喧的哥哥。这个汪记馒头铺不会就是他开的吧？安东医生站在队伍的最后面。北方的物价真是低廉，这么大的馒头，一元钱三个。

“后面的人不要排队了，今天上午的馒头就要卖光了，下午再来买吧。”一个五十几岁的女人把头伸出橱窗向外喊道。

安东医生感觉这个女人有点儿面熟，热腾腾的蒸汽模糊了玻璃窗，他只能看见一个有点儿发胖的中年女人忙碌的身影。安东医生决定继续排队到窗口看个究竟。他的前面只有两个人了，最靠窗口的一位老者开口喊道：“我买 30 个馒头。”剩下的大半簸箕馒头被一扫而光。

老者前面的一位中年妇女不满地嘟囔：“你干吗一个人买这么多馒头？也不给后头的人留一点儿。我们白排队了！”

老者拎起一袋子馒头，解释说：“我老了，腿脚不灵便，出门不方便，所以一次多买了一点儿。不好意思。”

两人走了，安东医生站在窗口没有动弹。橱窗里的女人对他说：“全卖光了，你下午再来吧。”

“是她！”意外的发现令安东医生大吃一惊。他望着她，没有想离开的意思。虽然只见过她三次，她已经有点儿变老变胖了，但是，还是被他认出来了。

“还剩下一个馒头，要么你拿走吧，不收你的钱。”女人拿起一个干瘪的馒头递给安东医生。

安东医生刚想摆手拒绝，女人回头冲着一个背对着安东医生正在揉面的老者说：“老头子，我下午去学校看望咱们的女儿，顺便找找熟人看看有没有人认识医学院的，帮助托个关系说句话。你下午自己照看店里的生意吧。”

老者头也不回嘟囔着：“为啥非要报医学院呢？搞医有啥好的，弄不好还要挨打受气。你没听说医生现在都不让自己的孩子学医了吗！”

“这是你我能说了算的吗？这孩子随你们家人，倔强，我是管不了呀。”女子边说边脱下白色的工作服，回头看见安东还站在窗前，奇怪地问，“欸，你怎么还不走呢？”

安东笑笑说：“我认识你。”此时，一位扫大街的老妪拄着扫把站在一旁，默默地听着他们的对话。

“你认识我？你是谁？”女人瞪大眼睛看着安东医生。揉面的老者听见安东说话声音，扭过头仔细打量着他，吃惊地说："哦——哦，你是——你是安东博士吧！你的声音没变。"

"嗯。"安东点点头。其实，安东早就认出他了，汪道喧的哥哥，馒头老汪。

女人显然忘记了谁是安东博士，迷惑地问："哪个安东博士？"

馒头老汪兴奋地说："就是给道喧看病的那位医生呀！"他中午一定喝了不少的白酒，隔着橱窗都能闻到一股浓烈的酒气。

"哦——"女人恍然大悟，"不好意思，你要买多少个馒头？下午来吧，给你留 30 个，够不够？"

"你俩怎么——一起开店啦？"安东医生感觉到汪道喧的事件又增加了一道神秘的面纱，他俩怎么会混到一起了呢？他好奇但又不便开口。

馒头老汪似乎看出安东医生的疑虑，解释说："你别误会，安东，我俩是在我弟弟去世后才相好的。汪海洋因害死道喧进了监狱之后，他们母子俩也过得十分艰难，正好我单身一人，就这样，我俩合伙开店，生活在一起了。"

"哦——"哥哥在弟弟去世后娶了弟妹，还生了个女儿。安东医生不知该说什么，脑子里乱如麻——或许没什么值得大惊小怪的。

老汪问："前些年，我去医院找过你。听说你早就调到南方了，怎么又回来了？"

"嗯。我是回来参加学术会议，顺便回医院看看。你们刚才说女儿今年考大学。"

老汪说："哦。安东兄弟，正好有件事想麻烦你，不知你能否帮个忙？"

"什么事？"

"你曾经在附属医院工作过，又是专家，医学院里一定会有朋友或熟人吧。我女儿今年参加高考，分数够线了，她填报的志愿是医学院，不知你是否愿意帮助找人关照一下？"

"好吧，只要分数够线，小事一桩。你把她的详细资料写下来给我，我帮助你们找找熟人。"

"太好啦！安东博士，怪不得我弟弟临终前反复叮嘱我们说你是个好人，不要伤害你……”说到这里，馒头老汪有点儿不好意思，脸色红紫，话突然停顿下来，“——过去的事，想起来真不好意思。不过，医生这个职业还是蛮受尊敬的，这不，我的女儿死活要学医。”

汪道喧的前妻找出半张白纸和一支笔，写下她女儿的姓名、出生日期、考号，并留下自己的名字和手机号码。然后把纸条递给安东医生。“安东兄弟，下午你过来吧，我们送给你30个馒头。”

“不用客气，我明天就回去了。馒头你们自己留着卖钱吧。”安东看着那张纸条上面写的字：女儿，汪琪，考号：2101031995061851……母亲，黄琪，电话……母女俩的名字读起来有点儿谐音。安东医生感慨地说：“我还是叫你汪妻吧。时间过得太快了，你们的女儿都18周岁多啦！”

汪妻说：“是啊，我们也老了。”

“老是不可抵抗的自然规律。你看起来并不老，没明显变化。”安东没有奉承她，除了比过去胖了一些，她的容貌几乎没太大变化，她的脸蛋还是那么娇嫩、艳丽，她的风韵和魅力不减当年。安东医生试探地说：“老汪，你好有福气呀！”

老汪尴尬地笑笑，说：“道喧知道自己得了绝症后，有一次，他拉着我去找算命先生算命，那个算命先生是个盲人，大家都说他算得很准，住在铁西医院后门正对的一条胡同里面。算命先生说他活不长，说我命里将要犯桃花。我当时根本不信，因为我已经光棍十几年了，一个人开店，整天忙得脚打后脑勺。后来……”

“陈年烂谷子的事，有什么好说的！纯粹的酒后胡言乱语！”汪妻急忙打断他，“我女儿的事就拜托你了，安东兄弟。”

“没问题。我尽力。”

“小兄弟，别太单纯了。”安东身后冒出一个低沉沙哑的声音。安东医生回头看了一眼身后扫大街的老妪，她神秘地挤挤眼，似乎想告诉他什么。

安东问：“你在对我说话吗？”老妪笑而不语。

“你在跟谁说话呢？”汪妻向安东身后瞥了一眼，不自在地问道。

“一个老妪。”

汪妻突然莫名其妙地笑起来："哈哈！你在跟空气说话吗？好了，我们该关门了。拜拜!"她急忙关上橱窗，拉上窗帘。从她慌乱的目光和不安的表情，安东医生看出来她心里一定有鬼。

安东回过头看到老妪还站在他身后，冲他诡秘一笑。

汪道喧的前妻怎么会在汪道喧死后不久就与他哥哥生活在一起了呢？所发生的这些事情是巧合还是精心策划的呢？

安东医生手里握着那张纸条离开了汪记馒头铺，向马路市场的另一边走去。不管怎么说，他决定帮老汪夫妻这个忙。正巧，安东有一个学生毕业后留在医学院，一直在招生办工作。安东医生站在路边从手机里调出学生的电话号码，马上给他编发了一条短信。

短信刚发出去，安东医生忽然听见有人喊道："小兄弟!"他抬头看见扫街的老妪拎着扫把趺趺撞撞地朝他走来，用沙哑颤抖的声音对他说，"小兄弟呀，别相信他们的话，别帮他们忙。这对夫妻不是什么好鸟。"

"您凭什么这么说他们呢？"安东惊奇地望着她，一位大约七十多岁弯腰驼背、几近枯朽的老太太。从她脸上显露出的热心、好奇、幸灾乐祸的怪异表情，足可以看得出来，她是个闲不住、爱多事、爱嚼舌的女人。这种人可以给人带来消遣、快乐、帮助，也可以造成烦恼、痛苦，甚至灾难。

"我在这条街道清扫卫生有一百多年了，这个市场里没有我不知道的事。"

"一百多年？您老真会开玩笑。"

"没人跟你开玩笑。你能猜出我多大岁数了吗？说出来会吓你一跳。"老妪有点儿不耐烦地说道，"人间的事不那么简单哪！实话告诉你吧，这个女人的第三任丈夫汪海洋去年出狱后找到这里与他们夫妻俩大闹一番，砸了他们的馒头铺子，还打伤了那个女的……"她大喘了两口气，继续说，"后来，他们报了警，警察来把汪海洋抓走了。汪海洋临上警车之前大骂他们是骗子，三个人合伙设计陷害了他。"

"他有什么证据吗？"

"没有。他只是说，女人是祸水，世上最毒妇人心。"

乱套了，确实乱套了。安东医生真的搞不明白了。“您老知道汪妻的第二任丈夫是谁吗？”

“知道。是馒头老汪的弟弟，汪道喧呗。

“那她的第一任丈夫又是谁呢？”

老妪神秘兮兮地说：“你根本想象不到，她的第一任丈夫就是馒头老汪，这个女人转了一大圈又回来了。你说是不是乱套了。”

“啊！我以为老汪是第四任呢——彻底乱套了。”安东想起来了，第一次见到汪道喧时，他曾经说过他对不起他哥哥，很内疚。唉，清官难断家务事啊！还是不参与为好。

安东吃惊地问：“大妈，你是哪路神仙哪？”

老妪没有理睬他的问话，继续说：“她曾经说她算过命，命中注定就是汪家的女人。”

安东连忙问：“汪海洋也是汪家的人吗？”

“汪海洋与他们汪家没有任何关系，只是同姓。”

“汪琪是谁的女儿，是汪海洋的还是馒头老汪的？”

老妪回答：“你看见人就知道了，长得与他爸爸一个模子。”

这时，安东的手机进来一条短信：汪琪同学高考成绩优秀，已经确定被录取。近期会收到录取通知书。

呵呵，汪琪这孩子倒是蛮聪明的。也好，让汪家也尝尝当医生家属的苦头吧。安东把那张纸条扔进垃圾箱里，打算转身离开。他抬头一看老妪不见了，这老太婆转眼的工夫跑到哪里去了呢？

都说阴谋难以得逞，可是阴谋如果设计完美也有成功的时候。汪道喧哪，你小子这一箭射中了几雕呢？

安东医生的故事讲完了。他端起茶杯喝了一口早已变冷的茶水，望着无语的安丰教授，等待着评价。安东医生此刻很想知道这位资深法医的感想，尽管他确信安丰早已被故事的情节吸引。

安丰教授沉思着，没有立即对故事做出任何评价，或许这个故事触动了他内心的哪根琴弦，或者触痛了他内心的某根神经，他轻轻地叹了口气，望着安东医生：“你最后一句话很有道理：阴谋如果设计完美也有成功的时候。这让我浮想联翩，我在想到底一箭中了几雕？”

“您是指汪道喧吗？”

“不，是‘她’，最后获益的一定是那个女人。”

“你是指汪道喧前妻吗？”安东不理解他的话。

“你觉得应该是谁呢？”他反问道。

“您觉得这个病例可以用于教学吗？”

安丰教授的表情很认真：“这确实是个很典型的范例，让我懂得了目前临床工作中存在的真实问题，很多时候，矛盾的根结不在于情、理、法上，而是在于钱。这是医疗市场化的必然结果。我们要做的事情是，在医疗市场化的进程中，在法制的框架下逐步解决医疗福利与医疗盈利的矛盾，以及由此而产生的各类医患矛盾。但是，恕我直言，这个病例不大适合课堂教学，虽然我相信事情是真实的，但很多内容过于故事化，戏剧化，倒可以编写一部医学推理小说。”

“哦……”安东医生虽然对这个病例能否搬上课堂并不在意，但心里还是隐隐感到一点点儿失落。安丰教授的话有一定道理，带给学生的病例，应该是真实、向上的。

“没关系，你可以再想一想还有没有更好的、轻松的、积极的病例，我们需要给学生带去一些阳光的、正能量的医患沟通例子。”

安东教授苦笑一下：“医患沟通的事情哪有轻松的。”

安丰教授笑笑，“有道理，医学上的话题本来就沉重，医患沟通的话题就更让人透不过气来。安东医生，我相信，在你的临床实践中一定有许多有趣的临床病例，将会受到学生的欢迎。

“好吧，我试试看。”

从此，安东医生开始热衷于病例故事讲座，因为他的讲座不仅学生和患者喜欢听，连医生也觉得很有味道。

第四篇/奇病沉思

作为一名大医院的心脏病专家，安东医生到社区门诊义务出诊已经两年多了，他定期往返于大医院和社区之间，付出的勤劳和辛苦，换来了患者的尊重和微笑，得到了在大医院难以收获的感受，为安东医生诊室增加了很多有趣的诊疗故事。虽然这些故事零零碎碎，相互之间毫无联系，但是，带给你的却是如何破解医学悬疑之谜、重还健康的方法和乐趣。

第三十五章　摔跟头之谜

潮阳路卫生服务社区站点是安东医生的第一家社区门诊，位于杭州市建国中路临街的一栋不起眼的居民楼一楼，这家社区门诊为他准备的诊室虽小但功能俱全，一张诊桌、一台血压计、一台电脑、两把座椅、一张诊查床，还有一个洗手盆。诊室的墙壁是半隔断的，一扇小窗面朝走廊，关闭着的百叶窗帘阻断了走廊通向诊室的视线，从隔断的上空不时传来走廊里的嘈杂声。这里的患者很多，他每周三上午出诊，站点的负责人隋雪丽医师提前为他预约十几个需要会诊的患者，患者在门外有序地依次等候就诊。社区门诊除了一台心电图机外，没有任何辅助检查设备，在这里看心脏病，全凭问诊、查体、听诊器、血压计和医生的经验了。社区诊所里的故事就是从这里开始的……

有一天，一个七十几岁的老者来到安东医生的诊室，瘦高个儿，双眸黑亮但面色晦暗，坐在凳子上微微气喘。

“请问您哪里不舒服？”这是他对初诊患者最常问的问题。

“安东医生，我血压不稳，时高时低，听说您病看得好，慕名而来。”老者轻轻咳嗽两声。

“以前还有别的病吗？”他习惯地追问病史。

“有点儿气管炎，冬天会咳嗽一阵。其他的嘛，都是老毛病，无大碍。”

“什么样的老毛病呢？”出于职业习惯，安东医生追问道。接着，看了一眼病历本，老者姓刘，75 岁。

“经常摔跟头，有二十几年了。”老者满不在乎地说。

“哦？”听了这句话，安东医生警觉起来。望着眼前这位老者，额头上有两块伤疤，一大一小，“老刘，摔跟头可不是件小事啊，如果由于意识丧失晕倒，不是心脏骤停就是脑缺血发作，那可是大事呀!”

“嘿嘿，时间长了，我也不大在乎了。”

“请问‘摔跟头’时，您心里明白吗?”

“不明白。头一晕，眼前一黑，马上就摔倒了，但过不了多久又醒过来了。”

“您摔伤过吗?”

老刘摸摸脑门上的疤痕，说:“早年时曾经摔伤过，还被送到医院缝过针。后来有经验了，头稍微一晕，我就坐下来或蹲下，从没摔伤过。”

“您的这种毛病医学上称为晕厥，是一种很严重的症状，应该认真检查一下，是什么原因引起您晕厥。”

老刘看着安东医生微微一笑，说:“嘿嘿，安东医生，我已经去很多医院检查过了，都没检查出什么毛病，时间长了我也习惯了。我有一位医生朋友，也是一位心血管老专家，他看了我所有的检查，脑 CT、肺 CT、脑核磁、冠脉造影、心超、动态心电图和血压及血化验结果后，劝我不用担心，没什么大毛病……”

安东医生打断他，纠正说:“但是，我认为您这种症状不是小事，一定要当心啊。”

安东医生为老刘做了常规的心脏检查，血压有点儿高，160/95 毫米汞柱，心率还好，每分钟 80 次，心律整齐，心音清纯，呼吸音清晰，心功能正常，除了心界略微大一些，没发现其他严重问题，似乎顶多就是个高血压心脏病。安东医生的表情放松了一些。

“开始时，我也怀疑自己得了严重的心脏病，很担心，不大肯相信我那位医生朋友的话，可是，二十几年过去了，我确实没出什么大事，所以，我现在也不担心了，不把它当回事。”老刘拍拍胸脯，显示自己还健壮，“我这次来是想让您帮助我调整一下降压药——咳咳——”突然，老刘用力咳嗽起来，可能是有痰液憋在气管里，脸涨得红紫，双肘支撑在桌子上，双手捧住面颊，闭上眼睛，脸色逐渐变得苍白。片刻，老刘的脸色又恢复正常，睁开眼睛，将口中痰液吐在卫生纸上，不小心痰液碎末儿弄脏了桌子。老刘歉意地说："不好意思，最近感冒了，有点儿咳嗽，刚才一口痰憋在嗓子里，头有些晕。"

"没关系。"安东医生用纸巾擦净桌子，接着问："您现在好点了吗？"

"好多了。"

看着眼前这位反复晕厥的患者，安东医生想起几年前一次心血管重症疑难病例讨论会上市二医院陈医生报告的一个有趣的病例：一个男患者每次排尿后都会发生晕厥，细心的陈医生干脆一连几天带着助手陪着患者去厕所，在患者每次排尿前、排尿中间及排尿后测量三次血压，结果发现患者的血压在排尿中间升高，在排尿后骤然降低到 60/30 毫米汞柱，随后发生晕厥。最终，他们发现在患者膀胱出口处有一个嗜铬细胞瘤。这个病例很感人，当医生的就要有这种高度的责任心和敬业精神。

"我再给您量量血压吧。"安东医生把血压计的袖带缠绕在老刘的右臂，耐心地读着血压计的水银柱，150/90 毫米汞柱，比刚才略低一点儿，或许与刚才一阵剧烈的咳嗽有关。安东医生嘱咐患者："请您用力咳嗽，连续咳嗽！"

老刘遵从安东医生的意见，用力"咳咳咳"咳嗽了一阵，安东医生再次量了他的血压，血压降至 120/80 毫米汞柱，心率每分钟 90 次。安东医生放开袖带的气体，嘱咐他继续咳嗽，老刘又用力咳嗽了几十秒钟。当停止咳嗽后，安东医生再次测量血压，血压下降到 85/50 毫米汞柱，心率升高到每分钟 110 次。安东医生心里似乎有数了，他指示患者再继续用力咳嗽，争取把肺底的痰咳出来。患者顺从地用力咳嗽起来，脸色红紫，唾液喷射在安东医生的脸颊，他没有躲闪，仔细观察老刘面部表情的变化。老刘的脸色由黄变红，由红变紫，由紫变白，口唇由红变紫，眼神有点儿锈涩。"停！"安东医生立即测量老刘的血压，70/30 毫米汞柱，心率加快到每分钟 130 次。很显然，再继续咳下去，老刘一定会晕倒。

安东医生明白了，这种病叫咳嗽反射性晕厥。他耐心地为患者讲解什么叫咳嗽反射性晕厥，由于剧烈咳嗽，导致支气管迷走神经兴奋，使血压下降，心率变慢——不对，安东医生突然察觉自己解释的不对，迷走神经兴奋时心率会变慢，老刘刚才血压下降时心率并没有变慢，反而加快。这是怎么回事呢？看来老刘的病不是简单的咳嗽反射性迷走晕厥，安东医生怀疑老刘得的是一种少见的病，或许与陈医生那个排尿后晕厥的患者患的是同一种病。

老刘听从了安东医生的建议，住院了，并做了一系列辅助检查。最终，在他的支气管旁边发现了一个良性瘤，嗜铬细胞瘤。嗜铬细胞瘤是一种神经细胞瘤，受到刺激时，分泌释放大量升高血压的物质，引起心跳加快、血压升高，随后又因为升高血压的物质短暂的枯竭，出现严重的低血压，严重时会发生晕厥。这种病的特点是血压忽高忽低，血压骤然升高时会引起头痛、头晕、胸闷、恶心、呕吐，医学称为高血压脑病或高血压危象；血压骤降时会发生晕厥。嗜铬细胞瘤可以长在全身任何部位，但最常见的部位是肾脏或肾上腺。陈医生的患者，嗜铬细胞瘤长在膀胱的出口处，所以排尿后会发生晕厥。但是，再狡猾的狐狸也逃不出猎人的眼睛，医生要像猎人一样有一双敏锐的双眼。当然，最重要的还是认真仔细，富有责任心。

诊断清楚了，老刘的病也治愈了。临出院时，他在病房的走廊里意味深长地对安东医生说了一声：再会！

这包含了所有的寓意和情感，也是患者出院时每一位医务工作最希望听到的话。望着老刘远去的背影，安东医生心里泛起一种不需言表的自豪和成就感。愿再见的患者带着快乐，愿不再回来的患者一直健康。

第三十六章　致命的电话

老刘出院了，再也没来过安东医生的诊室，可是他介绍过几位朋友到潮阳路找安东医生看病，老曹就是其中一位。

那是去年秋天，天有点儿凉了，老曹感觉牙齿阵阵隐痛，牙痛不是病，一痛就要命。他跑了几家口腔医院，让牙医把他嘴里上下28颗牙齿和4颗智齿反复检查了几遍，该拔的牙齿都拔了，该修的牙也修了，可是，牙齿和下颌依旧阵阵疼痛，有时还连着后背疼痛。牙痛没治好，他的血压还高了起来，有点儿头晕、头痛。

老曹喜欢搓麻将，最近他感觉不对，每当麻将搓到紧张时就不舒服。麻将友老刘看到老曹搓麻时一手捂着腮帮，另一只手捂着胸口，劝他："你是不是血压高了，我建议你周三上午到潮阳路卫生服务站找安东医生看病，我的病就是他治好的。"

老曹身材魁梧，方脸，浓眉大眼，身着笔挺灰色西装，脖子上拴着一条又粗又长的金链子，一副老板气派，红光满面地坐在诊室里，滔滔不绝讲述着他一周来的牙病寻医记，评论着牙医的拔牙技术，一点儿不像个患者。

安东医生翻看了他的病例首页，看到他的出生年月，1958年2月……安东医生测量了他的血压，135/89毫米汞柱，心率每分钟80次，心律整齐，心音和呼吸音清晰，似乎一切都正常。

"请问您现在牙还痛吗？"

"现在没事了，生气时或情绪紧张时会牙痛。昨天打麻将时痛了几次，最长一次连续痛了十几分钟，连着肩背部痛。"

"您平时吸烟吗？"

“安东医生，不瞒您说，我除了不嫖，其他四毒俱全。”

“您每天吸多少支香烟？”

“一包不够，有时谈生意或搓麻，要两包多。安东医生，抽烟与牙痛有关系吗？”

“抽烟与牙痛没关系，但与您的心脏有关，我怀疑您患了冠心病。请您躺在诊查床上做个心电图。”

老曹躺在诊查床上疑虑地问道：“冠心病？不会吧，那不是老年人得的病吗？我父亲有冠心病，可是我还年轻哪！”

安东医生一边连接心电图机器，一边回答：“吸烟可以使男性冠心病提前十年发生，甚至有三四十岁的男性因为过度吸烟发生急性心肌梗死。”

老曹沉默了，安东医生的话对他似乎触动很大，心电图的记录笔刻画出他那有些紧张的心脏跳动。心电图记录出来，安东医生拿起心电图认真地判读，从老曹的心电图安东医生察觉出他近期发生过急性心肌缺血，看来冠心病的诊断没什么问题，安东医生甚至怀疑是急性冠脉综合征，也就是说，离心肌梗死不远了。即使老曹的心电图没有异常，根据经验，安东医生也高度怀疑他患了不稳定心绞痛。

当安东医生把检查结果告诉老曹时，他似信非信笑着说：“不会吧，安东医生，你是在吓唬我吧！我胸不痛，只是牙痛。”

“心绞痛是冠心病的一个症状，所谓心绞痛不一定表现胸痛，典型的心绞痛表现为前胸闷胀、紧缩、不适或疼痛。还有一种不典型的心绞痛，常常表现为牙痛、下颌痛，有人甚至只是感觉头晕、乏力，也有的人甚至表现腹痛、腹泻。因此，牙痛或下颌疼痛时不要忽视心脏的检查。”安东医生告诉老曹，几个月前，这个站点负责人隋医生有个亲属，一位65岁的妇女，病史几乎与老曹一样，因为牙痛四处就医。后来，潮阳路卫生站的隋医生领她找安东医生看病，安东认为她患了冠心病，而且是很严重的冠心病，建议她做冠脉造影。果然，冠脉造影检查发现她的多支血管严重病变，最后做了介入治疗。现在，她的不舒服症状全都消失了。

“那我该怎么办呢？”

“住院，进一步诊治！”安东医生斩钉截铁地说。

老曹有些犹豫，看着安东说：“没那么严重吧，你瞧，我能吃能喝的，包括抽烟时也不感觉有什么难过。能不能先吃点儿药，如果不好再住院。”

安东医生理解他的心情，患者的心理都是这样，担心生病又不相信自己有病，特别是年龄不大的患者，更不愿意住院。他对老曹解释说：“心脏病与其他疾病不一样，有突发性和不可预料性。能吃能喝，能说能笑，甚至能走能跑，不见得没有心脏病发作的危险。我建议您住院，诊断清楚早点儿治疗，以免病情加重……”他的口气尽量缓和一些，既要让患者知道病情的严重性，又要避免加重他的思想负担。

“这样吧，您先帮我开点儿药，我家就在你们医院附近，有问题我随时去医院，安东医生，给我留个电话号码吧，有事我随时与您联系。”

安东医生在一张白纸上写下他办公室电话，递给老曹，“戒烟、戒酒，好好休息，按时吃药，不要紧张和情绪激动。有事随时联系！”

老曹把自己的手机号留给安东医生，说：“我公司里最近生意好，正是最忙的时候，等我忙过这两三天，我一定去住院。”老曹固执地坚持自己的意见，安东医生无法说服他，只好给他开了一些冠心病治疗药和急救药。

三天后，安东医生在办公室接到老曹的电话，老曹说他最近一天感觉不好，想住院，安东医生立刻帮忙联系好病床，让他马上过来，可是老曹又说公司还有些事务要处理，要第二天早晨八点钟来住院。安东医生反复叮嘱他要早点儿来住院，老曹承诺明天一早一定到医院。

第二天早晨，安东医生等到八点半老曹还没来，他给老曹打了个电话，老曹没想到安东医生会主动给他打电话，很开心，不住地感谢安东，说他正在等一个欠款的客户的电话，事情办妥后立即到医院去。撂下电话，安东医生接到一个急诊电话，有一个急性心肌梗死患者正在急诊室抢救，他立即向急诊室跑去。

一直到上午十二点半左右，急性心梗的患者病情才稳定，从导管室转回到病房。这时，安东医生接到了潮阳路卫生站隋医师的电话，她在电话里焦急地呼喊着：老曹心脏停啦！我们正和120的急救人员一起把他送往你们医院急诊室。

“老曹不是来住院了吗？”

“他没来得及住院，据他爱人说，上午十一点在家里给一个老赖打电话催账，一时情绪激动，突然手捂着胸口摔倒在地上。”

“现在情况怎么样？”

“不行了，心电图早已成直线了。120医生在他家里抢救了一个小时，没有任何效果。家属希望送到你们医院，请求你救救他。我们马上就到了。”

心跳停了一个小时了，根本不可能复活了，安东医生转身向急诊室跑去。神说生命就是时间，医生说时间就是生命，丧失了时间，神也无能为力。

安东医生在急诊室大门口看到了老曹，他面色苍白，双目紧闭，口唇紫绀，安详地躺在120的担架车上，上衣口袋里露出一盒已开封的半包香烟——安东医生拿起听诊器放在他的胸口，喧闹的世界一下子变得鸦雀无声，老曹的衬衣口袋里滑出一盒没开封的心脏急救药……一盒香烟、一盒急救药，最终选择的竟然是香烟。安东医生无奈地看了老曹最后一眼，心里反复回荡着两个字：遗憾！遗憾！

第三十七章　麻将之祸

忙碌了一个上午，总算把预约的患者都看完了，安东医生刚打算脱下白大衣离开诊室，诊室门被推开了，两个中年女人搀扶着一位老年妇女走了进来。“安东医生，不好意思我们来晚了。”

“坐下吧，你们来得正巧，诊室刚刚空下来。”安东医生拿起听诊器一边测量血压一边问诊。

“我妈妈身体一直很好，没有高血压，没有糖尿病，但一周前突然在家里晕倒了，当时家里没人，后来还是邻居发现了，把她送到医院。”其中一位中年女人说。

另一位中年女性补充说：“当我们赶到医院时，我妈妈已经完全恢复正常了。在急诊室观察了几个小时，看她没什么事情我们就带她回家了。但是，我们有点儿不放心，特意带她来看您。”

原来是两个女儿领着老妈看病。老人的血压正常，心率快，心律有些不齐，心音强弱不等，其他的没什么异常。安东医生为老人做了一份心电图。他问：“老人家，您感觉哪里不舒服？”

“心慌，还有点儿气急。”

“从前有过什么病吗？”

“我女儿不是说了吗，什么病都没有。”

“您晕倒时知道吗？”

“我要知道就不会晕倒了。其实，我什么事也没有，是我女儿硬逼着我到这里看病的。”

安东医生说：“从心电图上看，你患有心房纤颤，而且还有点儿心肌缺血，恐怕要考虑冠心病。”

“严重吗，安东医生？”两个女儿关切地问道。

“现在还不好说。需要到大医院做一些必要的检查。”安东医生嘱咐她俩带着母亲到医院做心超、冠脉 CT、动态心电图和血液化验，等到检查结果都拿到手，再回来找他会诊。其实，安东医生有点儿自找麻烦，既然建议到大医院做检查，就应该就地看病，何必让她们再返回来呢！

她们问他：“您认为这些检查有必要吗？”

安东医生肯定地回答：“有必要。”

一周后，两个女儿带着母亲拿着一大堆检查结果出现在诊室里。安东医生认真地看着老人的各项检查结果：他最关心的冠脉 CT 没有什么问题，心脏超声没发现什么大事，动态心电图的结论依然是心房纤颤。他一页页地翻看着血液化验单，正常、正常，全都正常。作为医生要想查明病因总希望能发现阳性的检查结果，而实际上，检查结果阴性对患者反而是个好事。

“安东医生，诊断清楚了吗？”其中一个女儿问道。

“还不清楚。这些检查都阴性，几乎没发现新的问题。”

另一个女儿露出失望的表情，“这么说这些检查都白做了？”

老人显得有点儿不满意地说：“我告诉过你们我没事，怎么样？花了钱还遭了罪。”老人固执地站起来打算转身离开。

“不检查怎么知道没事呢！”安东医生道。医学诊断有时需要排除法。

那个面色不悦的女儿顶撞他说：“可是，我们告诉过你我妈妈从前什么病都没有啊！你怎么还让她做这么多没用处的检查呢？”

隋医生听到有点儿像吵架的高嗓门声音，连忙从隔壁诊室跑过来，说：“怎么了？”

“算了，小妹，你别说了。安东医生也是好意，为妈妈体检一遍也是好事。”老人的大女儿通情达理地调解说，“安东医生，您别介意，我母亲身体确实很好。这次患病之前，虽然 80 岁了，打起麻将来一坐就是大半天，一动不动，我们年轻人都不如她。”此时，小女儿搀扶起母亲准备离开诊室。

“等等！”安东医生叫住她们，“你妈妈每天都玩麻将吗？”

小女儿回答：“我妈妈身体棒得很，几乎每天都玩麻将，特别是生病那天从中午一直搓到晚上八点半，精力充沛，回到家才突然犯病。不过，自从生病后她就再没碰过麻将。”

安东医生心里豁然晴朗，“老人家，我检查一下您的腿。”

老人嘴里嘟囔着：“心脏还没看明白，怎么又看腿了呢？我的腿又没毛病。”

检查过老人的小腿，安东医生对老人的病情已经胸有成竹，翻开病历本写道：建议做肺 CT 动脉造影和下肢血管 B 超。

“安东医生，您认为有必要做这两项检查吗？”

“非常必要！她的病在心脏和肺上，但病根是在右腿上。做好这两项检查后我会详细向你们解释这是一个什么样的疾病，应该如何预防和治疗。”

小女儿说：“安东医生，您别介意，我刚才态度不好，主要是母亲生病，我的心情焦躁。”

大女儿说：“谢谢您，安东医生。”

患者离开诊室后隋医生担忧地问：“安东老师，你有把握这个检查会阳性吗？”

安东医生笑笑说：“不管这个检查结果如何，她的诊断已经明确：右下肢静脉血栓，肺栓塞。这项检查只是对她的病情继续做个有价值的评估，对选择治疗策略有一定的指导意义。”

“您认为她的晕厥与打麻将有关吗？”

“有关系。她的右下肢深静脉瓣功能不好，长期久坐下肢静脉回流不畅，导致深静脉里形成血栓。那天她离开麻将室步行回家后，静脉里的血栓脱落了，顺着大腿静脉回到心脏堵塞肺动脉……其实，这种病引起猝死并非少见，只是很难诊断。”

“你打算怎么治疗她的病呢？”

“我已经为她制定了几套治疗方案，要根据她 CT 肺血管造影和下肢血管 B 超的结果来判断选择哪种方案合适。但是，最关键的还是要让她明白这是一个什么样的疾病，可能会出现哪些意外，今后应该怎样预防。”

是啊，晕倒了如果醒不过来就不是晕厥了。

第三十八章　神秘病症

脚心综合征是一个在教科书、专业书和国内外专业杂志上都查不到的疾病名称，但实际上，它就像中国大地的“小姐”一样，半明半暗广泛存在于你的身边，如同冠心病、心肌梗死一般的恐怖，防不胜防，严重威胁着人类的健康和生命。沾上它，健康得不到保障，整天提心吊胆，家无宁日，人不太平。

脚是用来走路的，不需多做解释。心脏是人体血液循环的动力器官，起到泵血的作用。心脏好比汽车的发动机，是推动全身血液循环的原动力。心脏的工作效率十分惊人，它永不停歇，具有超强的工作效率和极端的持久力。全身封闭的血管系统分为静脉和动脉，总长大约 96 000 公里，可以围地球绕两圈半。心脏每分钟大约要泵出 5 升血液，相当于心脏自身重量的 30 倍，每小时泵出大约 300 升血液，一年的时间大概泵出 2600 吨血液，相当 40 个火车货车厢满载的重量。心脏每天 24 小时每分每秒不间歇地工作，是人体最勤劳、最高效、最重要的器官。

什么是脚心综合征呢？心与脚相隔甚远，应该毫不相干。把两者联系在一起，听起来如同头痛医脚的意思，有点儿愚蠢，但实际上，一点儿也不可笑。

心脏病可以跑到脚上，脚上的毛病也可以跑到心脏上。说简单点儿，它像头上蒙着面纱的强盗、身上裹着遮羞布的妓女、泡在妓院床上偎在纱帐里的嫖客，扯下一层窗户纸便暴露无疑。说复杂点儿，形形色色的脚心综合征像盗贼一样，五花八门，东躲西藏，幽灵般地遮住了人们的视线，让人类千年难以识别其庐山真面目。

并非故弄玄虚，并非骇人听闻，连续两年多的社区坐诊，让安东医生有机会揭开脚心综合征的面纱，看到它形形色色的面孔。前面讲到的麻将患者就属于一种地道的容易被认识的脚心综合征。那位患者按照脚心综合征的规范化治疗方法治疗了一个疗程，病情治愈了，以后她再不会久坐在麻将桌旁，她懂得该如何保健自己的双脚。脚上没病，心里安静。

曾经有一位年轻有为的公司白领出国，连续乘飞机16个小时，疲劳的他上了飞机就一动不动窝在座位上呼呼大睡，直到终点。下了飞机走了几十米远，突然摔倒猝死。后来当地法医尸解发现，猝死的原因是由于长时间下肢静脉血回流不畅，形成大量红色血栓，行走时血栓脱落导致急性大面积肺栓塞。其实，这些都属于那种传统意义上的脚心综合征，而真正神秘不为人知的脚心综合征还在后头。

一位苏州农村的村长不畏路途遥远，专程到社区诊室找安东医生看病。他四十四五岁，高挑身材，眉清目秀，朴实淳厚，一手提只鸡，另一只手提只鸭，身上还背着一个大冬瓜，安静地等候在安东医生的诊室外边。一直到最后一位患者离开诊室，他才走进来。

他放下手里的鸡鸭，坐在椅子上，开门见山地说："安东医生，我的病有点儿怪，与你发表在浙江健康俱乐部网站上的《安东医生诊室》中讲到的千年古村的潘村长的症状一样。"

"哦？你认识潘村长。"安东医生看了一眼病历首页的名字，问，"梅先生，说说你有什么症状？"

梅村长没有叙述他的症状，先讲述了他与潘村长相识的过程，以便拉近与安东的距离。"上个月，在"苏州村长国际学术论坛"开会时认识了潘村长，我们聊天时发觉得了相同的疾病，他推荐我找你看病。"

村长都开国际会了，这年头会议多如牛毛，真是泛滥成灾。安东医生再次问："梅村长，你有什么症状？"

"胸闷、心慌，登山时气急，有时不明原因晕倒。昨天刚刚晕倒一次。"他用手摸摸自己的脑袋，"幸运的是没摔伤头。"

安东医生摸摸他的脉搏，脉搏跳得强弱不等、快慢不齐，又用听诊器听听他的心音，心律不齐、心音强弱不等，这是心房纤颤的特点。

什么叫心房纤颤？心房纤颤就是心房乱跳乱颤。心脏是个泵血的泵，分左心和右心。左心由左心房和左心室组成，右心由右心房和右心室组成。右心接受静脉回流的血液，然后把血液泵入肺动脉里与肺泡里的氧气进行氧合变成动脉血。左心接受来自肺血管的动脉血，然后把动脉血泵入进主动脉内，流向全身各处。右心房有个负责心脏跳动的起搏点，叫窦房结。窦房结患病叫病态窦房结综合征，心率跳动变得严重过缓，甚至停跳，有时会出现心房纤颤。

安东医生让梅村长做了心超和24小时心电图检查。心超右心房偏大，但肺动脉压正常。安东医生撩起他的裤腿，看到了熟悉的一幕，他的右侧小腿表浅静脉迂曲增粗，像一条盘曲在腿上的青蛇，医学上称为下肢静脉曲张。

全身被组织细胞利用过的血液需要通过静脉血管重新返回到心脏。头部和上肢的静脉血液，在重力的作用下很顺畅地回到心脏。而下肢的静脉血则需要靠微弱的静脉压力、下肢肌肉的挤压、呼吸时胸腔的虹吸作用以及静脉瓣膜的单向开放作用，缓慢地回到右心房。在这些诸多因素中，静脉瓣膜的作用最重要，如果静脉瓣膜先天或后天性关闭不全，就会出现下肢静脉曲张。

早在多年前，医学上就发现下肢静脉曲张的人，行走时下肢容易出现疲劳、乏力、脚底或脚背酸痛、麻木等症状，久坐或过度劳累时容易并发下肢血栓性静脉炎。

几十年前，在没有汽车的年代，军人行军打仗日行百里，靠的是两条腿。那时，人们就已经发现，在小腿打上绑腿，既可以避免下肢疲劳，减轻脚步肿胀，还可以防止不必要的伤残。现代人，有车有飞机，不需要远距离步行，除了寺庙里的出家人外，大家早已忽略了这一传统的重要性。

很多专家认为如果下肢深静脉发生血栓，一旦血栓脱落，有肺栓塞的可能，引起严重的呼吸困难、胸闷、急性右心衰竭症状，甚至威胁生命安全，而浅静脉除非合并继发性肺动脉高压，否则相对安全。其实，事实并非如此。殊不知，严重迂曲的浅静脉里也可以长满血栓，随时会有微小血栓脱落流入右心和肺动脉里。

安东医生两年前开始观察到，很多下肢表浅静脉曲张的患者会经常发生胸闷、气急、阵发性房颤、房性早搏或室性早搏、晕厥等症状，其中以心房纤颤和严重窦性心动过缓最常见。有些甚至因为病态窦房结综合征安装了永久性起搏器。这类患者急性发病时出现肺动脉压急性升高，因为平时右心室缺少代偿性，右心房很容易率先增大。大多数人急性发病后，病情都可以自然缓解，由于肺血管里的血栓小，很快自行溶解，肺动脉血流再通。因此，之后的检查很难发现阳性体征，肺动脉压正常、心脏大小正常，甚至肺血管造影都没见到血管阻塞或血栓的影像，经常被误诊为其他心脏病。

由于肺动脉代偿性强，而右心房可塑性差，有些患者早期表现出令人费解的体征：肺动脉压轻度升高或正常，只有单纯的右心房增大。心脏增大是什么原因呢？很少有人想到病根是在脚上。久而久之，晚期出现继发性肺动脉高压，表现为右房或右室增大，慢性右心衰竭，严重时还会影响到左心。如果患者恰好存在其他心脏病，就更容易混淆一起，因此，一些患者没有被及时诊断清楚。安东医生把这种现象称为神秘的脚心综合征，顾名思义，脚病引起心脏病。

确切地说，脚心综合征是指由下肢静脉曲张、胸闷、右房大或肺动脉高压、心房纤颤或病态窦房结综合征组成的四联症。脚上的毛病跑到心脏上了。

一提起心房纤颤，人们马上会想到冠心病、高血压心脏病、风湿性心脏病、心脏瓣膜病、先天性心脏病、心肌炎、各种原发性或继发性心肌病及肺心病。一部分没有器质性心脏病的患者被归入特发性或阵发性心房纤颤。很多年前，有一次在国内学术会议上，安东医生与全国著名的心血管专家霍教授交谈时问道：“心房纤颤与冠心病的关系有多密切？”霍教授告诉他：“据初步统计由于冠心病引起的心房纤颤的比例不足15%，绝大部分心房纤颤并非冠心病所致。”

近年，很多心电生理学医生蜂拥而至把目光集中在心脏的左心房，忽略了右心房在心房纤颤发生中的作用。其实，很少有人想到，很多心律失常或阵发性心房纤颤来自于一过性右心衰导致右心房压力过大所致，病根就在脚上。

脚心综合征的治疗办法是掌握正常的物理保健知识，长距离行走时患肢要穿高弹力保健袜，乘火车或飞机长途旅行时避免久坐，应该定时做一些下肢运动。下肢肌肉收缩有助于静脉血回流。夏天多喝水，避免血液浓缩，加重血栓。

对于已经发生心脚或脚心综合征的患者，应该在医生的指导下使用一种口服的抗血栓药物。平卧时，患侧肢体抬高，有助于静脉回流。当然，外科手术的方法更积极些，可以根治或减轻症状。但是，安东医生经常发现一些已经做过手术的患者静脉曲张再次复发。对于外科手术后复发的患者，更应该积极地采用物理保健治疗和药物治疗。

十年前，一位湖州郊区姓黄的村长患了这种脚心综合征，他只有三个症状，反复胸闷、晕厥和左下肢静脉曲张。他晕倒过几十次，曾经走遍大小不同的医院，做过各种检查，查不出毛病。甚至病急乱投医地找当地的巫术师帮忙，用尽所谓祛鬼驱邪的魔法，他依然不停地摔倒。后来，他找到安东医生看病，安东医生建议他服用一种抗血栓药物治疗，并对他说只要按时规律服药，肯定有效。黄村长半信半疑带着药回去了。

一个月后，黄村长打来电话，告诉安东医生他咨询了当地医生，都认为他服用这种药物没有道理。安东医生坚定地回答：你听我的没错！

黄村长放心地按照安东医生的处方服用了抗栓药，果然服药之后，一连十年再没出现过晕厥。

在安东医生的治疗下，梅村长的静脉曲张虽然还在，但症状明显好转了，没有再发生晕厥。他每个月复诊一次，雷打不动。时间久了，医患成了朋友。他每次来看安东医生都照旧，左手一只鸡，右手一只鸭，身上还背着一个大冬瓜。鸡鸭呱呱叫，惊动了领导，领导找安东医生谈话，语重心长地叮嘱他不能收患者的礼物。安东医生信誓旦旦地保证：我决不收患者的礼物，朋友除外。唉，梅村长每次看完病扔下鸡鸭就走，该怎么办呢？难道还要把鸡鸭养起来吗？农民的朴实令安东医生感动：下次再来看我，千万别送礼，梅村长，求你了！

自从到了社区门诊后，接触农村患者多了，村长的病看好了，村民们也陆续来找安东医生看病。一个与安东医生熟悉的村民笑嘻嘻地说："10

块钱挂个号比剃个头便宜多了。”

这类患者多了，安东医生初步总结出一个规律：在农村，十个有症状的下肢静脉曲张患者，有三个会出现心房纤颤或病态窦房结综合征；十个不明原因的房颤患者，有三个腿上有这种毛病。当地医生对安东医生说：这种现象并非偶然，在农村，由于农民要做体力劳动，下肢静脉曲张很普遍，也很严重。前些天，安东医生决定让他的研究生到社区研究一个课题：农民脚心综合征。

第三十九章　慈心

“安东医生，她是我的邻居，她的心脏不好，请您看看她能否继续怀孕。”多年以前，门诊部护士长领着一位孕妇来到安东医生的诊室就诊。

这个女患者叫唐晓波，39岁了，相貌要比实际年龄小得多，猛然一看有点儿像个二十几岁漂亮的新疆姑娘，瘦长脸型，大眼睛，高鼻梁。一坐在诊桌旁边，就迫不及待地告诉安东医生：“我有心脏病，怀孕4个月了，几乎所有给我看过病的医生都建议我打掉孩子，可是我不肯。我想听听你的意见。如果有希望，我想尽力尝试下把孩子生下来。”

她的眼神流露出无尽的渴望，让安东医生感到重托压在肩上。安东医生没有开口说话，仔细翻阅着她的病历和检查材料。

她继续说：“其实，我自己已经有个12岁的儿子了，不再生孩子也无所谓。但是，我老公他没有孩子，他小我10岁，我们夫妻结婚多年，感情很好，但一直没怀上孩子，如果条件允许，就是拼命，我也要为他生下这个孩子。”

这是安东医生到南方工作后见到的最直爽、最坦率的女人，她的表情认真，甚至有些刚毅，只是略显激动，眼圈有些红润。她的身后站着一个30岁左右、肤色白皙、眉清目秀的男人，羞涩地低着头摆弄着自己的手指。

为了爱情甘愿赴汤蹈火，这个女人的勇敢和坚强令安东医生感动，他点点头，说：“我先检查检查你的心脏再说吧。”

孕妇发生心脏病是一件最难办的事情，许多治疗心脏病的药物对胎儿的生长发育会有不良的影响或毒副作用。出于医学伦理和道德约束，几乎没有人把孕妇选为实验对象做各类的药物临床试验，因此，面对一个期望继续妊娠产下健康宝贝的心脏病孕妇，医生们常常显得束手无策。

怀孕前健康的妇女，怀孕后也可能会出现类似心脏病的症状和体征，这主要是由于受孕后体内内分泌改变、胎儿生长发育、子宫增大，代谢增加、母体耗氧量增加，加上胎盘循环的建立，引起血容量增加、心排血量增高、心跳加快和心脏负担加大等方面的变化。个别孕妇增大的子宫压迫腹腔静脉，由于下肢静脉回流不畅发生深静脉血栓甚至可能威胁到母亲的生命安全。

如果心脏病的妇女妊娠，则更是地道的高危状态。目前，没有任何安全可靠的药物预防和控制妊娠期间的心脏病发作，孕妇一旦发生心衰、严重心律失常、难以控制的高血压等情况，将严重威胁其自身和胎儿的生命安全。

形形色色的心脏病、各类不同体质的孕妇、不同孕期、不同工作和生活环境，鱼目混珠，难说哪个孕妇继续怀下去安全，哪个会有危险。有时，医生由于担心孕妇的安全，或担心承担医疗风险和责任，一律简单地告诉她们终止妊娠，否则后果自负！从医疗原则上来看，这么做无可非议。但这不是仁术，更不是慈心！

任何女人都有当妈妈的愿望和怀孕的权利，做医生的应该分辨出哪些患者可以继续怀孕，哪些情况不适合继续妊娠，给予必要的忠告，最终尊重她们自己的选择，这才是仁术慈心。

当医生首先要有仁术，其次要有慈心，当年，安东医生的老师们就是这么教导他的，他的研究生导师一辈子钻研肺动脉高压和孕妇心脏病的研究，在这方面不仅权威，而且硕果累累。硕博连读，安东医生跟随导师们五年，出门诊、会诊、实验，学到了孕妇心脏病诊治的真经。有了扎实的理论和丰富的实践经验，所谓艺高人胆大，他从容地承担起心血管高危孕妇的保健门诊工作。

安东医生为唐晓波做了全面的内科检查，血压130/50毫米汞柱，心率不快不慢，每分钟80次，主动脉区可以听到典型的舒张期杂音，心界轻微向左下扩大，双肺呼吸音清晰。外周血管体征阳性。诊断毫无疑问，是风湿性心脏瓣膜病，主动脉瓣关闭不全，心脏功能处于代偿阶段。

安东医生评估后认为唐晓波的心脏情况基本符合继续妊娠的条件。记得多年前他的老师曾教导他，风湿性心脏病中，二尖瓣重度狭窄的患者妊娠时风险最大，而主动脉瓣病变的患者风险相对小些，因为左心房的代偿能力明显低于左心室。主动脉瓣重度关闭不全时左心室的代偿能力强，代偿期相对长，但是如果患者想要继续妊娠，左心室舒张末直径要小于55mm，一定要没有明显的肺动脉高压、没有严重心律失常、没有心力衰竭表现。

安东医生保守地说："你虽然属于不适合妊娠的范畴，但你目前的情况基本符合继续妊娠的条件，如果你有强烈的继续妊娠愿望，可以试试看。妊娠29~34周这段时期是心血管事件高发期，也是胎儿生长成熟最关键的时期。如果你在28~29周时出现心衰症状，恐怕那时必须要终止妊娠，胎儿虽然有存活可能，但风险很大。如果你在29~34周内出现心衰，要随时终止妊娠，胎儿属于早产，但基本上可以存活，当然，母婴会有危险。目前，我无法预料今后的风险到底有多大。你还坚持继续妊娠吗?"安东医生把这段话写在她的病历上。

唐晓波坚定地点点头，在病历本上签上"同意"两个字。

"要注意休息，避免着凉或劳累，每周复诊一次。"

听了安东医生的话，唐晓波开心地笑了："我说我没事嘛，我现在什么活都能干，没有什么不舒服的感觉。"

"不能单凭感觉。孕妇的氧耗量本身就高于平时的三倍，运动或劳动时氧耗量还会明显增加，因此，过分劳累的话，你的心脏会吃不消。体力活绝不能做，你再心疼你的丈夫也没办法，所有活都应该让他来做。万一由于劳累出现心衰，会直接威胁到你和胎儿的健康，影响你继续妊娠。记住，一定要好好休息，情绪平和，适当地活动。"安东医生反复地叮嘱她。

"我们是自由职业，住市区的自家农民房，靠出租房屋的租金生活，平时只是有点儿家务活儿。"

安东医生再次强调："孕妇不适合做家务活儿。"

"哦，知道了。"她点点头，回头对她丈夫说，"不好意思，老公，以后家务活儿都要你来做咯。"

“搓麻将可以吗?”她的丈夫问道,“她喜欢打麻将。”

“最好不要搓麻将,凡是久坐不活动都对孕妇不利,会加重下肢静脉血管堵塞,导致下肢静脉曲张,下肢浮肿加重,严重时会出现血栓性深静脉炎,严重威胁母婴安全。”

“好的,一定遵守你的意见。”

在以后的时间里,唐晓波夫妇每周到安东医生的诊室复诊一次,病情一直稳定。直到妊娠第29周过后她去产科做产前检查时,产科医生发现她的心跳有点儿快,不放心,把她转回到安东医生的诊室。

“安东医生,产科医生说从来没见过我这么重的心脏病患者继续妊娠的,要求你在病历本上写上同意继续妊娠并签上你的名字,否则……”

“好吧,我先给你检查一下。”唐晓波的心率每分钟116次,但心律整齐,听诊两肺没有那种心衰时出现的水泡音,口唇也没有紫绀,下肢没有浮肿,总之,没有任何心衰的表现。“你夜里睡觉好吗?能躺平休息吗?睡眠时有没有憋醒或呼吸困难?”安东医生一连问了四个问题,都是关于了解心功能的问题。

“Yes, yes, no, no.”唐晓波简洁地回答了四个问题。

安东医生在病历本上写道:该患者目前没有心力衰竭表现,心功能处于代偿状态,同意在严密随访下继续妊娠,如果发生心衰表现随时终止妊娠。然后,签上自己的名字。

当安东医生把病历本交给唐晓波的时候,他明白自己将承担的风险,心脏病具有突发性和不可预料性,谁也不可能为谁担保。但是根据自己的临床经验,他对唐晓波继续妊娠心里有把握。

唐晓波似乎看出他心里承受的压力,安慰说:“安东医生,继续妊娠的决定是我自己做的,万一发生任何意外,请你放心,我们家人不会怪罪你的。”

安东医生欣慰地笑了:“你会成功的。”

妊娠到第34周时,唐晓波有些呼吸困难,两肺呼吸音粗,心率有些增快,每分钟120次,但没有明显心衰症状。为了预防万一,安东医生让她住在心内科病房里观察。住院后,通过吸氧和休息,她的心率降低到每分钟 100 次，呼吸变得平稳。孕妇后期由于胎儿增大常会出现心动过速和呼吸困难。34 周时，胎儿已经发育成熟了，安东医生也不再担心什么了，只要剖腹产前没有心衰，一切应该没有问题了。

妊娠第 36 周时，唐晓波剖腹产出一个八斤重的儿子。满月后，唐晓波夫妇抱着儿子来诊室看安东医生。望着她可爱的宝贝，安东医生的内心涌出一股做医生的成就感。

"安东医生，非常非常地感谢你。我曾经跑过很多医院的产科，几乎没有医生同意我继续妊娠。对于我来说，妊娠不仅仅关系到孩子，还关系到我的婚姻。我老公是家里的独生子，如果我不能生孩子，他父母不会答应我们继续在一起的。"

唐晓波的老公似乎并不同意她的意见，可又没有反驳她。唐晓波的脸上洋溢着幸福和快乐，望着老公的眼神里充满着爱意，"他呀，老实、懦弱、孝顺……嘿嘿，只有一个优点，对我好。"

唐晓波痊愈出院了。从那之后，安东医生在高危孕产妇保健方面也有了名气，凡是心血管高危孕妇，产科医生都介绍到他的诊室。

第四十章　仁术

之后不久，产科门诊转来一位23岁、身材瘦小名字叫小仙女的先天性心脏病的孕妇。她面色晦暗，神情疲惫，口唇和四肢皮肤紫绀、湿冷，半张着肿胀的嘴唇用力地喘气。她的血压150/60毫米汞柱，心率每分钟140次，双肺可闻及湿啰音，双下肢浮肿。这可是严重的全心衰啊！心脏B超测量肺动脉血压140毫米汞柱，健康人的肺动脉压力只有10毫米汞柱左右，她的肺动脉血压比正常人高出十几倍！天哪，一旦肺动脉压力超过主动脉压力，必死无疑！

这是一个动脉导管未闭合并室间隔缺损的患者。患了这种严重先天性心脏病的患者能活到成年已经不容易了，而她竟然还怀孕坚持度过了妊娠最危险的时期，到了第38周。也许是因为爱情的缘故，也许是因为心中有着强烈的母爱，也许她自认为自己是仙女有上天在保护，她竟然大胆地沿着危险的道路走到了尽头。

面对如此危重的患者，安东医生的手心捏了一把冷汗。他立即呼叫急救人员送来氧气、急救药品，推来担架车。患者被转到急诊抢救室后，医院一边组织医护人员抢救，一边组织产科、心内科、心外科、重症科的专家会诊，大家意见一致立即急诊剖腹产终止妊娠。

手术室里，患者全麻后动脉血压下降到120/50毫米汞柱，皮肤紫绀加重，心率一过性升高到每分钟180次，心脏骤停随时会出现。手术室里鸦雀无声，大家一边有条不紊地忙着各自的准备工作，一边聆听着监护仪里传出的“嘀嘀”的报警声。时间就是生命！

“不好，血压在下降，100/40……血氧饱和度下降，肺动脉压110……不好，胎心下降……”麻醉师焦急地喊道。

产科王主任麻利地做好手术准备，拿起手术刀看着安东医生：“安东医生，给我十分钟的时间……”

“好的，多巴胺、西地兰……”静脉推注多巴胺、西地兰后血压回升到120/60毫米汞柱，心率降回到每分钟140次，病情暂时稳定。

好样的，太神速了，只用了5分钟，王主任就从子宫里取出一个浑身青紫瘦小的男婴。她倒拎着婴儿的双腿，用力拍打着男婴的后背，一下、两下、三下，没有哭声。大家的心一下子悬吊起来。第四下，“哇！”男婴终于哭出声音了，虽然哭声并不响亮，可是，在场所有的医护人员都松了一口气。刚出生的婴儿，只要一哭，接着就会自己呼吸了，哭声越响亮，婴儿越健康。在产科医生的耳朵里，婴儿的哭声胜于优美的乐曲，更悦耳、动听。

患者血压稳定，120/75毫米汞柱，肺动脉压下降了一半，降到了70毫米汞柱，心率每分钟110次。母婴总算全都保住了。

三天后，小仙女从重症监护室转到心内科病房，病情稳定，每日照常给婴儿喂奶。患者的丈夫身材瘦小，秀气白净的脸庞戴着一副近视眼镜，每天缠在安东医生身边咨询着他爱人将来心脏手术的问题。

“您觉得我老婆还有做心脏手术的机会吗？”

“我认为有，但是要请心外科会诊，听听外科医生的意见。”

小仙女住进心内科四五天后，病情再次加重，海岛女医生徐俊向安东医生汇报了患者的病情，并跟随他到患者床边查房。

患者双下肢浮肿、颈静脉怒张、口唇紫绀，双肺可闻及湿啰音，心率每分钟130次，心衰明显加重了。心脏超声显示肺动脉压力再次升高到140毫米汞柱。难道产后发生什么并发症了吗？

护士照常把婴儿推到小仙女的床边，小仙女疲惫地解开衣裳把儿子搂在怀里，婴儿甜蜜地吸吮着母乳。

安东医生翻阅了病历和医嘱后对徐俊医生说：“这么重的心衰患者怎么还喂奶呢？喂奶的患者要多吃多喝，夜里喂奶休息不好，心衰当然会加重。再说，奶水里可能会有治疗的药物，对婴儿也不利。立即停止母乳喂养，另外，还要暂停静脉液体。”

徐俊医生问："安东医生，停止母乳喂养我懂，可是为什么要停用静脉液体呢？我们的心衰包括心肌梗死的患者不是都在补液治疗吗？"

"重度肺动脉高压患者与一般的患者不一样，补液过多过快会使肺动脉压快速升高。"

"好的，明白了。马上停用静脉液体，加强利尿。"海岛女医生的机灵是有名的，话不用多，一点就透。

停止母乳喂养和调整治疗后，小仙女的病情很快又好转起来，肺动脉压力降回到原来的水平。可惜的是，由于病情太重，特别是肺动脉压力太高，外科不同意手术，认为患者已经失去了手术机会。安东医生几次与心外科沟通，依然无果。一个先天性心脏病患者病到如此严重的程度，如果不能抓住最后一次机会手术，那将意味着什么呢？他曾经见过很多晚期的先心病患者，浑身青紫，丧失了生活自理能力，临终前的一段时间里，与其说是肉体上的痛苦，不如说是心灵上的磨难。

小仙女出院那天，安东医生反复告诫她的丈夫，等她身体恢复再好些，领她到上海、沈阳、天津、广州或北京的大医院看看，无论是国内哪家医院，只要心外科医生同意给她手术，你就马上安排她手术，这是她最后一次机会。

小仙女的肺动脉压力波动这么大，或许不是件坏事，从另一个角度似乎在告诉安东医生一个事实，她的肺小动脉没有严重的硬化。潜意识也告诉安东医生，她还有手术适应症，能渡过手术的难关。

多年以后，安东医生已经淡忘这个患者，但是补液后肺动脉压迅速升高这件事，他一直没忘。他经常把小仙女作为典型案例讲授给下级医生听。

最近，有个名叫小仙女"幸福的累着"的微信一直在请求安东医生加他为好友。在安东医生加他之后，他发来一条信息：安东医生，您好！您可能记不住我了，可是我和我的爱人不会忘记您。多年以前，我爱人患先天性心脏病，经过你们抢救，母子平安。但是，因为她的病情太重，没有一家医院心外科愿意为她做手术，都说太迟了。出院时，你告诫我别放弃，无论是哪家医院，只要心外科医生同意给她手术，马上安排她手术，这是她最后一次机会。我一直没忘记你的这句话，几乎跑遍了全国各地。最后，终于有一家医院同意为她做手术。现在，她的身体完全恢复正常，我们一家人很幸福。儿子也上小学了，十分感谢您！

微信的头像是一张全家福，安东医生认出了他们夫妇，回想起小仙女住院时的情景。照片上，小仙女和她的丈夫虽然显得有些疲惫，但生活得很快乐、很健康、很幸福。

女人的伟大在于妊娠、分娩和哺育儿女，这是人类世界不变的真理。尤其是那些高危的孕妇，明知山有虎偏向虎山行，具有武松的气概，不得不令人敬佩。因此，请男人们像“幸福的累着”那样，在孕妇或自己的女人面前放下架子，不要再矜持。

第四十一章　惊喜

2013年10月，一个普通的礼拜三下午，秋日的阳光淡淡地洒落在诊室的桌子上，墙壁上的时钟显示14:16，安东医生的诊室里挤满了患者，他正在给一位老人量血压，安东医生那有点儿严肃的面孔下克制不住内心意外的惊喜。安东医生的助手坐在办公桌的对面，用安东医生的小米手机为他拍下了一张珍贵的照片。

照片上的老人姓吴，头发花白，面色略显微黄，但双目炯炯有神。当她突然出现在安东医生的诊室里的时候，着实吓了安东医生一跳，他真想不到她还活着，而且活得这么健康。

2004年，72岁的她，因急性冠脉综合征入院，做了冠脉造影，严重三支病变，右冠脉完全闭塞，前降支和回旋支弥漫狭窄达90%以上。病情重到已经不适合支架术治疗的程度，安东医生动员她转到心脏外科治疗。根据安东医生的临床经验，病变到了这么严重程度，猝死是很平常的事。可是，她本人和家属又拒绝外科搭桥手术。

安东医生只好说："既然拒绝外科治疗，那就只能是药物治疗了。"

听了安东医生的话，老人的老伴笑眯眯地说："既然有药物治疗，那不是更好嘛！请你帮助我们选择最好的药物，制定最好的方案。"

安东医生知道老两口有点儿误解，把她老伴悄悄叫到一旁，认真地讲解了疾病的严重性和风险。她老伴说："你放心，我们有思想准备，虽然手术不做，但药物一定会按时服用的。"

医生们只好尊重患者的选择，制定规范的药物治疗方案，给她带足一个月的药物，嘱咐她每个月到门诊按时配药，每三个月到安东医生的专家门诊复诊一次。

出院后，老人在安东医生的专家门诊有规律地复诊一年多，之后，就再也见不到她了。难道她发生什么意外了吗？安东医生有点儿担心，时而胡思乱想……他几次派助手寻找老人的联系方式，希望对她随访、督促她继续服药治疗，可是，他们没能找到她。

直到2008年的一天，她突然出现在安东医生的专家门诊，让他大吃一惊："你还活着啊！"安东医生的心里话脱口而出。说真心话，老人的冠状动脉病变太重了，命悬一线，安东医生一直认为她活不长，顶多一年左右，没想到她竟然又活了五年。

听到安东医生的话，老人和她的老伴都笑了，丝毫没有介意安东医生的唐突。她说：" 我们是专门来看你的，请你检查一下，看看我现在怎么样。虽然没有按月来看你，但我一直按照你的处方吃药，感觉很好，没什么不适症状。非常感谢你！"

安东医生为她做了细致、全面的体格检查，然后开了心电图、心超、血化验检查，结果没发现什么问题。安东医生再次嘱咐老人要按时吃药，定期来医院复诊。老两口拿着药方高兴地离开了诊室。然而，几个月之后，她又消失得无影无踪。安东医生时常惦念她的病情，后悔没有留下她的联系电话。

一晃五年多过去了，老人再没来过安东医生的门诊，安东医生猜测这次她真的出事了，因为病到了这么严重的程度，发生猝死毫不奇怪。那段时间里，曾经有个病情严重程度与老人差不多、年龄也与她相似的心脏病患者，心脏虽然控制得不错，但数月前死于肾脏衰竭。

那天下午，安东医生的诊室里挤满了患者，他无意中看到了老人老伴的身影出现在人群里。安东医生的心一沉，怎么就他一个人来了呢？难道她——安东医生立即向他招招手，担忧地问道："你老伴呢？"

他笑了，说："喏，她在这里。"

安东医生扭头一看，老人果然神奇地出现在他的面前，冲着他灿烂地微笑。真的是她，像健康人一样！瞬间，安东医生的世界充满着阳光，他的心间充满着喜庆，他的诊室充满着温暖。又一个奇迹出现了，他的心底止不住迸出笑声。

安东医生情不自禁，语无伦次："你竟然还——你怎么这么多年不来看病呢？天哪——这真是一件令人难以置信的事情啊！"

"嘿嘿。"她开心地笑了，说，"这些年虽然没来看你，但我一直按你的处方吃药。"

她老伴补充说："我们每个月在社区按照你的医嘱配药，每半年在社区体检一次。"

时隔九年了，看到坐在自己对面的她，安东医生的心情格外激动和高兴，心里充满成就感。他接过病历本逐页翻看，老人确实每月一丝不苟地遵循他的处方吃药，九年多如一日从没间断过。

此时此刻，作为一名医生，安东医生为老人还健康地活着，心里充满了喜悦。他为自己的付出得到了回报而感到满足，这种幸福感就是对医生最好的回报。

作为一名医生，安东医生为这个奇迹的出现而感到自豪，虽然有时他也会为自己无能为力地看着患者病逝而感到遗憾和无奈。无论多苦多累，救活患者都是他最大的心愿，不需要红包，不需要礼物，甚至不需要患者说声"谢谢"，只要看到患者的微笑，他就心满意足了。

生命的奥秘、生命的脆弱、生命的未知，带给医生无数次心酸和喜悦。生命总会有终止的一天，而医学的道路永无尽头。

安东医生只是一名普通的医生，他并不骄傲。他的团队中的每一位医生都是如此，他们比安东医生更辛苦地昼夜奋战在急诊—导管室—病房，三点成一线，抵抗着侵害身体健康的射线，背负沉重的铅衣，救活一个又一个急危重症患者。

奇迹的发生有很多偶然，并不是所有的重患者都会这么幸运，但是，幸运总是有道理的。安东医生知道这并不是他的功劳，只是因为患者信任他，一直在按照他的处方服药，更重要的原因在患者自己。患者要学会自己管理自己，特别是患了慢性病。

其实，每个认真为患者看病、辛劳工作在临床上的医生都会碰到这种奇迹，都会得到这种回报，只不过大家不说而已。每位医生都会尽力……医生的神圣在于生命的重托；医生的快乐在于生命的健康；医生的辛苦在于生命的呵护；医生的追求在于生命的探究。

在征得患者本人同意后，安东医生让助手拍下这张照片。这次，安东医生记下了老人的家庭电话，再次嘱咐她按时吃药，定期复诊。老人笑笑，轻松地答应道："放心吧，一定按时吃药，定期来复诊。"

望着老两口离去的背影，安东医生的心又有些放心不下，毕竟老人的病太重了，那一丝丝线一样的动脉狭窄，那断了又相互连接在一起的动脉，还能坚挺多久呢？谁知明天会发生什么事情呢？唉，心脏病的发作总是致命的凶险、难以预料，因此，患者的安危总是让医生如此惦念！医生对待患者不可能像亲人一样，可是医生对自己患者病情的牵挂却胜似亲人。

老两口离开诊室后，几个患者围了上来。其中一位老太太嘴巴颤抖地说："安东医生，我也一直在你这里看病，快 11 年了，你看看我现在好不好？"

这是一个很有特点的老人，姓秦，85 岁，2002 年因为冠心病做了五枚冠脉支架。那年，老人已经 74 岁了，冠心病很严重，当时只有普通的冠脉支架，没有现在这么好的药物涂层支架，然而，她竟然安然无恙度过了 10 年。术后 10 年来，她每个月都是独自一人来就诊。由于听力不好，每次离开诊室不久，总要返回来再询问一遍，每次看病之后，她至少要返回来询问三次，才肯放心地离开诊室回家。

安东仔细检查了老人的心脏，说："你的情况完全正常。"

"我一直很规律地吃你开的药，你说我还能再活 10 年吗？"她大声嚷着。

"能，一定能！"

老人开心地笑了："我还不老，你好好帮我看病，我一定好好吃药，现在生活好了，我要继续好好地活着。"

又一年多过去了，病人老吴没再出现在诊室里，病人老秦倒是每月按时复诊。安东医生心里惦记着老吴，他猜想，或许几年后的某一天，老吴又突然出现在自己的面前。安东医生心里默默地祝愿老吴 5 年后还会如此健康，还会带给他一次次的惊喜。

阳光温暖着安东医生的心房，他的思绪难以抚平。他的心底默默地祝愿所有的患者都会演绎着健康的奇迹，愿这样的惊喜不断出现在他们的身旁；他的心底默默地祝愿年轻的医生们能从他的故事中得到阳光的激励，成为新一代生命的呵护者！

第五篇/失踪之谜

死了至少22年的人传说又活了，着实让安东医生大吃一惊，恰恰又是一个最令他关注的人。他不愿相信这个事实。该死的没死，不该死的却无法再活过来。他想到了两个人，一个是他的小学同学李维克，另一个是今年刚去世不久的牛车车。

第四十二章　死而复活

安东医生的同学李维克是个神秘传奇的人物。李维克的爸爸是留学前苏联的科学家，妈妈是白俄罗斯人。李维克肤色雪白，细长脸型，高鼻梁，金发碧眼，如果不开口说话，谁都以为他是外国人。

小学时，安东医生和李维克是一对让老师头痛的淘气包，经常被老师叫到教室前面罚站。李维克经常教唆和鼓动安东逃学，然而，有一天，李维克的父母竟然到安东父亲那儿告状，说安东教唆他们儿子逃学，让安东饱受一顿家暴。

有一天，安东问李维克："为什么你对你父母说是我教唆你学坏的呢？"

李维克回答："你也可以对你父母说是我教唆你学坏的呀，这叫相互保护。"你瞧，他的鬼点子有多么多！

中学时，李维克身体发育得比其他男生高大、强壮，加上他天生长得英俊、帅气，迷倒了一批又一批的女同学。对于那些情爱如梦的女孩们来说，能成为李维克的女友是一种自豪和炫耀，有的女生痴迷他的外貌；有的女生迷恋他的风度；有的女生想试试自身的魅力，还有的抱有争风吃醋的心理，与他拥抱接吻时竟然激动得流下泪水。李维克像换衣服似的，毫无顾忌地定期更换女友，并且扬扬得意地表示他是玩偶，他施舍爱情，满足她们的追求欲望，给予她们自信和心身安慰。

李维克是个混血儿，肤色洁白细腻，连身上的汗毛都是金黄色，对小女生很有诱惑力。男生给他起个绰号"白狼"。女生之间的争斗成全了他玩弄异性的无赖品德，被玩腻的女友自认为输在新宠的手里，怨气自然撒在女人身上。这种争斗一直持续到 1978 年初中结束，此后，大家各奔东西。

然而14年后，李维克竟然被迷倒在一个小他13岁的女人脚下。他忘记了过去情场上的荣耀和战绩，每天站在女人上班的路上像个风餐露宿的流浪汉，乞求女人感情上的怜悯。这个女人叫黄鑫鑫，一辈子只爱过两个男人，一个是安东，另一个是李维克。她是李维克的前妻，也是安东医生的太太。

当时，黄鑫鑫是位大学刚毕业的实习医生，思想单纯，性格开朗，稍微有些倔强。她算是安东医生带的第一个徒弟，形体苗条匀称，容貌、体态、举止、言行、表情具有那种超脱自然的美貌，即使是上班时套在她身体外面宽松的白大褂，也掩盖不住她那优美的线条。

每当黄鑫鑫离开安东医生视线时，他会不自觉地闭上眼睛勾画着她的体态和容貌，可是他的大脑总是一片空白，安东医生无法想象出她那动人的神态和优美的曲线。每当在朋友面前赞美黄鑫鑫时，安东医生感觉自己词汇贫拙，无法用恰当的语言去形容她那天然的丽质。黄鑫鑫像一只彩色的蝴蝶，在他的眼前飘来飞去。她出现时，安东医生的眸子里灌满了美丽的彩虹，大脑里充满着喜悦和欢快。她消失时，安东医生四处张望，眼前一片灰暗。与黄鑫鑫独处时，安东医生不再像开始时那么潇洒、轻松、自如，他的微笑与幽默越来越少，拘谨的眼神开始飘移不定。

安东医生察觉到由于自己心里有鬼，情感变得贞洁、神圣，性情变得少言寡语，人开始变得心神不安。他越想摆脱眼前的困境却陷得越深。直到有一天，这只美丽欢快的蝴蝶自动地落在了他的肩上，他毫不犹豫地捕捉到她，小心翼翼地把她揽入怀里。

单身的男老师与漂亮的女学生在一起，常常招来猜疑和羡慕的眼神。不知是处于对师长的敬重还是对知识的敬仰，或是长期共事日久生情的缘故，安东医生做梦都没想到他竟然真的成为她成年后的第一位男友。每天下班后，他们在公园里散步，谈情说爱，感情像小溪，涓水流长。

作为一个深受父母溺宠的独养女，毫无顾忌的黄鑫鑫竟然在父母的面前与安东热烈接吻，私自安排安东留宿家中，而她更是在夜深人静时悄悄地溜进他的房间，迫不及待钻进他的被窝，像一个被囚禁了20多年的饥饿者，疯狂地偷吃禁果。

恋爱中最令人回味的时期是暗恋，猜测、错觉、暗示、心跳，内心孕育着一场即将到来的狂风暴雨；最激荡人心的时期是初恋，新鲜、惊奇、欣喜、兴奋，一股脑儿注入体内，如同被注射了一支强心剂；最迷失自我的时期是迷恋，思念、欲望、幸福、温顺、妒忌、猜疑、狂暴，24 小时交织在一起还嫌不够；最心碎催泪的时期是失恋，灰霾、黑暗、冰冷、孤独，犹如漫长的冰雪寒风之夜，难熬出头。安东常常用这四大恋爱时期来形容他与黄鑫鑫的恋爱历程。

那是 1992 年的年初，初中毕业后十几年一直没有任何联系的李维克有一天突然来到医院找安东医生。他告诉安东医生，他这几天感觉不舒服，胸闷、心慌、呼吸困难，他担心自己得了什么大病。李维克这个人胆大妄为，什么坏事都敢干，就有一个弱点，怕生病。

安东医生听听李维克的心脏，让他做了血液化验和心电图检查，最后确诊他患的是急性病毒性心肌炎。安东帮助他预留病床，办理了住院手续。李维克住进心内科，黄鑫鑫成了他的经治医生，他俩就这样认识了。黄鑫鑫查房时，李维克总是没完没了地询问着自己的病情。

李维克住院的第二天，正巧安东医生值夜班，半夜里，他俩坐在医生值班室里一边喝茶一边聊天。

“安东，急性病毒性心肌炎是咋回事？”

安东医生告诉他急性病毒性心肌炎是一种常见病，病毒性感冒之后引起“心脏感冒”，轻者只有一过性胸闷、心慌或乏力，一般不需要治疗，休息几天自然会痊愈。很多人都患过心肌炎，但没发现也没治疗，自动好转，这叫疾病的自限性。大多数中等程度的心肌炎患者有明显胸闷、胸痛、心慌、气短症状，同时血液化验心肌酶升高，心电图出现异常，一般需要住院治疗。99% 以上患者会治愈，只有少数人会遗留心肌炎后遗症，比如心脏传导阻滞或心律失常。极少数危重患者病情来势凶猛，急骤加重，短期内可能会威胁生命。

“安东，你看我属于轻度的还是严重的？”

“你当然属于轻度的。”

“那就好。怎么预防呢？”

“因为是病毒性感染所致，应该与预防感冒措施相同，加强身体锻炼，增强抵抗力，避免着凉感冒。因为心肌炎一般是发生在病毒性感冒之后，如果出现感冒症状，如咽喉疼痛、咳嗽、发热、腹痛、腹泻等症状后要及时治疗，好好休息。”

“这么说这种病不危险呀。”

“No，中老年人猝死，一般多数由于心肌梗死、肺栓塞、主动脉夹层这类疾病，而年轻人猝死绝大多数由于心肌炎或心律失常。暴发型心肌炎还是非常凶险的疾病。患心肌炎后如果没有及时休息，疲于运动或劳累，轻者也会加重，甚至发生心衰、心律失常、心脏骤停等意外危险。”

“我会变成重症的吗？”

“不会。”

“那就好！哥们儿我现在可不想死，这辈子女人还没玩够呢！”

只要一谈到女人，李维克总是表现得兴致勃勃、津津乐道，毫无顾忌地叙说他的艳猎和情史，谈到得意处，他神色猥琐，手舞足蹈，恨不得扒光一个女人摆在众友面前，以示自己战果辉煌。这也算是一类男人的德行。

高傲的李维克多年混在女人堆里。他厌倦了那些整天围绕在身边像苍蝇一样叮咬他的女人，他不相信爱情，不相信感情，不情愿把自己归属于某个固定的女人，所以三十几岁了还是单身一人。

男人们羡慕他的艳史，鄙视他的人品；女人们留恋他的风情，忌恨他的绝唱。安东讥讽他：“苍蝇不叮无缝的鸡蛋。”

“妈的，你说得太对了，男人不坏女人不爱。”

安东更正说：“应该是坏女人不爱。”

他笑笑说：“哥们儿，你还那么单纯哪！”

李维克告诉安东中学毕业后他下过乡，回城后在工厂当过工人，后来在他爸爸的帮助下“走后门”当了警察。现在又改行做生意了，这几年销售汽车零配件赚了不少钱。

“啊，当老板了，恭喜你发财！”安东告诉李维克他当过兵，恢复高考后考上军医大学，研究生一直读到博士，马上要晋升副教授了。

“行啊，逃学包！”

两人长大了，却走了两条截然不同的道路。

当李维克得知黄鑫鑫医生是安东的女友时，羡慕地说："行啊，安东，你小子搞到一个这么俊俏的靓妞。但是，你身高不足五尺，其貌不扬，一个穷医生娶了美妻，当心日后戴绿帽子啊。美女你喜欢，别的男人也喜欢，没有几个美女能禁得住诱惑和勾引的。不是哥们儿我玩世不恭，靓妞我见得多了，看人很准。女人花不花，男人色不色，我不用看第二眼。"李维克还有一个陋习，就是爱吹牛。他的口头禅：牛吹不犯法，吹牛不花钱，吹准了还能骗色骗钱。

"黄鑫鑫不是你说的那种女人。"安东反驳道。

"你要是不介意，哥们儿替你考验一下如何？"

李维克的戏言像是一根钢针刺痛安东的心，他沉默了。虽说爱情是自私的，情眸不容沙粒，但感情不可能这样考验，正如爱情不能被亵渎一样。

"怎么样，害怕了吧。"

"怕什么！我相信黄鑫鑫对我的感情。我的女人，谁也抢不走！"安东的内心像一个时刻担心别人要抢走自己心爱的玩具的儿童，惊恐不安，谨小慎微，而表面上却塑造出一个慷慨激昂，大而无畏的勇士形象。

"既然你这么认真，哥们儿我也要替你负责，帮助你甄别甄别。"

"白狼，你不许胡来！"

"你放心，你的女人我白狼绝不会上，但是，如果她要是风流女子，我一定会告诉你，你趁早分手，免得日后吃亏。"

安东苦笑说："你是风流女人接触多了，失去了真情和信任。"

"嗯，真让你说对了，我现在对女人不动真感情。再好的女人也只是玩玩，绝不陷进去。"

"难道你不打算结婚成家了吗？"

"暂时不想，以后再说吧。你呢？"

"如果不出意外，下半年我该结婚了。"

"哦，恭喜你啊！"李维克的眼神里夹杂着羡慕的目光，"安东老弟，有靓丽的女医生帮哥们儿介绍一个，有个女医生当老婆，有病不需要到医院了，呵呵。"

安东心里不爽，白狼，你怎么走到哪搞到哪呀……

第四十三章　风云突变

一周后，李维克的心肌炎痊愈出院了。安东因为忙着撰写论文和复习晋升材料，一段时间没有与黄鑫鑫约会。

大约两个月后，安东忽然感觉黄鑫鑫与他疏远了，没有像从前那样中午一起去食堂吃饭，下班时找他散步，周末主动到他家来做客。安东以为是这些天准备晋升考试复习功课和工作忙忽视了她，引起黄鑫鑫的不满，耍起小脾气。于是，买了两张周末的电影票，约她看电影。安东已经记不住那是个什么电影了，只记得电影放映了大半场，他身旁的座位还空着，他心中忐忑不安，难道……

电影快要结束了，突然一个身材高大的男人坐在这个座位上。安东仔细一看，是李维克，吃惊地问：“怎么是你？”

李维克没有看他，目视前方，淡淡地说：“黄鑫鑫她不会来了。”

“怎么回事？”

“请你放手吧。”

“你想让我与她分手吗？”安东突然想到了李维克两个月前说过的话：如果她要是风流女子，我一定会告诉你，你趁早分手。

“是的。”

“为什么？”

“我要娶她。”他坚定地说，“安东，对不起，我这么做有些不讲义气。但是，她确实是个好姑娘，我真心爱上她了。”

“你——”安东目瞪口呆，望着李维克吃惊得说不出话来。太不可思议了！怎么会是这样呢？借着银幕的光线，安东能感觉到李维克雪白的肤色变得暗黑，他的脸在颤抖，眼中流露出惶恐不安。看来黄鑫鑫对自己的感情真的发生了变化。“她为什么不亲自来对我说呢？”

“她不好意思来，也不敢。”

“就这么简单吗？”

“这是你送给她的礼物，她让我还给你。”李维克把一个包裹塞到安东的手里。

“不！”安东医生发怒了，把包裹砸到李维克的脸上，“滚，白狼！我要她亲自来对我解释！”

黄鑫鑫没有找安东解释，她第二天办理了辞职手续，离开了医院。黄鑫鑫的好朋友告诉安东，她辞职一周后与李维克登记结婚了。妈的，这个绿帽子可够大的了。事情发生得如此突然，安东还没来得及悲伤和愤怒，一切就已经成为既定事实。他只好逼着自己适应眼前的现实。

安东唯一的安慰是得到了副高级职称证书，从此变成了高级知识分子。大家安慰他说：“安东医生，俗话说，美女两片刀，痴男刀下鬼。你很幸运，逃过一劫。当副教授了，今后不愁讨不到好老婆。”言外之意是，他不适合找黄鑫鑫这样美丽风流的女人做老婆。安东男人的自信心受到极大的打击，好在他可以在工作中寻找到当医生的自信和安慰。

三个月后，一件突发事件戏剧性地改变了安东的生活轨迹。海关稽查大队侦破了一个涉案数千万元的汽车走私案件，摧毁了一个走私路线隐蔽、手段巧妙、规模庞大的走私团伙。

20 世纪 90 年代初期，汽车进口审批很严，买进口车需要审批，买高档车更难，很多单位和个人有钱买不着好车。稽查大队的侦查员发现近两年市面上出现了许多进口的高档轿车，但侦查不着走私的渠道，怀疑有人通过多次分批进口不同的汽车零配件，在国内组装成新车出售。

后来查明这个走私团伙的头目是李维克，他以进口废旧钢材为名，偷偷混入汽车配件。遗憾的是，这个团伙的成员全部落网，唯独李维克一人在警察来抓捕他之前 10 分钟接到一个神秘的电话，随后仓促跳窗逃跑。据说，他跑到丹东市东港区的大鱼岛高价租了一艘渔船打算逃到韩国，没想到渔民在出海前悄悄报了案。在警方快艇到来之前，李维克跳入波涛翻滚的茫茫大海之中，从此消失得无影无踪。

5年过去了，李维克一直处于失踪状态，黄鑫鑫办理了离婚手续。据说她在一家小医院上班，工资微薄，生活艰辛。一次偶然邂逅，成全了安东与黄鑫鑫的姻缘。黄鑫鑫手牵一个四岁多的女孩从一家幼儿园出来，安东正巧从幼儿园门前经过。她想躲开安东，却被安东堵在一个角落里。没等他们摆脱那种无语、尴尬、令人感到窒息的场面，小女孩突然挣脱黄鑫鑫的手向安东扑过来，“爸爸！爸爸！”安东本能地张开双臂把她搂在怀里。

黄鑫鑫镇静地说：“巧巧，别乱叫。”

“他是爸爸，他是照片里的爸爸。”巧巧嚷着。

安东望着怀里的巧巧，大吃一惊，简直就是幼年时的自己，用不着鉴定，用不着解释，巧巧一定是自己的女儿。他激动地嚷嚷：“天哪，这是我的女儿！黄鑫鑫，你为什么不告诉我？”

“安东，你想错了，她不是你的女儿，她是白……”

“不，你撒谎！她绝不是白狼的女儿。你瞧，她的黄皮肤、黑眼睛……”

黄鑫鑫沉默了，头扭向马路静静地望着远方。

“爸爸，你是爸爸。妈妈经常给我看你的照片。”巧巧天真无邪的声音感动了上苍，天空下起了靡靡细雨，泪水模糊了安东的双眼，他蹲在地上把自己的脸紧紧地贴在孩子细嫩的脸蛋上。

“爸爸，你的脸刺痛我了。”孩子没有挣脱安东的拥抱。黄鑫鑫终于克制不住了，转过身面对墙壁失声地呜咽起来……

婚后，安东才知道，黄鑫鑫的爸爸是海关的关长，他似乎明白了为什么白狼死追黄鑫鑫——然而，黄鑫鑫和安东谁也没再提那段经历，他们有意识地忘却那件伤痛的事情。黄鑫鑫与她爸爸的关系似乎有点儿紧张，父女很少说话，安东几乎没听到她喊过“爸爸”。

最近几个月，传闻有人在国内见过李维克，说他压根就没死，出国整了容，改了名，回国成了外商。先是在北方一个开发区倒卖国外二手医疗器械，后来发了大财，又投资建了三家私人医院，担任一家大型医疗投资股份公司的董事长兼总裁。有人说他至今单身，还要重叙旧缘。这个人就是名字经常出现在当地报纸上的外商默克李。

自从听到李维克没死的消息，安东医生不禁提高了警惕，暗中观察监视黄鑫鑫的一举一动、一言一行。在安东的眼睛里，人老珠黄、肚滚腰圆的黄鑫鑫依旧艳丽多彩，魅力不减当年。偏偏这些天，黄鑫鑫突然变得喜欢照镜子梳妆打扮，让他心神不安。傍晚或周末，如果黄鑫鑫有约会或应酬，安东总是偷偷地尾随其后窥视她的行踪。一朝被蛇咬十年怕井绳，安东不敢麻痹大意。可是，一段时间过去了，安东没有发现任何黄鑫鑫与李维克见面的蛛丝马迹。

有一次夜里，安东与黄鑫鑫坐在沙发里看电视时无意中谈起这件事，安东惶惑不安地说："如果默克李真是李维克，说不定他会来找你呢。"

黄鑫鑫不屑一顾，淡淡地说："冤有头债有主，他要活够了就来找我吧。"

望着黄鑫鑫冷冰冰的面孔，安东的心不由自主颤抖一下，俗话说爱有多深恨有多重，看来女人的心伤不得。他自言自语："我想他干了那么多坏事，不负责任，也没脸再见你了。"

黄鑫鑫坚定地说："你放心吧，安东，你不用再监视我了，我不可能再见他。在我的心里他已经死了。"

安东的伎俩早被黄鑫鑫识破，他的胃搅动了几下，一股酸辣苦涩的液体返到嘴里，他的脸上挤出尴尬的苦笑，接着面肌颤抖几下，哑口无言。

片刻，黄鑫鑫拥着安东的胳膊，倚在他的怀里，微笑地说："安东，我不再年幼无知，也不再青春追梦，李维克的人品怎能与你比呢！"她的态度像一阵暖风，吹散了笼罩在安东心头的一片阴暗的乌云，他的心灵得到了安慰，他的脸孔逐渐舒展开来。昔日靓丽多彩的花蝴蝶虽然日渐暗淡变黄，可是安东心中对她的情爱和依恋却与日俱增……

安东心里一直在拿自己与李维克比较，他想知道当年为什么李维克能轻易得到黄鑫鑫。从情感上，自己优于李维克，但李维克是情场高手，善于花言巧语，恐怕更具有女性杀伤力。从外貌上，他远不如李维克英俊潇洒，安东有自知之明，知道这无疑是他失败的原因之一。从性生活上，安东说不准，又不敢随便问，或许李维克这小子真的床上功夫很强，让黄鑫鑫义无反顾地跟了他。

那天夜里，安东医生有意地与黄鑫鑫重踏了他们初恋时期的温情，在灯光朦胧的客厅里，他俩喝了一点儿红酒，沉吟着往事和情语，相拥入房。“安东，你好久没这样了！我希望我们永远年轻！”躺在安东身旁的黄鑫鑫，眸子已经闪出火辣辣的情欲。

安东像个偷吃供果的孩子，急不可待地爬上供台，捧起水灵灵的鲜果，一层层剥去鲜嫩的果皮，伸出馋舌，吸吮着甜蜜的果汁；他借着卧室灰暗的壁灯欣赏着太太许久未露的身体，他吃惊地发现40岁的太太依然有着20岁姑娘般细腻白嫩的酮体。或许他感受到来自李维克的威胁，或许他受到了什么刺激，或许他要证明自己，或许他要保卫家园，他的状态奇佳，勇猛刚劲，与太太上演了一场久违的激情床戏。他的温柔、他的技巧、他的经验和他的耐心，让黄鑫鑫仿佛感觉骑跨在一条翻江过海的蛟龙身上，穿越到了年轻时代。她的眉头痛苦地拧成一团，嘴巴喘息着无法合拢，她优美的酮体痉挛得变了形，她疯狂地呻吟着，一次次地冲向高潮。她紧紧地搂住安东……汗水浸湿了床单。

“我永远爱你！”黄鑫鑫在晕睡过去之前终于喊出了这句话。

望着早已沉睡的太太，聆听着闹钟嘀嗒嘀嗒的声音，安东的心安静下来。

夜，还有多久才能天明呢？

第四十四章　巧遇

飞机客舱里已经坐满了乘客，可是飞机的舱门迟迟没有关闭。这是一架空客 A320 型客机，安东医生坐在 13 排 B 座，前方是宽敞的安全通道，他的左边 A 座坐着一位老外，手里拿着一份天津市的《今晚报》，脖颈转向机窗朝外张望着。挂在地平线上的一轮红日在一点点儿地沉落，天色已经暮然。广播里传来乘务长的声音：各位旅客晚上好，本机因为有一位旅客尚没登机，机舱门不能关闭，机场正在与这位旅客联系，请大家在座位上耐心等待。

安东医生环视四周，只有他身边还剩下一个空座位，看来这位迟到的旅客就坐在他的身边。飞机延误已经成为家常便饭，没有这个缘由还会有其他的情况。安东安静地靠在座位上闭目养神。

“温建国旅客请注意，乘坐韩亚航空 7410 航班从天津到首尔的温建国旅客请注意，航班舱门即将关闭，请您立即到 12 号门上飞机。”

温建国，这个名字好熟悉啊。不过，叫这个名字的人实在太多了。但是，在安东医生的记忆里，他早年认识的那个叫温建国的天津人太神奇了，简直就是一个天才。

20 年前，温建国在天津塘沽开发区专门倒卖二手进口医疗器械，心电监护仪、呼吸机、麻醉机、血管造影机、CT 等，各类医疗设备应有尽有。温建国曾经卖给安东医生所在医院一台二手的德国数字减影血管造影机，他们因此相识，有了一段交往。

那可是整个城市当时唯一的一台现代化机器啊！安东医生至今还记得那台血管造影机的每一个部件和功能，带自动旋转功能的 C 形臂、高分辨率的监视器和灵活、轻巧、结实的造影床。高清晰、实时自动回放的血管造影数字图像，让安东医生名噪一时，各医院的医生都亲自携带患者找他安排做各类血管造影。然而，谁也不会相信，这样一台好设备，竟然是温建国从进口的医疗垃圾中一个部件一个部件组装起来的二手货。如果不是因为当年安东医生参观了温建国的库房和工作间，连他自己都不会相信世界上会存在这种奇迹。

认识温建国的人，没有人怀疑他的天才，他是一个乱世才子。可以说，是那个法制不健全、制度不规范、市场管理极度混乱的自由年代，成全了他的智慧，让他的优良大脑、灵巧四肢、惊世才能得到充分的发挥。

安东至今也没搞懂，温建国从哪里运来那么多进口的医疗器械垃圾。温建国曾经对安东医生说过，他的大老板专门干这种满世界寻找医疗器械垃圾的事情，而他则只负责组装、调试、维修，当然，有时还亲自跑销售。

几年下来，温建国钱自然也没少赚。他的大老板叫什么名字？温建国曾经告诉过安东医生，可是安东医生记不住了。记得那次去参观时，曾经见过老板的一个背影，细高个子，有点儿驼背，像个老外。

安东身旁那位白头发、高鼻子的老外把《今晚报》蒙在脸上呼呼地睡着了。安东医生感到奇怪，这个老外竟然能看懂中文报纸。

“扑通”一声，13排C座上坐下一位五十几岁商人模样的男人。“抱歉啦，抱歉啦，各位！”他双手合十用地道的天津话向四周的乘客表示自己迟到的歉意，然后，忙着系安全带。

“老温，是你！”安东吃惊地大声喊叫出来。

“你是——”他用陌生的眼光看着安东医生。毕竟快20年没见面了，他认不出来安东医生并不奇怪，但安东医生能肯定，面前这个男人就是自己刚才还在回忆的那个温建国，他的模样没多大变化。

“哈哈，温工程师，你不记得我了？我是安东。”

“哦，想起来了，安东医生。你不是调到南方了吗？怎么会在天津机场登机呢？”

“我昨天在天津开会。今天直接从天津去首尔参加一个国际会议。你还好吗？还在卖医疗器械吗？”

“多年前就不干了。你现在在哪个城市？”

“杭州。”

“好嘛，一个美丽的城市。你在哪家医院工作？”

“站在西湖边就可以看到的一家医院。”安东医生自豪地说。

“哦，明白了，离西湖很近。”

飞机起飞了，穿过厚厚的云层，窗外，太阳重新出现在云海的西边。飞机很快升高到云海的上面，平稳地飞行。

“老温，你怎么样？我刚才还在回想你的才能。世界上再也找不出第二个人像你那样，能够从垃圾山中找出一个个零部件组装成精美的现代化的医疗仪器。”

温建国苦笑：“都是过去的事了。”

“可是我一直没忘。我还记得……”

“老弟，你还是忘掉吧。过去的事就别提啦。”温建国警觉地四下瞭望一圈，小声说，“因为那些年非法经营医疗器械，我差点儿进去，多亏我的大老板把我捞出来。”

“你的大老板？我见过吗？”

“当然。”温建国的眼光越过安东向窗子方向投去，“老板，实在不好意思，路上堵车我来晚了。”

“你在跟谁说话？”安东感觉莫名其妙。

“老板，这位是我们早年的客户，安东医生。”温建国的嘴巴往左一努，“给你介绍一下，这位就是我的大老板，默克李先生。”

安东吃惊地望着这位脸孔蒙着报纸的老外，心里一惊：默克李先生？二手医疗器械？难道——不会这么巧吧，他不敢相信……

那张报纸缓缓地从蒙着的脸上滑落下来：“你好，安东老弟！”露出来的是一张让他感到遥远、陌生的面孔，听到的却是一个让他感觉十分熟悉但可怕的声音。这张脸孔一切都改变了，又老又丑，皮肤皱缩，布满星星点点的黑斑，苍白的胡须与白发连成一体，只有那对浅蓝色的眼睛告诉安东，这个人应该是李维克。

“你是——”安东不愿意相信这是真的，更不愿意说出他的名字。或许是个误解。

“安东老弟，你没变。你一上飞机我就认出你了。”

原来真是他！“你是谁？”安东故作糊涂。

“我不是给你介绍过吗？他是我的大老板。”温建国被搞蒙了，急忙解释。

“哈哈，安东啊，你竟然不认识我了！小时候一起与我逃学、打架、偷东西，长大了还抢了我的老婆，给我戴上一顶绿帽子。我正好想找你算账呢。”

“李维克，你别太猖狂了！你是猪八戒倒打一耙。谁给你戴绿帽子！我是把那顶绿帽子物归原主。”

温建国恍然大悟：“哦，原来你们认识啊。”

“何止是认识！我们是小学、中学同学，还是发小，现在还是情敌嘞，嘿嘿。”李维克做了一个鬼脸。

“你呀，除了容貌变了，其他的都没变，还是那么心术不正，不正经。”

“与你开开玩笑，别当真。过去的就过去了，我不会与你计较。再说孩子是你的，黄鑫鑫带孩子跟你也对。我这个人一辈子漂泊不定，担负不了家庭责任，她还是跟你好。”李维克认真地说，“再说，他爸爸害得我很惨，也断送了我们之间的感情。唉，我这个人朝三暮四的，跟任何女人都不会长久，也不配谈感情。”

“拜托，你要搞清楚，需要被原谅的应该是你，而不是我。你说说他爸爸怎么害你了？”

“安东，你还是那么单纯。他爸爸那时可是海关关长呀，海关稽查大队调查我、举报我、通缉我，都是他爸爸的主意。他这是大义灭亲，通过牺牲我和自己的女儿，捞取政治成本。”

“这是正义。”

“算了，不跟你谈这个了，你们现在是一家人了。”

“白狼，你现在暴露身份不怕我举报你吗？”

李维克显得坦荡荡：“呵呵，安东，别人不了解你，我还不了解你吗！

我要害怕就不会让你看到我这张脸了。19 年前，你到我公司实地考察时，我躲着你，只让你看到我的背影，因为那时我害怕暴露我自己。哈哈，今非昔比啦，说不定哪一天，我还会跑到你们家做客呢！”

安东有点儿恼怒，威胁说：“那可不好说。你最好别惹我。”

“算了，别当真，与你开个玩笑！放心，哥们儿，我不会去找黄鑫鑫。你们幸福我高兴。”

“这话还差不多。”

温建国低声对安东说：“老板从前的事情全都了结了，他几年前主动自首，接受了海关的处罚，交了巨额罚款。”

原来如此，怪不得这小子这么猖狂，敢于亮出自己从前的身份。白狼还是白狼，永远变不成好人。茫茫大海波涛翻滚，白狼跳进大海是怎么活过来的呢？这件事在安东心里一直是个谜。

乘务员开始发放晚餐和饮料了。李维克捧着盒饭开始狼吞虎咽，像是几天几夜没吃饭似的。几分钟后，饭盒粒米不剩，他用餐巾纸擦擦嘴巴，说：“安东，下飞机后跟我走，我领你逛逛夜总会，看看韩国脱衣舞女的劲舞。你要准备点儿小费哟，脱衣女郎会坐在你腿上搂着你——不给小费不饶你呀。哈哈！”

“我不去。白狼，你来韩国就是为了看脱衣舞表演的吗？”

“哪里，我哪有这闲情逸致呀，这种表演我看得多了，我是想让你老弟开开眼界。我与老温这次来韩国，是到一家韩国顶级的整形医院谈技术合作的事项。这家整形医院我熟悉，我曾经在那里做过整形手术。你知道，韩国的整形技术可是世界一流的。安东，你是医生，明天陪我去医院谈判，正好帮我参谋参谋。”

“算了，我对整形专业一窍不通，帮不上你的忙。”

“咳，别谦虚呀。就这么定了，今晚跟我去夜总会，我们哥俩好好放松一下。明天跟我和温总一起去医院谈判。”

白狼还是那么霸道，有点儿臭钱更不知天高地厚了。韩国的整形医院倒是有点儿神秘感，安东医生很想参观一下，所以他没有拒绝。

飞机开始降低高度了，受气流颠簸影响有点儿摇晃不稳。李维克捧着那张报纸读起来。

“你小子从小不读书不看报，怎么现在老了还爱学习了呢。”安东的话中带点儿挖苦的语调。

李维克得意地说：“老温知道，我确实从来不学习。枪杆子里能出政权，但书本里出不来钱。你自己看看，赚大钱的有几个是高学历的，有几个是死读书的。我也从来不读报，我喜欢看电视，简单、形象、直观。但是……”他把手里的《今晚报》递给安东，“但是，我前几天突然发现《今晚报》正在连载的长篇小说里面，有两个人物特别像我多年前在韩国认识的一男一女两个朋友。看来故事是真实的，怪不得让人读得着迷。”

安东接过报纸，看到在副刊的右上角有个连载小说。看到小说的名字，安东想到了牛车车，牛车车住院期间也曾读过这本小说，也曾读得着了迷。这么巧啊，这是一个什么样的故事呢？安东医生有点儿好奇。

“安东，今晚我要好好与你聊聊。”

飞机安全地落地了。安东跟随着李维克和温建国入住首尔乐天游乐场附近的一家五星级酒店，新世界大酒店。温建国说这家酒店位于江南，距离整形医院有点儿远。当晚，李维克邀请安东光顾一家夜总会观看脱衣舞女表演，安东不感兴趣，最终两人来到一家幽静的咖啡馆，安东一边喝酒一边听着李维克聊着陈年往事……

第四十五章　整形医院

失踪、假死、整容，创造一个新的避风港，逍遥法外，金蝉脱壳成为逃犯们绝妙的选择。

那是 1992 年的 6 月，狡猾的李维克逃到丹东市大鱼岛后，设计了一个绝妙的金蝉脱壳的逃亡方案。他狡猾地分头雇用了两艘渔船送他偷渡到韩国，当场交了订金。一艘渔船他谈的价格偏低，如果渔老大举报偷渡者得到的奖金要远远高于他给出的价格，所以，他坚信渔老大定会举报他。警察不会在岛上抓捕，而是会驾驶边防巡逻艇在海上抓捕他。另一艘渔船他给出的价格高出举报奖金数十倍，他坚信该船的渔民定会冒死相送。因此，他决定将计就计。

一个风平浪静的傍晚，李维克乘坐租金少的渔船出海，让另一艘渔船悄悄尾随其后。他的衣裳里面套着保暖的潜水服，背包里装着一套简易的潜水器。出海后，他一直坐在船头焦急地等待着边防巡逻艇的出现，果然不出他所料，送他出海的渔民举报了他。巡逻艇一出现，他立即跳入海里，在水下带上潜水器，悄悄躲在渔船的下面。他有意把自己的证件留在渔船上，就这样，他蒙骗了追捕的警察。警察的巡逻船四处游荡不见他的踪影，确信他已经葬身大海，调转船头离去。

李维克趁着夜色爬上了后面的渔船。重金之下必有勇夫，铁心护送他偷渡的渔老大老奸巨猾，一会儿挂中国国旗，一会儿换韩国旗帜，蒙骗了两国边防巡逻舰艇，成功地帮助李维克逃到了韩国境内。离开偷渡船前，李维克交付给渔老大剩余的租金。

韩国境内的走私团伙是他多年的合作伙伴，慷慨地接纳了他，给了他一大笔本来就属于他的钱，帮助他在汉城（今首尔）安顿下来。李维克从前也收留过韩国走私团伙的落难兄弟，黑帮也讲究礼尚往来。李维克逍遥自在地出现在韩国首都汉城的大街小巷里，每天更换不同的妓女和歌女，醉生梦死，荒淫无度。

几个月后，秋风渐凉，秋叶渐黄，眼看口袋里的钱就要花光了，李维克突然产生一种不甘心一辈子贫困潦倒流落在异国他乡的感觉，他决定整容，弄套假身份回国。他相信按照韩国走私团伙的套路在国内走私医疗器材和设备，风险小，利润高，是个发大财的机会。

李维克毫不费劲地找到一个正要改弦易辙的妓女做女友，费尽九牛二虎之力终于让女友明白了他想整容。在韩国女友的帮助下，他在汉城市江南区狎鸥庭洞一条繁华的商业街上，找到了一家有点儿名气的整容医院。这位对他迷恋得早已神魂颠倒的韩国女人，心甘情愿地拿出一大笔积蓄供他整容花销。

这家医院名叫景福整形医院，规模不大，但患者很多，来自世界各地的名流，携带着各式美梦来到这里，女人头戴面纱，男人蒙着口罩，穿梭于人流之中，谁也不希望被隐藏在角落里的记者们尾随或曝光。这里没有人认识他李维克，他不需要掩饰和隐藏自己，他大摇大摆地走进医院。女友去排队挂号和预约，李维克一个人静静地坐在角落里沉思着。他不知道自己该变成什么样，他已经非常英俊了，即使在法国，他也算得上是美男子。他不舍得改变自己，可是没有别的办法。他要回去，有大事业干，他不想进监狱，只能整容。

在李维克左侧坐着一个二十几岁的椭圆脸蛋秀气的女孩和一个四十几岁脸上有个刀疤满面凶相带着墨镜的男人，两人在低声交谈。大概是看到四周只有一个白人，没有其他人，便放心大胆地提高了嗓门。

天哪，他们竟然是中国人，李维克十分好奇，产生一种想上前交流的冲动。别看他一副俄罗斯人的相貌，除了中国话，其他什么语言也听不懂，这些天一句话不能说，都快把他逼疯了。难为他整天与韩国女友打手势说哑语，他甚至连女友的名字都叫不上来，只能做那些动物都看懂的表情和动作，吃饭、睡觉、做爱。

李维克站起来刚打算走过去搭讪，突然收住自己的表情，又坐了下来，装作完全听不懂他们说话的样子，暗中竖起耳朵偷听他们的谈话。

女人说：“狼哥，你说实话，那天夜里到底发生了什么事情？”

“红，我已经对你说过一百遍了，我那天喝多了，进了你的房间倒在床上就睡着了。我真的没干什么。”

“那我怎么会怀孕呢？我女儿的爸爸到底是谁？”

“那就是我呗。我从来也没推卸过呀。”

“那天，你是一个人到我房间的吗？”

“让我想想，你、我、二饼哥三人到夜总会喝酒，后来遇见了夜总会的钱总经理和银行的叶行长，大家又一起喝了一通。你喝醉了不省人事，二饼醉如烂泥，我让钱总和叶行长把你先送到房间休息，然后再送二饼哥去他的房间。后来，姓钱的这小子又鼓动我到你的房间。你知道，我是个明人不做暗事的人，我不想占女人的便宜，况且你又是我二饼哥的好友。但是……”

“是你俩一起进来的吗？”

“他是酒店的总经理，有房间钥匙。他安排我睡在你身旁——糟了，我想起来了，我上床时发现你早已一丝不挂——妈的，难道姓钱的先我一步下手了吗？”

“呜呜——你们都是禽兽。”女人蒙面痛哭起来，“我太傻了，太蠢了，到现在连孩子爸爸是谁都不知道。”

“那个月，你确实没再跟过别的男人吗？”

“自从大学毕业后，从来就没有。”

那个叫狼哥的男人沉思片刻，说：“妈的，你的孩子恐怕不是我的，是那个姓钱的。”

“呜呜——”女人哭得更伤心了。

“好了，宝贝，别哭了，那个姓钱的——哼，这小子不地道，把老子给耍了。他种的种子，让我施肥锄地，你看回国后我跟他怎么算账！”

“到底是怎么回事呀？”

“唉，我也说不清楚，妈的！这孩子就算是我的吧。”

“什么叫算是你的？”

"好，好，就是我的，是我亲生的，回国后我们把她从杂木古镇接回来一起生活。"

"这还差不多!"女人脸上的怨气消散了，"狼哥，我一定要换脸吗?不换不行吗?我有点儿害怕手术，万一手术失败了，不是该毁容了吗?"

"我的红姑奶奶呀，都什么时候了你还打退堂鼓哇。你不想想，大家都认为你已经被狼吃了，不整容你敢回国吗?再说，我现在也喜欢你，爱你，离不开你，把你扔在国外我也舍不得呀。"

"那就不回去呗，我们在国外生活。"

"不行，兄弟们还等着我呢。你必须要换脸，然后与我回国办喜事。"接着他压低声音，"红石草原还有两批货在洞里存着，我要取回来。"

"哦，好吧。就听你的，狼哥。"女人显得无可奈何，"你说我整成什么样呢?我想在电脑里设计个我喜欢的模子。"

"不行，电脑设计的人像不可靠，你喜欢的别人也可能喜欢，容易雷同。"狼哥从口袋里掏出一张照片，说，"红，告诉医生就按这张照片上的人的容貌整容，一定要一模一样。"

"我不干。她是个死人，是你们从坟地里找出来的人。"

"宝贝，听我的。你瞧，这个女人长相多标致，瓜子脸，柳叶眉，核桃眼，樱桃小嘴。你不是喜欢瓜子脸嘛。还有最重要的一点，她虽然遇车祸死亡，但一直未销户口。她的名字叫包尔欣，年龄、体型与你相当，是我特意嘱咐钱贵让他爹帮你物色的，你恰好可以冒名顶替。"

"我不喜欢这个名字。"女人生气地把头扭向一边。

"唉，别任性了。好吧，把'包'字去掉，就叫尔欣吧。"

女人摇摇头："既然一切都从头来，就叫欣新吧。"

"好吧，就依你。不过，正式场合你还是要用包尔欣这个身份。"男人看到红高兴了，把嘴巴凑近她的耳边小声问，"吕玖湖去日本带走多少钱?"李维克距离他俩有一米远，他身体缓缓地向他们倾斜一下，想听得清楚些。

"估计有一千多万吧。他的逃跑路线都是你二饼哥一手安排的。他在日本某个城市，但与叶行长和春野和夫没有联系。就是不知道柯总现在怎么样了。”

“你放心。二饼哥一清二白，没有任何纰漏，除了你我，没人知道他的底细。”

“那就好。这些天，我一直有点儿像做梦一样，你说我们能成功吗？”

“宝贝，我们已经成功了，今后可以尽情享受生活了。对了，我们最后的一笔钱你藏哪里了？”

女人顽皮地说：“不结婚，我绝不告诉你。这笔钱我要给咱们未来的儿子留着。”

“好吧，等你容貌恢复了，我们立即办婚宴。你再给老子生个儿子。哈哈。”

妈的，原来这个女人也是逃犯，想要换脸啊！李维克听懂了。他觉得自己应该与他俩认识一下，说不定可以相互照料。李维克刚想走过去搭讪，一个韩国医生走过来用生硬的汉语喊了一句：“孙。”那个女人站起来用流利的韩语与医生交流着。

嘿，这个女人还会说韩语。李维克顿时惊呆了。

第四十六章　高手

第二天，当李维克与他的韩国女人再次来到景福整形医院门诊大厅时，刚巧碰见那个叫红的女人和狼哥从一个诊室里出来。“你好！”李维克突然开口说话，狠狠地吓了他俩一大跳。想起昨天聊天时李维克在他们身边的情景，红的额头浸出汗水。“狼哥，他会出卖我们吗？”

“他敢出卖我们！我扒了他的皮。”狼哥的眼睛里露出凶光，并提高嗓门有意让站在他们身后的李维克听到。狡诈乖巧的李维克走过来主动搂着狼哥的肩膀说：“哥，弟兄死里逃生来到此地，有幸相识，还请您多多关照。”

狼哥问：“你犯的什么罪？”

“走私罪。”

“走私什么？”

“汽车。”

“妈的，数额小不了。”

李维克说：“是啊，都是逃犯嘛，同命相怜，彼此彼此。”

红放心了，问他：“你会说韩语吗？”

李维克摇摇头。

“她是你的女友吗？”

“嗯。她是韩国人。”

“我知道。她真美！”红看到李维克的女友木呆呆地站立在旁边，情不自禁用韩国话夸奖一句。随后问道：“她资助你手术费，是吗？”

韩国女人受宠若惊，双眸放光，不住地鞠躬表示谢意。

“嗯。”李维克自豪地点点头，“你怎么知道她资助我钱？”

“我刚才听到她与韩国医生在谈手术费用的问题。”

红又问李维克：“她会说汉语吗？”

“不会。”

李维克的这位韩国女友看起来30岁出头，是个精致标准的美人，似乎给人一种似曾相识、熟悉、亲切的大众美女的感觉。然而，夜里搂着这个女人，李维克有一种被欺骗的感觉，这个女人浑身上下到处都是假的，凸凹不平的腰、腹、大腿一定都吸过脂。毫无疑问，硕大的胸脯肯定是隆出来的。他甚至怀疑女人的实际年龄要比她本人大十几岁，她一定生育过孩子，说不定下腹做过缩紧术。就连两条笔直纤细的小腿都可能是敲断后重新接上的。李维克感到得意的是，这个女人对他的感情是真实的，反正是临时夫妻嘛，他心里也就不大介意了。

“好吧，你有什么要求，我来帮助你与韩国整形医生沟通。”

十几分钟后，红从医生诊室里出来告诉李维克：“跟我来，医生请你进去选像。肖像设计妥当后，签署一些必要的法律医疗文件，然后就可以确定择期手术时间了。”

几天之后，李维克和红都做好了换脸手术，术后他们各自头缠面纱和绷带，看不见对方的新面容。不许泄露对方的秘密，不许偷看对方的容貌，不许术后相互见面，这是他们事先定好的规矩。撤掉头面部绷带的当天，大家就分道扬镳了。

离开整形医院消失在大街上的一瞬间，他们就完全换了一个人，除了他们自己，没有人再会认出他们了，即使是亲娘从对面走来，也会擦肩而过。金蝉脱壳完成了。

李维克与安东在咖啡馆聊到后半夜两点，在安东的一再催促下，李维克喝完最后一瓶清酒，摇摇晃晃地离开了座位。

第二天，安东与李维克和温建国一同去那家整形医院谈技术合作项目。听了李维克讲的那段稀奇古怪的整形经历后，安东医生对整形技术和那家医院的兴趣陡增，他决定少参加一天国际学术会议，先参观一下韩国整形美容院，开开眼界。

去医院的路上，李维克在出租车里还不停地嘟囔着他昨晚没讲完的整容经历和联想。“整容结束后，我像个逃犯似的，悄悄地离开了那个韩国女友。想起这件事，我总感觉自己有些不太地道，可是我也没别的办法，我那时必须要回国呀——老温，如果这次与韩国整形医院技术合作谈判成功，下次来首尔，你要陪我到明洞那条街道找找那个韩国女人。故地重游，想起了二十几年前的陈年往事，我心里还真有点儿惦念那个对我有情有义的女人。”

“李总，连名字都不知道，你上哪里找呀。再说，你欠的情债也太多了，何止这一个女人哪！”

“唉，是难找啊。想找的找不着，不想找的全他妈的来了。”

安东说：“白狼，你作孽太多了。”

“李总对待女人，心是狠了一点儿，可是对朋友还是蛮讲义气的。”温建国本来是个技术高超的工程师，跟白狼混在一起多年，也学会拍马屁了。

“安东，看了《今晚报》的故事连载后，我怀疑那个叫红的女人就是连载故事中的孙玫红，狼哥就是柯利郎。故事还没连载完，我在好奇心驱使下去新华书店买了那本书。故事后来出现的那个怀孕的女人欣新，柯利郎的新娘，应该就是整容后的孙玫红。至于她女儿的爸爸是谁，这个就不好说了。如果柯利郎说的是实话，那个女孩应该是钱贵的。狼哥回国后果然设计害死了钱贵。唉，可怜的龙海老人哪，儿子钱贵死了，还没法报仇。那个孩子要是钱贵的就好了，让龙海晚年能得到一点儿安慰。”

安东和温建国没看过《今晚报》的连载故事，听不懂李维克到底在嘟囔些什么。医院到了，他们钻出汽车，李维克总算闭上嘴巴，端起了总裁的架子，大步跨进医院的大门。

医院的大门口挂着一块硕大的金字招牌：景福医院。这家医院的新院址与韩国最大最古老的宫殿，著名的旅游胜地景福宫比邻，位于厥山脚下一片绿荫深处，环境幽静。

韩方很重视这次与中方的技术合作谈判，医院急于打开中国市场，院长亲自带着几位顶级专家参加会谈，并做了认真细致的准备。他们把历年经典的成功病例和资料装订成册，摆在会议室的桌子上，特别是一些中国患者的病例都汇总在资料册里。

安东坐在李维克的右侧，随手翻阅着资料册，胖的、瘦的、长脸的、方脸的，各式容貌的普通女人，摇身一变都成了美女。嘿嘿，地道的美女加工厂。

“怎么样，哥们儿？名不虚传吧。我的目标就是在60岁之前干点儿大事业，在中国开几家美女加工厂。”

忽然，安东医生看到了一张清纯秀美的女孩面孔出现在资料中，“怎么还有这么漂亮的女孩子整形呢？”安东把资料推到李维克面前。李维克凑上前仔细一看，说：“呶，这个女孩就是孙玫红，旁边那张照片是她换脸之后的相貌，我还是第一次见到。嘿，真他妈的漂亮！”

“白狼，有没有你的病例资料呀？”

“没有。我的病例消失了。”李维克诡秘地笑笑，“上次来谈判时让我悄悄抽走了。”

安东医生漫不经心地翻阅着这些资料，资料里只有照片和治疗项目，没有任何涉及个人隐私的信息。

会议开始之前，硕大的投影屏幕放映着医院的简介，院长介绍说这是今年夏天刚刚制作完毕长达30分钟的汉语纪录片，片中介绍了医院的历史、科学技术、学术交流、国内国外的影响力和医院的过去、现在和将来。

“哈哈，哥们儿也上电影啦！这是我去年来景福医院访问时的录像。”李维克指着屏幕上的自己小声对安东医生说，“妈的，太短了，五秒钟都不到。下次，我要组织拍个我个人的专题片。”

纪录片不停地放映着，随着背景音乐节奏的变化，镜头不停地转换，从门诊大厅到诊室，从病房到手术室，高精端的设备、高尖的技术、闪亮登场的专家、一个又一个让他们引以为自豪的病例，以及来自世界各地的患者。画面重新回到了门诊大厅，画外音：世界各地的朋友们，景福医院热烈地欢迎您！

“啊，是他！”安东突然惊讶地叫喊起来。此时，屏幕上，两个身穿短袖T恤的中年男子被几个记者堵在大门前，他们急忙用手遮住面孔，说着流利的汉语："不，不，对不起，我们是来看病的，不接受采访。"在他们身后还有一位身形娇小的女人，时而被遮挡住大半身，看不清她的容貌。这三个人迅速地消失在荧屏之外。

"你看到什么了？怎么这么大惊小怪的。"李维克继续目不转睛地看着纪录片，脸上挂着得意的表情，"中国人到这家医院整形的并不少见。"

安东吃惊地说："我刚才在屏幕上看到一个我认识的人，他是我的朋友。"

"这么巧啊！什么人？男的还是女的？不会是逃犯吧。"李维克没有在意安东的表情，眼睛盯着屏幕，期盼着自己的镜头再次出现。

"男的，两个月前跳楼自杀了。"

"啊！"李维克饶有兴致地望着安东，说，"你确定是他吗？要不要我对院长说说，回放一遍？"

"不用，我看得很清楚，是他。"

"到这来的人，基本都是整容的。你的朋友难道在整容后自杀了？不可能啊！"

"我参加过他的追悼会，他没有整容啊。"

"哦，那就奇怪了。或许是陪别人来的吧。"

安东没有把事情的真相告诉李维克，如果他告诉李维克这个人在跳楼之前从股市里提现10亿元，他相信李维克一定会对这个"完美自杀"感兴趣，并会要求院长重放一遍。

牛车车怎么跑到景福医院来了呢？这部纪录片拍摄时间是今年夏天，牛车车是在出院之后来到景福医院的。安东开始怀疑牛车车没死，跳楼的不是他，可能是替身。牛车车身旁的那个男人是谁呢？可能就是替身。安东医生什么都没再说，他有些顾虑，知情不报也是犯法，他不想为难自己，也不想让别人感到为难。

现在看来，牛车车以抑郁症为由住院肯定是有目的，恐怕是他精心设计的"完美自杀"的第一步。第二步有可能是整形或换脸，而第三步和第四部则相对简单。仔细回想一下，牛车车的表演并非完美，住院后吃抗抑郁药一周抑郁症状就完全消失了，似乎有点儿太快。那个陪牛车车看病像个怨妇似的的琼，给安东的感觉似乎角色转换得仓促和牵强，好像是在演戏。追悼会上那些人的表情……可是，他不得不承认，真正高明的是牛车车，不会有任何人怀疑他的存在，他带着10亿元逍遥法外。牛车车根本没有抑郁症！安东有一种受骗和被利用的感觉。老牛啊，你真是个牛人哪！

安东医生不知道像牛车车这种事件是否构成刑事犯罪，或者到底有多大的罪过。牛车车从股市里套出的现金是他自己上市公司的股票，似乎并不违法，但他涉嫌逃避债务可能违法。至少安东现在不打算报案，当然也就不能对任何人说。

安东医生心里有些矛盾，他感觉有点儿胸闷、心慌、气急和烦躁不安。他开始为自己担心：难道我的心脏出毛病了？难道我情绪也出毛病了？该死的双心病！

会议正式开始了。两个小时的会谈，安东医生一句话都没听进去，满脑子想的都是牛车车。抑郁、住院、整容、坠楼……10亿元的现金、5亿元的负债、精心策划、按部就班……如果不是偶然发现牛车车出现在韩国整形医院，谁能想到那个长相与牛车车相同的坠楼者不是牛车车？老牛真是高手啊，神秘的金蝉脱壳！——谁会冒充他自杀呢？难道替身也整容了吗？牛车车本人又跑到哪里了呢？

安东打定主意，回国后立即做两件事，一件事是买一本《红石草原》仔细阅读一遍，另一件事是去拜见一个人，这件事只能对他说……

牛车车真的没死吗？

后记

病魔的邪恶在于疾病的隐蔽性、不可预知性或难以预料性，甚至包括无法根除的顽固性。不同的疾病有着千奇百怪的差异，甚至同一种疾病也表现得五花八门，它们属于地道的躲在暗处的窃贼，不择手段地盗走健康，又狡猾地逃避人类对它们的惩罚。人体有着无数个生理奥秘，疾病有着无尽的病理之谜，所以说医生的职业与侦探、悬疑、推理有着天然的联系。

医生的责任在于不断地探究生命的奥秘，揭开疾病的病理之谜；医生的伟大在于通过侦探推理抓住残害生命的凶手，追还人的健康和生命。因此说，医生既是生命的卫士又是健康的缔造者。这正是诊室故事的魅力所在。

或许你在读这本书的时候会心中豁然顿悟，原来疾病是可以预防的；或许你在书中欣喜地找到了你所需要的医学答案，掌握了一些疾病的预防方法，帮助你维护好自己的健康；或许你会意外地得到一种千里难寻的治病秘方，一本书教会你简单地治愈折磨你身心多年的顽疾，比如，小小的灰指甲。

虽然你的职业与医学无关，但是，人的幸福和快乐离不开健康，听安东医生诊所里的故事，既是一种消遣，又是一种享受，更是一种健康知识的启迪和积累。

自然科学论文虽然枯燥乏味，但是它能创造社会财富，推动历史发展，因此，它的价值是永恒的。然而，任何一项科学发现和一篇有价值的学术论文随着科学技术的发展，总有被更新替代、淡漠遗忘的一天，我们能记住的只是那些与这些科学发现和科研论文相伴随的故事。没有人能记住牛顿1687年发表的那部轰动全球的学术论著《自然哲学的数学原理》，可是，牛顿通过苹果自由落地现象发现了地球万有引力的故事，却广为传播。

现代的心内科医生们，没有人翻阅过医学诺贝尔奖获得者沃纳·福斯曼医生关于世界第一篇首例右心导管资料的获奖论文，而今天从事心脏介入治疗的医生们，几乎无人不晓沃纳·福斯曼医生获奖的故事：在1929年的夜晚，德国埃贝斯瓦德地区的一家小医院里，年仅25岁的外科医生沃纳·福斯曼大胆地把一根细橡皮导管插入自己的肘静脉，最后把导管送进自己的心脏里。医学实践中有许许多多动人、有趣、难以遗忘的故事。这也正是故事的魅力所在。

安东医生是无数个工作在临床一线的医生们的缩影，他的故事并非一个医生的故事，他的神奇并非一个医生的神奇。所有的故事和人物都是虚构的，只有那些生动的病例是真实的，切勿对号入座。

2014年3月8日写作

2014年11月21日结束

2014年12月31日修毕